Luise Rinser

Der schwarze Esel

Roman

Fischer Taschenbuch Verlag

119.–120. Tausend: November 1995

Veröffentlicht im Fischer Taschenbuch Verlag GmbH,
Frankfurt am Main, August 1976
Lizenzausgabe mit freundlicher Genehmigung des
S. Fischer Verlages GmbH, Frankfurt am Main

Druck und Bindung: Clausen & Bosse, Leck
Printed in Germany
ISBN 3-596-21741-5

Gedruckt auf chlor- und säurefreiem Papier

Bei der Post ein schwarz umrandeter Brief. Ein kleiner Schrecken, eine rasch auffangende Vorbereitung auf einen Verlust, das Wagnis des Öffnens, und die brutale Erleichterung: ein unbekannter Name. Wilhelm Kauniger, verstorben am 2. September 1973 im dreiundneunzigsten Lebensjahr, nach kurzer Krankheit und in Frieden. Wer ist dieser Mann, was geht er mich an, weshalb zeigt man mir seinen Tod an, wer sind diejenigen, die meinen, ihn mir anzeigen zu müssen. Die Hinterbliebenen: Berthie Kauniger, Kl. und Stefanie Martin. Sonderbar diese Abkürzung »Kl«. Ich kann mit der Anzeige nichts anfangen, ich sage für diesen Fremden anstandshalber, der Herr möge ihm die ewige Ruhe geben, was immer das für ihn sein soll, dann werfe ich die Anzeige in den Papierkorb und vergesse sie.

Aber sie vergißt mich nicht, in der Nacht kommt sie zurück und erscheint als ein verblichenes Foto von einem niedrigen Haus, und das Bild ist unterströmt von einem Wasser, das den Text der Anzeige wegschwemmt und dafür Bilder von Menschen heranträgt, die ich irgendwie kenne, aber trotz großer Anstrengung nicht benennen kann, bis plötzlich der ablaufende Stummfilm stillsteht, wie abgerissen, und ein einziges scharfes Bild zeigt: ein Kind, ein buckliges Mädchen, das sich nach mir umwendet und mir über Schulter und Buckel einen Blick zuwirft, der mich aufweckt.

Das bucklige Mädchen, woher kenne ich es nur. Ich quäle mich damit ab, dies herauszufinden, aber vergeblich. Ich mache es schließlich wie beim Maulwurffangen: man darf nicht graben, sich nicht bewegen, nicht einmal scharf hinschauen, denn schon das Absichtliche des Wartens verscheucht ihn.

Stunden später strömen die Erinnerungen heran: das Wasser des Traums ist ein Bach, ein still ziehender grüner Bach mit hölzernen Waschbrettern am Ufer, glitschig von Seifenlauge, darüber der Duft nach Lindenblüte und Holunder, und viel Grün mit Rot gesprenkelt: blühende Feuerbohnen an Stangen, die sich zueinander neigen und schmale hohe Zelte bilden, in denen man sich verstecken kann, und eine Stimme, die ruft: Klara, Stefanie! (»Kl.«, das ist also Klara.) Die Stimme, die ruft, ist sanft und etwas zitterig und ohne Befehlsgewalt. Aber sie gehört nicht zu dem Gesicht, das jetzt auftaucht so still wie der Mond aus dem Wasser steigt, ein weißes Gesicht mit viel blondem Haar darüber, hoch und kunstvoll aufgesteckt, mit Löckchen über der Stirn, wer ist diese Frau, sie steht vor mir in silbergrauer Seide mit weißem Spitzenjabot, mit durchbrochenen Handschuhen die bis zum Ellbogen reichen, in einer Hand einen offenen Sonnenschirm mit langem dünnem Stiel und einer Quaste aus Seidenfäden daran, der Schirm ist glänzend grau mit großen weißen Blumen, sie klappt ihn zusammen, lehnt ihn an die Hausmauer und geht langsam zwischen den Spalieren der Stangenbohnen, der blühenden Feuerbohnen, hindurch, taucht auf taucht unter und wieder auf als schwimme sie im rotgesprenkelten Grün, geht dann zur hölzernen bemoosten Regentonne unter der Dachrinne, streift langsam langsam die durchbrochenen Handschuhe ab, hängt sie über einen Johannisbeerstrauch, taucht die weißen die sehr weißen Arme ins Wasser, läßt sie lange darin und schaut, über die Tonne gebückt, ihr Spiegelbild an (was sonst, warum sonst beugte sie sich über das Wasser) und zieht endlich die Arme heraus, ganz langsam, richtet sich auf und hebt die Arme hoch, sie will sie wohl in der Sonne trocknen, aber wie sie so dasteht mit hocherhobenen Armen, ist es, als wolle sie den Himmel über dem Bach anrufen, das Wasser rinnt in Perlenschnüren über die weiße Haut, sammelt sich an den

runden Ellbogen und tropft ins Gras: Frau Martin. Die Mutter der Mädchen Klara und Stefanie. Stefanie ist sehr hübsch, Klara ist bucklig, Klara ist die Ältere, sie hat streng geflochtene schwarze Zöpfe und eine Stahlbrille, und sie ist eine Respektsperson, sie spielt nicht mit uns, ist aber immer dabei, kaut an ihren Zopfenden, schaut zu und sagt »Spielt nur«, wie es Erwachsene zu Kindern sagen.
Es ist Krieg. Meine Eltern haben mich »aufs Land« geschickt. Das »Land« ist eine kleine Provinzstadt, nicht viel mehr als ein großer Umsteigebahnhof, aber fast so gut wie »das Land«, denn schon am Stadtrand beginnt Bauernland mit Kartoffeläckern und Kornfeldern, und man bekommt immer etwas zu essen. Ich bin bei einer Frau, die Tante heißt, aber keine ist. Sie hat ein kleines Haus am Bach, und im Nachbarhaus, das genau so aussieht, wohnen Verwandte von uns, die Martins, und die alte Frau mit der zittrigen Stimme ist die Großmutter von Klara und Stefanie, die »richtige Großmutter« zum Unterschied von einer anderen, die es auch irgendwo in der Welt gibt. Das Kind Stefanie läßt sich nicht recht erinnern, Stefanie, das ist ein heller stiller Schatten, der aber plötzlich kompakt wird, einen Schrei ausstößt und etwas Unerwartetes und Ungehöriges tut, etwa in den Bach springen und sich bis zum Wehr treiben lassen, ohne schon wirklich schwimmen zu können.
Das alles zusammen aber ist: meine Kindheit. Sie riecht nach Lindenblüte, Seifenlauge, rostigem Eisen (wieso das?) und nach Parfum. Das Parfum ist das von Frau Martin. Einmal fand ich einen ihrer langen Handschuhe im Garten, der roch so gut wie nichts sonst, ich ließ meine Hände hineinschlüpfen, aber die »Tante« sagte: Wirf ihn sofort hinüber. Ich mußte ihn über den Holzplankenzaun hinüber in Martins Garten werfen. Wasch dir die Hände, sagte die Tante. Die Hände waren nicht schmutzig. Wasch dir die Hände, sofort! Warum. Keine Antwort. Ich tat so,

als wasche ich sie, aber ich hütete mich, das Wasser zu berühren, meine Finger rochen so gut nach Frau Martin.
Vier Kriegssommer lang war ich bei der »Tante«. Die anderen Kinder waren das ganze Jahr hindurch da und dann überhaupt für immer, sie hatten eine richtige Großmutter und ich bloß eine falsche Tante, sie hatten eine schöne Mutter, die immer da war, die meine war nicht schön und nicht anwesend. Ihre Mutter hieß Mina, die Tante sagte Minna, sie mußte den verhaßten Namen so kurz aussprechen, sie spuckte ihn aus. Ich hätte gern »Miena« gesagt zu Frau Martin, aber dazu kam es nie.
Das Familienbild ist schon in großen Zügen da. Fehlt nur dieser Wilhelm Kauniger. Der taucht und taucht nicht auf. Der ist mir toter als tot, und wenn er morgen leiblich begraben wird, dann werde ich nie erfahren, wer er war und wer er mir war – wenn ich nicht, ja wenn ich nicht zu seiner Beerdigung fahre. Warum eigentlich soll ich nicht fahren. Eine Stunde Bahnfahrt an einem schönen Septembermorgen, um bei letzter Gelegenheit modernde Gespenster aus der Kindheit zu treffen, ehe sie ganz zu Geisterstaub zerfallen, soll ich soll ich nicht. Noch bin ich nicht entschlossen. Wieso eigentlich erinnern sich diese Hinterbliebenen plötzlich an mich nach soviel vergangener Zeit, Jahrzehnte sind es, und wieso nehmen sie an, ich interessiere mich für den Tod dieses Herrn Kauniger, wieso scheuchte dieser Tod sie auf, dort, wo mein Gedächtnis einen blinden Fleck hatte. Wilhelm Kauniger, nein, den kenne ich nicht. Aber Klara kenne ich wieder, das bucklige Kind. Ob sie wirklich bucklig ist? Was Kinder sich so einbilden und einreden.

Ich fahre also zur Beerdigung. Beim Einsteigen in den Zug ist mir wie beim Einfahren in den »Geistertunnel« auf dem Münchner Oktoberfest: man weiß, es passiert schon nichts, aber man fröstelt im Nacken, man will im letzten Augenblick abspringen, zu spät, und dann, im

Hineinsausen, wünscht man, es möchte doch etwas passieren, damit die Angst recht behält und die Fahrt sich lohnt. Es werden schon Skelette herumstehen, aufrecht in offenen Särgen, phosphoreszierend und leicht klappernd, und Geistertiger werden einem Heißluft ins Gesicht fauchen, und riesige knotige Schattenfinger werden nach einem greifen und nasse Tücher einem ins Gesicht schlagen, und ein kalter Gruftwind wird wehen, und wenn man auf eins-zweidrei wieder draußen ist, lacht man verlegen und geht rasch davon ohne umzuschauen, vielleicht.

Blindlings doch freiwillig, wie mir scheint, fahre ich ein in den Bauch einer modernden Vergangenheit. Aber da sind ja die Linden in der Bahnhofsallee, die Linden! Erste Enttäuschung: das sind die alten Linden nicht, die waren viel dicker und hatten eine zerrissene Rinde und tiefe Löcher, in denen Uhus hausten und andere Vögel, große und lautlose, sie kamen manchmal in der Dämmerung bis in unsere Gärten herüber. Diese Linden da sind nicht älter als zwanzig Jahre und haben noch keine Erfahrung, und auch die Stadt ist jene nicht mehr, die damals hier stand, die frühere war grün und feucht und roch nach nassem Treibholz, Wasser rauschte unter den Brückchen, und die Häuser waren niedrig und alle am Bach aufgereiht (in meiner Erinnerung gab es nur eine einzige Straße, nämlich diese Häuserzeile am Bach), und die Häuser hatten Moderflekken in den Mauern, und innen rochen sie muffig und heimelig nach Lavendel und frisch geputztem Holzboden. Die Häuser von heute, die sind hoch und knöchern und ausgebleicht von der Zentralheizungstrockenheit, und haben etwas Verqueres, und niemand weiß, wo der Bach ist, es ist kein Bach mehr da, sagen sie, aber wenn die Verkehrsampel auf Rot steht und die andere Richtung für einen Augenblick noch nicht frei ist, dann hört man in der kurzen Stille ein schwaches Rauschen von tief unten, alles Wasser ist noch da, aber es läuft jetzt unterirdisch in Kanälen zum neuen Elektrizitätswerk, und da, wo der Bach war (ein alter Mann erinnert sich) da ist jetzt eine Straße, und die Häuschen werden abgerissen eins nach dem andern, sobald der Besitzer tot ist, es wohnen nur mehr alte Leute dort, die sich weigern, ihr Haus an die Stadt zu verkaufen, sie haben (sagt der alte Mann) den Prozeß gegen die Stadt gewonnen, aber die Stadt hat ihn auch gewonnen, denn die alten Leute haben unterschrieben, daß das Haus abgebrochen werden darf, wenn sie tot sind, die Grundstücke gehören also der Stadt, aber die Leute wohnen als Nutznießer dort oder als Pächter, sie bekommen eine Rente von der Stadt und (sagt der alte Mann) sind zufrieden, sie haben keine Sorgen und keinen Ärger mehr, auch nicht mit den Erben, aber (sagt er) einige sind noch nicht einmal siebzig, und die Stadt kann lange warten und zahlen (sagt er mit Schadenfreude). Er zeigt mir den Weg, er begleitet mich, und ich frage ihn, ob er zufällig einen Herrn Kauniger kenne und wer der ist oder war oder weiterhin sein wird. Er sagt, er kenne ihn freilich, sie sind Kriegskameraden und Kegelbrüder, er habe ihn aber seit Tagen nicht gesehen. Ich sage ihm, daß der Herr Kauniger tot sei. Das bestürzt ihn, er bekreuzigt sich, er sagt »Der Herr gebe ihm die ewige Ruhe« und dann schimpft er, weil seine Familie ihm das nicht mitgeteilt hat, »sonst erzählen sie einem jeden Dreck«, er wird natürlich zur Beerdigung kommen. Wer war denn der Herr Kauniger, ich meine von Beruf? Früher hat ihm das Café am Marktplatz gehört, aber das haben die Bomben zerstört und nachher hat er nicht wieder neu angefangen, er hat sich zurückgezogen und ist ins Altersheim gegangen. Aber wenn die Beerdigung jetzt dann bald ist, muß er sich sehr beeilen, er muß sich umziehen für die Feier. Er läßt mich allein.

Das Café am Marktplatz. Schokoladentorte mitten im Krieg. Und kalte Marmortischchen, auf die ich Hände, Arme und Gesicht lege, wenn es draußen heiß ist, aber eine

Stimme sagt streng: »Sitz anständig!« Ein wabbliges Doppelkinn mit einem ganz kleinen runden Mund darüber, und unterm Tisch stoßen mich Schuhe ans Schienbein und jemand sagt: »Die lügt«, und das ist selber eine Lüge. Die Teile geben noch kein Ganzes.
Ich bin zu früh daran für die Beerdigung, darum gehe ich in die Salinenstraße, das ist die auf der Todesanzeige angegebene Adresse der Hinterbliebenen, es ist die Straße am Bach, es gibt nur mehr sechs kleine alte Häuser dort, sie sind wie eigens aufgestellt zur Erinnerung oder wie künstlich konserviert, wie ein kleines gemütliches Heimatmuseum inmitten der neuen, der trockenen, der wirtschaftlich blühenden, der von schlesischen Flüchtlingen und einheimischen Bankkrediten in Schwung gebrachten, der durchgeplanten, der geburtenreichen, der die Fünfzigtausend-Einwohnergrenze bald überschreitenden, der hartnäckig konservativen, der katholischen, der ehemaligen Bischofsstadt, die den Ruhm, dies zu sein, vor Jahrtausenden an eine andre Stadt verloren hat und deshalb mit jener andern Feindseligkeiten austauscht, wann immer sich das machen läßt. Eine Stadt alles in allem, der es gut geht, zum Platzen gut. Aber sterben müssen ihre Einwohner doch, trotz dem funkelnagelneuen Krankenhaus und den fünf gutgehenden Apotheken. Der alte Friedhof genügt längst nicht mehr, die Stadt hat die angrenzenden Grundstücke aufgekauft, da waren Kornfelder und Kartoffeläcker (jene, von deren Ertrag wir während des Ersten Weltkrieges lebten), und jetzt sind dort Grabmäler, marmorne, protzige, zu Ehren der Hinterbliebenen aufgestellt. Auch jener Bauer liegt dort (erzählt mir später Klara), den nach dem Verkauf des Grundstücks die vernünftige Reue packte und der es zurückkaufen wollte, zu spät, und der dann in die Nervenheilanstalt kam, sich »Judas, Verräter« nannte und sich eines Tages erhängte, auch er liegt dort, in seinem eigenen Grund und Boden, den er und seine Vorväter gepflügt, ge-

düngt und abgeerntet hatten, das mag ihn trösten, er liegt im Eigenen. Daß auch ein anderer Selbstmörder dort liegt, in geweihter Erde, obgleich der Platz, an dem er verscharrt wurde, damals ganz und gar ungeweiht außerhalb der Friedhofsmauer war und nur notgedrungen in den geweihten Bezirk einbezogen wurde, als die Stadt das Grundstück dazukaufte, das erfahre ich später.

Ich schlendere im alten schattigen Friedhof herum. Ein Leichenzug scheucht mich vom Hauptweg. Ein langer Leichenzug ist das. Der oder die Tote wird auf einem niederen Wägelchen mit Gummirädern gefahren, lautlos, um ihn oder sie nicht aufzuwecken, oder warum sonst dieses Zu-Grabe-Schleichen. Ihm auf dem Fuß folgen drei Geistliche, und sechs Ministranten mit Weihrauchkesseln und Rauchfaß und Weihwasser, und dann wieder ein Wagen, dieser voll mit Kränzen, Bergen von Kränzen und Sträußen mit goldbedruckten Schleifen aus Papier, das wie Seidensatin aussehen soll. So lang ist dieser Zug, daß die an der Spitze mit ihrem »Gé-grüßt-seistu-Marija« immer schon fertig sind, wenn die in der Mitte erst sagen »Der-für-uns-gegeißelt-worden-ist« (sie beten den »Schmerzhaften Rosenkranz«), und die am Ende resigniert aufgeben, sich den einen oder den andern anzupassen und einfach miteinander schwätzen und nur hin und wieder einen frommen Anlauf nehmen, um den Anschluß zu finden.

Ich frage jemand, ob der Tote vielleicht ein gewisser Herr Kauniger sei. Aber nein doch: dies hier ist der Herr Apotheker So-und-so. Darum. Die Beerdigung des Herrn Kauniger ist anschließend.

Vor dem Leichenhaus steht schwarz, mager und streng, ein Ausrufezeichen hinter dem memento mori, die Leichenfrau, und weist mir mit ausgestrecktem Zeigefinger stumm einen Platz in der Vorhalle zu, obgleich da nichts weiter als Platz ist, denn es ist noch niemand da, außer natürlich einigen alten Männern und Weiblein, den üblichen Leichenläufern

und professionellen Klagegästen. Der Alte, der sich umziehen wollte, ist noch nicht da. Jetzt kommen drei Frauen in Schwarz, ohne Zweifel »die Hinterbliebenen«. Das ist »Kl.«, und sie ist bucklig, sie ist wirklich sehr bucklig, sie ist in der Körpermitte wie abgeknickt und sie geht so vornübergebeugt, daß man fürchten muß, sie falle auf ihr Gesicht, aber sie fällt nicht, sie schreitet rüstig aus, als ginge sie zu einer dringenden Arbeit. Nicht einmal das runde flache Hütchen fällt ihr vom Kopf. Neben ihr eine kleine sehr dicke Frau, ganz schwarz verschleiert, die Mühe hat, mit Klara Schritt zu halten, und deshalb wie ein Kind trippelt, was lächerlich aussieht. Hinter den beiden, mit Abstand, eine Dame, die nicht aus der Provinz ist und die aussieht, als sei sie nur zufällig dabei, sie bewegt sich gelassen, bleibt ab und zu stehen und liest einen Namen auf einem Grabstein. Sie hat keinen Hut auf dem Kopf, nur einen kleinen gepunkteten Schleier über dem Haar. Die schöne Stefanie, ohne Zweifel. Klara sieht mich zuerst und das, obwohl man meinen müßte, sie sehe nur den Boden unter sich. »Da ist sie«, sagt sie so ruhig, als hätten wir uns erst gestern und nicht vor Jahrzehnten zuletzt gesehen. Sie reicht mir von unten herauf die Hand. Ich hatte vergessen, was für schöne dunkelbraune Augen sie hat. Auch ihre Stimme ist schön, ziemlich tief und ein wenig heiser und durchaus keine Altfrauenstimme. »Das ist Berthie« sagt sie und deutet auf die Dicke neben sich. Berthie schluchzt unvermittelt erschreckend laut auf und drückt mir mit langem heftigem Händeschütteln ihr Beileid aus, als hätte nicht sie, sondern ich einen Toten zu beklagen. Stefanie ist verwirrend reserviert und abwesend, beinahe unhöflich.
Klara, sage ich leise, wer ist denn dieser Herr Kauniger zu uns?
Klara kann nicht anders, sie muß lachen. Du kommst zu seiner Beerdigung und weißt nicht, wer er ist? Der Onkel Willi, der Zuckerbäcker. Sie sagt wirklich: der Zuckerbäk-

ker. Dann fügt sie hinzu: Der, dem das Café am Marktplatz gehört hat, der Mann von der Tante Berta, der unglückselige Vater der Zwillinge, deren einer die Berthie da ist, alles andere erzähle ich dir nachher, erinnerst du dich überhaupt an das Café?
An das Café erinnere ich mich, aber an den Onkel Willi nicht, später erfahre ich, daß das seinen guten Grund hat: Onkel Willi war unsichtbar. So sagt Klara. Onkel Willi kam nie ins Café, er stand auch nicht in der Backstube, er saß im »Comptoir«, so stand es über der Tür zu einem von niemand sonst je betretenen Hinterzimmer, dort machte er angeblich Buchführung, aber die war ihm längst aus den Händen genommen und dem obskuren Konditor Karl übertragen worden, warum, das erfahre ich später. Onkel Willi las okkulte Bücher und machte heimlich Horoskope. Darum, weil er das seine und das seiner Familie kannte, war er guter Dinge und ertrug alle Schikanen und Demütigungen, er wußte ja, daß er die Seinen lang und glücklich überleben würde, Berthie ausgenommen, aber sie war der geringste Quälgeist und ohne die Mutter so dumm, daß er sie immer aufs Neue überlisten konnte, wenn es ihm dafür stand.
Nun kommt der Geistliche, einer nur, ein junger, Klara kommentiert: Zu unwichtigen Geschäften schickt man den Lehrbuben, höchstens den Gesellen. Es gibt auch nur zwei Ministranten und nicht viele Kränze, aber auch der Onkel Willi wird auf Gummirädern rasch und lautlos zu Grabe gefahren und bekommt allen Segen und alle Tröstungen seiner Religion mit, obgleich er, selbst in der Bedrängnis durch die Oberin des Altersheims, standhaft und freundlich sich geweigert hatte, je in die Kirche zu gehen, so erzählt Klara mit zärtlichem Respekt. Der Weigerung Onkel Willis wegen ist jetzt keine Schwester des Altersheims gekommen. Aber vielleicht hatte keine von ihnen Zeit. Lassen wir das auf sich beruhen, sagt Klara.

Die Zeremonie ist kurz. Berthie weint, aber nicht fortwährend, sondern wie von Böen überfallen, die wieder abflauen, bis neue kommen. Stefanie schaut den Schwalben nach, die schwarz-weiß in der Septemberbläue über dem Friedhof hin und her flitzen, Klara muß ihre Schwester mit dem Stiel des Schäufelchens anstoßen, damit sie ihrer Pflicht nachkommt und ein bißchen Erde auf Onkel Willis Sarg wirft und ein bißchen Weihwasser nachspritzt.
Der junge Geistliche versucht ein passendes berufsmäßiges Trauergesicht zu machen, aber er kann es noch nicht, er ist zu ehrlich um so zu tun, als sei er betrübt mit den Betrübten, von denen ohnehin zweie ebenfalls keine Trauer zu zeigen vermögen. (Daß Klara wirklich trauert, das merkt er nicht, denn sie zeigt es nicht.) Als er Stefanie die Hand gibt, wird er etwas verwirrt, denn sie ist auf so weltstädtische Art schön. Berthie hält ihn ungebührlich lange an beiden Händen fest, er läßt es verlegen geschehen, tritt aber von einem Fuß auf den andern. Klara macht es kurz. Dann ist alles vorüber. Berthie schlägt den Schleier zurück und sagt erstaunlich unfeierlich: So, jetzt sind sie alle beisammen.
Ja, sagt Klara, jetzt fehlst nur noch du.
Berthie findet nichts Anstößiges an dieser Rede, sie nickt. Die Namen derer, die »alle beisammen sind« stehen in Goldschrift auf dem schwarzmarmornen Grabstein, der die Form einer hohen spitzen Pyramide hat. »Siegfried Kauniger, 1940-41 Amalie Kauniger, 1904-1943, (das muß Berthies Zwillingsschwester sein, wer aber ist der Siegfried?) Berta Kauniger, geborene Martin, 1884-1943.«
Beide neunzehnhundertdreiundvierzig? Bomben, sagt Klara, und, auf Berthie deutend: Die ist, sagte Onkel Willi, zwei Stunden später geboren als Amalie und hat darum einen andern Aszendenten im Horoskop, darum lebt sie noch. Aber in diesem Grab da liegen weder Amalie noch Tante Berta, da liegt nur das Kind, die beiden sind

nämlich angeblich nie gefunden worden unter den Trümmern.
Wieso angeblich, Klara?
Das erzähle ich dir später.
Die Leichenfrau steht immer noch bolzengerad am Grab.
Ach so, sagt Klara, holt den Geldbeutel aus dem Täschchen, zieht einen Schein heraus und drückt ihn ihr in die Hand, die auf- und zuschnappt wie eine Briefkastenklappe. Vergelts Gott, und einen schönen Tag wünsch ich, sagt die Leichenfrau.
Ebenso, sagt Klara ganz ernst, und ein langes Leben und zahlreiche Nachkommenschaft und ein gnädiges Gericht, amen.
Die Leichenfrau weiß nicht, was sie von dieser Rede halten soll, aber dann sagt sie auch amen, das paßt auf jeden Fall an den Schluß einer Beerdigung.
Kommt, sagt Klara, jetzt gehen wir nachhaus, ich koch rasch was, es ist schon alles vorbereitet.
Essen? sagt Berthie entzückt, oh ja.
Jetzt, da alles vorüber ist, kommt der Alte, der sich rasch umziehen wollte, und er bringt ein kleines Häufchen anderer schwarzgekleideter Alter mit. Wir kommen zu spät, sagt er, aber das macht nichts, der Willi Kauniger ist uns nicht bös, der versteht das, er war so ein guter Mann.
Mhm, sagt Klara, das auch, unter anderm.
Diese Rede versteht niemand, vermutlich. Klara öffnet noch einmal ihr Täschchen und den Geldbeutel: Da, Herr Mühlbauer (oder wie er hieß) nehmen Sie das und gehen Sie mit Ihren Kameraden was trinken aufs Wohl vom Onkel Kauniger.
Diese Klara, sie hat die noblen Manieren einer Kleinstädterin, sie tut, was man von ihr erwartet und was sich gehört.
Berthie sagt plötzlich laut: Die leben, und der arme Pappa ist tot. Und sie fängt von neuem heftig zu schluchzen an.

Ach hör auf, sagt Klara, als ob du ihn so gern gehabt hättest, hör auf, sag ich dir, stör nicht seinen wohlverdienten Frieden, du!
Berthie hört augenblicklich erschrocken zu weinen auf.

Das Haus, das Häuschen, das letzte in der Reihe der zum Tod Verurteilten, ist Klaras Haus, das Erbe der Großmutter, Stefanie hat nur Wohnrecht dort. Das Haus daneben, das der Tante, mein Kinderferienhaus, ist schon nicht mehr da; wo es stand, ist eine verwilderte Wiese mit Holunderstauden und Heckenrosenbüschen, rot von Hagebutten, schwirrend voll von kleinen Vögeln, und mit einem Wildkaninchenbau, »Nachkommen unsrer Stallhasen, Freigelassenen« sagt Klara.
Das Haus ist unverändert, es könnte auch das der Tante sein: die gleiche Einteilung, der gleiche heimelige Modergeruch, die gleichen Geranien in den grüngestrichenen Holzkästen vor den Fenstern, die gleichen handgestickten Leinenvorhänge, immer noch die alten, unverwüstlichen.
Du kannst das Eckzimmer oben haben, sagt Klara, du bleibst doch über Nacht jetzt, wo du schon einmal hier bist.
Ich sage, ich bliebe nicht, und sie widerspricht nicht, sie kocht.
Stefanie geht draußen im Garten umher. Hinter dem Haus sind wie damals die zeltartigen Spaliere der Stangenbohnen mit trocknenden vergilbten Schoten. An einer Staude eine grüne Ranke mit ein paar zeitverwirrten Blüten: Feuerbohnen, Feuerbohnen, Mina Martin . . . Aber es fehlt der Bach, er fehlt dem Garten sehr, der Garten lebt nicht mehr wie damals. Ich gehe hinaus zu Stefanie und sage es ihr.
Die Papierschiffchen schwimmen nicht mehr, sagt sie, und das ist der erste ganze Satz, den sie mit mir spricht.
Die Papierschiffchen: Klara machte sie aus Zeitungspapier, ich ließ sie von unserm Waschsteg ins Wasser, sie schwam-

men bachabwärts und Stefanie, am nächsten Steg, fing sie auf. Es konnten statt der Schiffchen auch Blumen sein oder Hölzchen, es war ein lautloses Mittagsstundenspiel, wenn die Großmutter und die Tante schliefen. Die Erinnerung macht Stefanie ein wenig geneigter, ein Gespräch zu führen, aber sie zieht es vor abzuwarten, bis man sie etwas fragt, doch antwortet sie nicht sofort, so wie jemand, der in einer fremden Sprache angeredet wird, auf die Übersetzung des Dolmetschers wartet. Ich muß mich an diese Art von Gespräch erst gewöhnen.
Wohnst du immer hier, Stefanie?
Da sie nicht antwortet, wiederhole ich meine Frage.
Nein, sagt sie, ich wohne in London.
In London, wieso in London, was tust du dort?
Stefanie schweift schon wieder umher, ungern antwortet sie auf so direkte Fragen.
Ich bin bei Bernheimers.
Sie nimmt an, ich sei augenblicklich im Bilde, ich bin es nicht, wer sind Bernheimers?
Diese Mal reagiert sie sofort, aber mit einem Blick voller Vorwurf. Ich erinnere mich dennoch nicht, und ich sage ihr das. Sie quält sich eine Erklärung ab: Bernheimers hatten hier eine große Tuchfabrik, sie mußten vor Hitler fliehen, sie gingen nach London, sie sind Juden, den einzigen Sohn haben die Nazis ermordet in Auschwitz, er kam nicht rechtzeitig weg, ich lebe mit seinen Schwestern, aber noch nicht lange, vorher habe ich gearbeitet.
Was denn?
Sie wirft mir wieder einen sonderbaren Blick zu, der sagt: Was, das weißt du nicht? Mein Nichtwissen tut ihr offenbar weh, aber nur flüchtig, dann sagt sie höflich kühl: Ich bin Pianistin, eigentlich Cembalistin, ich gebe keine Konzerte mehr, ich unterrichte, aber auch das nur wenig.
Sie lächelt jetzt. Sie tut es auf eine Art, die mich beinahe zwingt, sie »Miena« zu nennen: es ist das traurige Lächeln

ihrer Mutter. Ich sage wirklich: »Miena!« Stefanie hört es nicht, sie schlafwandelt schon wieder auf gefrorenen Teichen. Wie alt ist sie? Älter als ich. Aber sie ist ein Mädchen. Sie hat viel blondes Haar, fast ohne Grau noch, sie hat es zu einem Nackenknoten gesteckt, der so schwer ist, daß er ihr den Kopf ein wenig nach hinten zieht, das zwingt sie sich sehr gerade zu halten und das gibt ihr einen Anschein von Hochmut, vielleicht ist sie aber wirklich hochmütig. Doch ist sie ein schönes Mädchen von fünfundsechzig, die Jahre zählen nicht.

Stefanie, wer waren ... Stefanie!?

Was denn?

Wer waren eigentlich die Kaunigers, wer ist diese Berthie?

Ach Berthie, sie ist eine von den Zwillingen, weißt du nicht mehr, überm Tisch waren sie musterhaft artig und unterm Tisch stießen sie mit den Schuhen nach uns und wenn wir uns beklagten, sagten sie: die lügen.

Meine vagen Erinnerungen: das Marktcafé, und Schokoladentorte, mitten im Krieg, kann das stimmen?

Ja, aber die bekamen nicht wir, sondern nur privilegierte Gäste.

Und es gab kalte Marmortischchen?

Ja, du hast immer Arme und Gesicht darauf gelegt, und Tante Berta sagte: sitz anständig, wie bist du schlecht erzogen.

Tante Berta, wer war das. Meine Erinnerung stimmt: ein wabbeliges Doppelkinn und ein ganz kleiner runder Mund, aus dem man runde nette Worte erwartete und der nur Spitzes und Giftiges ausstieß, das immer Mina Martin traf. Ich erinnere mich ferner an dicke weiße Finger, die auf der Marmorplatte lagen wie tote Fische oder wie Weißwürste, ja, wie zweimal abgebundene Weißwürste, die sie plötzlich hochschnellte und klatschend auf den Tisch schlug, daß die Tassen klirrten, stimmt das?

Es stimmt. Tante Berta war entsetzlich dick, wenn sie auf

dem Stuhl saß, hing das Gesäß rechts und links herunter, wir starrten immer wieder darauf, es war faszinierend widerlich.
Stefanie sagt »Gesäß«, Klara sagt nachher, im Falle der Tante Berta muß man Arschbacken sagen.
Und ihr Mann, Onkel Willi, wieso erinnere ich mich an den gar nicht?
Er kam nie ins Café, er saß in seinem Hinterzimmer, er ging nur einmal in jeder Woche aus, in den Kegelclub.
Eine weitere vage Erinnerung: es gab doch einen jüngeren Mann im Café, wer war das?
Das war Karl, er war der Herr im Haus, er hat gebacken, wer er zu Tante Berta war, das weiß man nur durch Gerüchte, aber das ist alles so lang vorbei, so lang.
Stefanie, wer – hörst du? Wer war Siegfried, der als kleines Kind starb?
Bitte, sprich nicht darüber zu Berthie.
Wieso nicht?
Es war Berthies Kind, unehelich, der Vater war ein SS-Mann.
Warum starb das Kind so klein?
Ach das ... Weißt du, es wird soviel Böses geredet in einer kleinen Stadt, aus Langeweile denken sich Leute böse Geschichten aus. Aber die Geschichte von Berthie wird schon wahr sein, sie ist ganz logisch, sozusagen: sie mochte das Kind nicht, sie haben es verhungern lassen schön langsam, daß niemand etwas argwöhnte, später kam dann doch ein Verdacht auf, eine Bedienerin, die man mit Geld mundtot gemacht hatte, sagte später aus, aber da war schon zuviel Gras darüber gewachsen.
Stefanie, wer war eigentlich Max?
Max, wieso kommst du auf einen Max?
Ein Erinnerungsfetzen, akustisch, ich höre eure Großmutter »Ma-ax« rufen.
Das muß der Max Bredel sein, er hat als Kind manch-

mal mit uns gespielt, ein Arbeiterkind, er hat sich nach dem Krieg aufgehängt am Bach in den Weiden, er war zuletzt Ortsgruppenleiter gewesen bei den Nazis, aber er war kein Nazi, er kam aus einer Kommunistenfamilie, die Nazis hatten seinen Vater umgebracht in Dachau neunzehnhundertvierunddreißig, aber das soll dir Klara erzählen, ich erinnere mich nicht mehr genau, ich weiß nur, daß er rote Haare hatte und Sommersprossen und wir nannten ihn Fuchs, aber er war ein guter Kerl und sehr gescheit, er wollte studieren, aber es war kein Geld da, er mußte früh verdienen, schon als Kind, er trug Zeitungen aus und nur selten kam er zu uns zum Spielen dorthin.

Sie deutet über die verwilderte Wiese: dort waren die toten Geleise der alten Saline, erinnerst du dich?

Die toten Geleise. Ich rieche rostiges Eisen, und der Metallgeschmack tut meinen Zähnen weh. Die toten Geleise, das war für mich große Traurigkeit, Kränkung, ohnmächtiger Zorn, unwiderstehliche Lockung, wilde Sehnsucht nach Unerreichbarem.

Ihr habt mich nie mitspielen lassen, sage ich, und wahrhaftig, es kommt, nach so vielen Jahrzehnten, wie ein bitterer Vorwurf heraus.

Aber du warst wirklich noch zu klein, sagt Stefanie und kränkt mich damit heute noch.

Zu klein, zu klein, drei Jahre jünger als du!

Ja, sagt Stefanie, aber damals waren drei Jahre viel.

Wer waren die anderen Kinder?

Klara, aber die spielte nicht mit, sie war nur dabei, und Max, und Anna, auch ein Arbeiter-Kommunistenkind, sie hat später den Max geheiratet und noch später war sie Köchin beim Kreisleiter, und dann war noch Erich Bernheimer da und manchmal Georg, der ist Geistlicher geworden und mit seiner Kirche verbrannt, als die Bomben fielen.

Zum Essen ruft Klara, und Stefanie scheint froh zu sein, daß sie das Gespräch abbrechen kann.

Klara, wie sie so am Herd stehen kann, so gebückt, und wie sie das Essen aufträgt, flink und sicher. Die Haare eisengrau, ganz kurz geschnitten zu einer Pagenfrisur. Häßlich ist Klara nicht und auch kein altes Weiblein, das sah ich schon am Grab, jetzt fällt es mir noch mehr auf. Der Bukkel stört kaum, so groß er ist, er gehört zu ihr wie zu andern ein Sprachfehler, den man sympathisch findet. Sie trägt schon seit ihrer Kindheit ein Lederkorsett, das ihr sehr wehtut, daran ist nichts zu ändern, und also redet sie auch nicht darüber.
Berthie stürzt sich aufs Essen, hört nicht sieht nicht sagt nichts sondern schlingt was ihr Klara auftut. Stefanie ißt fast nichts, sie träumt sich aus dem Fenster hinaus, sie läuft Schlittschuh auf grünem Eis, das grüne Eis spiegelt sich in ihren Augen. Miena! sage ich, und sie schaut mich verwundert an. So hätte ich gern zu Eurer Mutter gesagt: Miena mit einem ganz langen I. Stefanie lächelt ein wenig, dann sagt sie plötzlich lebhaft: Gleiche ich ihr?
Ich meine ja, sehr, in meiner Erinnerung.
Ach was, sagt Klara, sie war viel schöner.
Sie sagt es auf eine trockene Art, sie stellt fest was ist und was nicht ist, von ihr kann man offenbar immer nur »nackte Wahrheiten« hören.
Stefanie, fern davon, gekränkt zu sein, sagt still begeistert: Ja, sie war unvergleichlich schön und am schönsten als alte Frau, am allerschönsten auf dem Totenbett, warum nur hat ihr niemand eine Maske abgenommen, nicht einmal ein Foto haben wir gemacht, wir konnten an nichts anderes denken als daran, daß sie tot ist. Aber es ist schade, daß wir kein Bild von ihr haben.
Das macht nichts, sagt Klara, so kann sie immer noch schöner werden.
Sie sagt es ironisch, sie mag Begeisterungen nicht, und wo sich derlei einschleicht, fällt sie darüber her, auch auf eigene Kosten natürlich.

Und jetzt essen wir weiter, sagt sie, und (sie wendet sich zu mir) wenn Du noch mehr hören willst über unsere verrückte Familie, dann können wir dir gerne dienen.

Der Bericht über die Familie begann beim Kaffee und endete eine Woche später und war längst nicht mehr nur ein Bericht über eine verrückte Familie, sondern die lückenhafte und doch vollständige Chronik einer Stadt, die auf der Landkarte von Europa ein sehr kleiner Punkt und auf der Weltkarte garnicht vorhanden ist, und die doch nicht weggeleugnet werden kann, ein winziger Spiegel der Geschichte unseres Jahrhunderts, und selber eine kleine Welt mit einem Schicksal, das zählt.
Die Oberschule zum Beispiel, sagt Klara, die hieß damals, als ich Schülerin dort war, »Höhere Töchter-Schule mit Hauswirtschaftsschule«, sie gehörte den Englischen Fräulein, man wurde tugendhaft erzogen und lernte viel, aber auf einmal, nach neunzehnhundertdreiunddreißig, hieß sie »Musisches Gymnasium«, die braven Englischen Fräulein waren verjagt, dafür kamen schneidige Lehrer mit Parteiabzeichen, man turnte und sang und führte Theater mit Sprechchören auf und sprang übers Sonnwendfeuer, alles für Volk und Führer, und als die Lehrer bei Kriegsbeginn einberufen wurden, um für Volk und Führer zu sterben, kamen Lehrerinnen, nicht ganz so schneidig und nicht ganz so gesinnungstreu, und dann wurde das Haus zerbombt, ein Teil blieb stehen, das wurde dann Lazarett, und eines Tages kamen die Englischen Fräulein wieder, bauten das Haus auf und hielten wieder Schule, Oberschule heißt sie jetzt, und die Bürger unsrer Stadt sehen die christliche Erziehung ihrer Kinder gesichert und damit den ungestörten Frieden der Stadt für die nächsten hundert Jahre. Daß unter den Englischen Fräulein ein paar sind, die gut links stehen, das weiß man, das stört nicht, im Gegenteil, es erhöht das Prestige, man kann sich Modernitäten leisten.

Oder, sagt Stefanie, nimm die Zeitung, ein Provinzblatt, aber immerhin eine stadteigene, nicht bloß ein Ableger einer überregionalen Zeitung, also unabhängig, sagt man, und schau, wie oft sie Name, Besitzer, Format, Drucktypen, Charakter und Qualität gewechselt hat.
Und die Fahnen, sagt Klara, die Fahnen, Fähnchen, Standarten, Flaggen, Wimpel, immer wurde was gehißt und geschwenkt und gegrüßt und herumgetragen und heruntergerissen und verbrannt und neugenäht und wieder hochgezogen und herumgetragen: die goldbestickten Fronleichnamsfahnen mit der weißblauen Muttergottes und dem Herzjesu, die roten Standarten von der Feuerwehr und die weißen von den Jungfrauen und die schwarzweißen vom Veteranenverein und was sonst noch, und einmal gabs schwarzweißrote und einmal die mit dem Hakenkreuz und dann die schwarzrotgoldenen, Fahnen müssen sein, ohne Fahnen gehts nicht.
Vergiß die weißen nicht, die man den Amerikanern entgegentrug bei der Kapitulation!
Nein, sagt Klara, die vergeß ich nicht, auch die mit dem Blutfleck nicht.
Ehe ich fragen kann, was für eine Fahne das war, fährt Klara schon fort. Ich vergesse überhaupt nichts, die toten Geleise nicht und die toten Leute nicht, die man aus dem Bombenschutt heraus und wieder hinuntergebaggert hat ohne recht hinzuschauen, ins Grundwasser versenkt oder eingestampft in die Fundamente der Banken, der neuen Kirche, der neuen Kaufhäuser. Ich vergesse auch die andern Toten nicht, die keiner mehr wiedergefunden hat.
Hör auf, sagt Stefanie und drückt ihr weißes Taschentüchlein auf ihre Stirn, sie hat Kopfweh.
Jeden Nachmittag kommt Berthie zu Kaffee und Kuchen, und es erweist sich, daß ihr verkalktes Spatzengehirn einiges konserviert hat, das sich sperrig aber unentbehrlich in das von den andern gezeichnete Bild fügt. Berthie ist es

auch, die eine neue Figur einführt, die niemand noch genannt hatte: Doktor Fleckmann. Sie führt ihn schon am ersten Tage ein und nicht zur Freude der Schwestern, aber da ist er nun einmal.
Wieso, hatte ich gefragt, wart ihr nur mit eurer Mutter da, wart ihr Waisen, hattet ihr keinen Vater?
Er ist tot, sagt Stefanie.
Jetzt ist er tot, sagte Klara, aber damals lebte er.
Ja, sagt Berthie, aber mit einer andern, freilich war ihm da eure Mutter schon durchgegangen.
Nein, sagt Klara, was weißt denn du, was vorher war.
Mama wäre nicht ohne Grund weggegangen, sagt Stefanie, sie ist zornig, sie wird weiß im Gesicht vor Zorn.
Ohne Grund, ohne Grund, sagt Berthie, die wird freilich einen Grund gehabt haben, euer Vater war ja auch bloß ein Habenichts, ein Privatgelehrter, seine Bücher hat nie wer gelesen.
Was verstehst denn du, was weißt du überhaupt, du Provinzziege, hast du überhaupt je ein Buch gelesen, weißt du überhaupt, was Philosophie ist, sagt Klara.
Soviel versteh ich: wenn einer mit seinen Büchern kein Geld verdient, dann wird schon nichts sein an diesen Büchern.
Berthie, sagt Klara, du bist eine Gans.
So, sagt Berthie, eine Gans, meinetwegen, aber jedenfalls hatte Fleckmann mehr Geld für alle Wünsche Eurer Mama.
So, sagt Klara, jetzt ist es genug, du bis jetzt ganz still, hörst du?
Berthie hat noch etwas auf der Zunge, aber ein Blick von Stefanie rät ihr zu schweigen, es ist ein Blick, unter dem sie sich duckt wie ein Hund, der beißen will, aber Schläge fürchtet.
Jetzt, sagt Klara zu mir, weißt du bereits einiges aus unsrer Skandalchronik, aber aus Berthies Sicht, also falsch. Sei still, Berthie, sag ich dir. Und wer der Doktor Fleckmann

war, das erzähle ich dir ein anderes Mal. Berthie, du könntest jetzt heimgehen.
Aber Berthie tut, als habe sie nicht gehört, und so läßt man sie eben weiter dasitzen.
Warum wir als Kinder hierher geschickt wurden, hat den einfachen Grund: wir waren hungrige Großstadtkinder, es war Krieg, hier gab es zu essen, sagt Stefanie. Klara sagt: Nun ja.
Stefanie schneidet ihr einen Satz ab, der ihr nicht paßt, sie weiß ihn schon, ungesagt. Klara ergibt sich. Ich seh uns ankommen, sagt sie, es war Juli und heiß und staubig, und kein Mensch hat uns abgeholt an der Bahn, Vaters Brief oder Telegramm war nicht angekommen oder gar nicht abgeschickt worden, wer weiß, und so mußten wir unser Gepäck selber tragen, ich hatte den schweren Koffer und Stefanie eine Reisetasche, für die ihre Arme zu kurz waren, die Tasche stieß am Boden an und machte eine Spur im Sand, diese Spur sehe ich noch heute, und ich hatte zum ersten Mal eine Brille auf, ich war kurzsichtig, die Brille war eine mit Stahlbügel, billig natürlich, und zu groß, sie rutschte mir immer auf die Nase, und ich mußte den Koffer jedesmal hinstellen, um die blöde Brille hochzuziehen, und dann blieb Stefanie auch noch stehen und wollte nicht weitergehen.
Und warum blieb ich stehen: ich hatte Musik gehört, sie kam von oben, wie aus dem Himmel.
Aus dem dritten Stock, aus der Wohnung von Dora Lilienthal, und du gingst mir einfach nicht mehr weiter, bis mir schließlich die Geduld riß und ich sagte, ich ließe dich allein und du fändest dann nie zur Großmutter, aber das war dir gleich, so ängstlich du sonst warst.
Ich war nicht ängstlich, das weißt du.
Jaja, nur auf diese eine Art warst du ängstlich: daß man dich allein lassen könnte. Aber damals bliebst du einfach stehen und hattest keine Angst. Erst als das Klavierspiel

aufhörte, kamst du wieder zu dir und endlich gingst du weiter und schließlich kamen wir bei der Großmutter an, dort draußen am Gartentürchen standen wir verschwitzt und dreckig, und die Großmutter schlug die Hände überm Kopf zusammen, das war der Empfang.

Eure Mama war nicht da, sagt Berthie, aber Klara sagt wieder nur: Du bist ganz still, verstehst du?

Mama kam bald, sagt Stefanie, wie hätte sie daheim bleiben sollen, da sie nichts wußte von unserm Kommen.

Sie war, sagt Klara, sehr schön angezogen, viel zu elegant für so eine kleine Stadt.

Graue Seide, sage ich, und durchbrochene Handschuhe bis zu den Ellbogen, und Sonnenschirm, grau mit weißen Blumen und mit einer Quaste am Stiel.

Als ob du dich daran erinnern könntest, sagt Klara, du warst ja noch so klein.

So klein? Ich war immerhin drei Jahre alt, und als der Krieg zuende war, da war ich acht, und eine Vier-, Fünf-, Sechsjährige erinnert sich sehr wohl an derlei auffallende Dinge. Es war silbergraue Seide mit so einem Spitzendings am Hals, einem Jabot oder wie das hieß.

Doch, Klara, sagt Stefanie, so ein Kleid und so einen Sonnenschirm hatte sie wirklich.

Ja, sagt Berthie, und alles vom Doktor Fleckmann.

Du alte Giftspinne, sagt Klara.

Aber nun ist der Doktor Fleckmann wirklich da und nicht mehr wegzuschweigen. Berthie lächelt bösartig, sie ist widerwärtig, ich verstehe nicht, warum die Schwestern sie ertragen. Ich kenne noch nicht Klaras mürrische umfassende nüchterne Geduld noch Stefanies ebenso grenzenlose Gleichgültigkeit gegen alles, was nicht in ihre eigene Traumwelt gehört.

Als Mama damals heimkam und uns sah, sagt Klara, da fing sie zu weinen an, dann umarmte sie dich, bei mir wagte sie das nicht, bei mir schaute sie auf die Brille und fragte: brauchst du die unbedingt? und dann schaute sie auf meine Schulter und fragte: gehst du nicht mehr zur Massage? und ich sagte: ach was, dagegen hilft doch keine Massage, ich werde so oder so bucklig, ich bin rachitisch, das weißt du doch, und sie kam mir wieder mit der alten dummen Lüge: was redest du, rachitisch, aber geh, du bist als kleines Kind die Treppe hinuntergefallen, das verwächst sich. Und dann fragt sie ganz leise: wie gehts dem Papa? Da sagte ich: gut, er kann jetzt endlich ungestört arbeiten, seit du fort bist, hat er gesagt. Mein Gott, wie grausam war ich und wußte nicht, daß ichs war. Sie ist hinausgegangen, sicher hat sie geweint.

Dann, sagt Berthie, dann ist sie geschieden worden und das Gericht hat euch ihr zugesprochen, kein Mensch hat das verstanden, aber alle haben gedacht, jetzt heiratet ...

Du sei bloß still, sagt Klara mit Autorität, und Berthie duckt sich.

Wenn schon, sagt Klara, von Fleckmann geredet werden soll, dann tu ich es und nicht du.

Ach nein, bitte nicht jetzt, sagt Stefanie.

Jetzt oder ein anderes Mal, was macht es schon aus, sagt Klara.

Berthies Gesicht kommt mir jetzt ziemlich aufgedunsen und rot vor, auch Klara sieht es, sie sagt: Berthie, Zeit zum Heimgehen, ich bring dich über die Straße.

Berthie leistet keinen Widerstand mehr. Klara führt sie hinaus und auf die andere Straßenseite, auf der sie gefahrlos weitergehen kann, immer gerade aus und kreuzungsfrei und gar nicht weit bis zum Altersheim.

Während Klara abwesend ist, sagt Stefanie: Was für ein Bild bekommst du von Mama! Sie war wunderbar, aber sie paßte nicht in diese kleine Stadt, sie mußte einen Weg finden um hier zu überleben, mitten unter diesen ... diesen Ratten.

Stefanie, bitte, ehe ich von andern Falsches höre, sag du mir, wer war dieser Doktor Fleckmann.
Schwer zu sagen. Er war mein Feind.
Deiner Mutter wegen?
Aber nein.
Habt Ihr denn damals überhaupt etwas von dieser nun: von dieser Beziehung gewußt?
Wie man als Kind so etwas weiß, man hört und sieht einiges und versucht sich einen Reim darauf zu machen. Klara hat mehr gewußt, sie war ja älter.
Warum war er dein Feind?
Er war es politisch. Er war Faschist.
Ach so, ich verstehe.
Nein, du verstehst nicht!
Ich warte auf eine Erklärung dieses Satzes, aber es kommt keine. Ich frage: Und eure Mutter, sie war dagegen?
Wir alle waren dagegen. Aber Mama hat die Augen fest zugemacht und ist blind auf dem hohen Seil gegangen und nicht abgestürzt.
Und wie war dieser Doktor Fleckmann sonst, was war er von Beruf, erzähl mir doch etwas über ihn.
Er war Chemiker und hat in Chemie auch promoviert, und eine Weile hat er bei Bernheimers gearbeitet in seinem Fach, er mußte auch viel reisen, meist ins Ausland, und da brachte er immer etwas für Mama mit. Dann war er einige Jahre fort, Mama hat nie verstanden, wo er da war, und als er wiederkam, trug er die scheußliche braune Uniform und war Ortsgruppenleiter, dann wurde er bald Kreisleiter, so nannte man das
(ich weiß, Stefanie!)
und neunzehnhundertachtunddreißig, als die Partei Bernheimer enteignet hatte, wurde Fleckmann der Leiter, sie machten damals nur mehr Partei-Uniformen und dann nur mehr Wehrmachts-Uniformen, denn da kam der Krieg, ich meine: da begannen die Nazis den Krieg und Fleckmann

war plötzlich Bürgermeister, und dann, als die Amerikaner kamen, sollte er, als Bürgermeister, die Stadt kampflos übergeben, man brachte ihm die weiße Fahne, aber er warf sie zu Boden und sagte nur: Ihr Feiglinge! Dann erschoß er sich und fiel auf die weiße Fahne, in die haben sie ihn dann gewickelt und an einem Lichtmast aufgehängt, da blieb er hängen drei Tage, bis ihn jemand nachts heimlich abnahm und begrub außerhalb der Friedhofsmauer.
Eine Romanfigur, ein Theaterheld also?
Das ist nichts zum Spotten, er war mein Feind, politisch, aber auf seine Art war er großartig, seine Konsequenz hatte Stil.
Nun ja.
Und er hat nie jemand ans Messer geliefert, im Gegenteil.
Nämlich?
Ich warte wieder einmal vergeblich auf die Fortsetzung einer angefangenen Geschichte. Stefanie hat keine Lust mehr zu sprechen, sie pflückt einen Grashalm und kaut auf ihm. Wir gehen im Garten auf und ab, und ich versuche mir ein Bild dieses Doktor Fleckmann zu machen, aber es entgleitet mir, und ich denke, ich müsse auf Klaras Kommentar warten, Stefanies Ansicht ist doch wohl nichts als die Verteidigung und Verklärung der Liebschaft ihrer Mutter. Stefanie ist, das weiß ich jetzt schon, nie sachlich, sie haucht immer auf den Spiegel, damit er sich trübt und kein scharfes Bild zu geben vermag, scharfe Bilder scheinen Stefanie falsch.
Klara kommt endlich zurück. Mit Berthie wird es immer ärger, sagt sie, sie verkalkt zusehends, eines Tages läuft sie in ein Auto, aber an längst Vergangenes erinnert sie sich, besonders an Skandale, sie ist ein dummes böses Stück. Freilich ein armes auch, das weiß ich.
Wie ist sie denn mit euch verwandt?
Schändlich nah: sie ist unsere richtige Kusine, Tante Berta war Mamas Schwester.

Aber, sagt Stefanie, das glaubte nie jemand. Tante Berta so häßlich und vulgär, und Mama hätte eine Gräfin sein können, vielleicht hatten sie nicht den selben Vater.
Du spinnst, sagt Klara, so alt du bist, hast du noch immer Kinderphantasien: Zigeunerkind, Findelkind, uneheliches Kind eines Habsburgers oder Wittelsbachers, komm komm, es geht viel prosaischer zu in unsrer Welt.
Sie lacht, das tut sie selten, es klingt wie wenn sie im Keller lachte, unter einem Gewölbe, aber es ist keine Einladung mitzulachen, man fühlt, das Lachen kommt aus Erfahrungen, die nur sie hat und über die nur sie lachen darf. Stefanie weiß das, sie lächelt nicht einmal, sie sagt vielmehr, sie habe Kopfweh. Ich habe mein Kopfweh, sagt sie und bezeichnet es damit als etwas, das nur sie hat und das ihr persönlichstes Eigentum ist, und damit hat sie recht, das verstehe ich später.
So, sagt Klara, als Stefanie die Stiege hinaufgegangen war, jetzt machen wir uns einen Kaffee, dann erzähle ich dir weiter von unsrer Familie, ich frage mich zwar, warum eigentlich, warum sollte man nicht vergessen, aber ich sage mir auch, man könne nicht genug wissen vom Leben, je mehr Material, desto mehr Zusammenhänge, und auf die kommt es an.
Sie setzt Wasser auf und beginnt Kaffee zu mahlen mit der alten, von der Großmutter ererbten Kaffeemühle zwischen den Knien, ich will ihr die Arbeit abnehmen, aber sie läßt es nicht zu, sie hat eine störrische Art einen abzuweisen mit dem Ellbogen, es ist fast beleidigend wie sie es tut, aber ich verstehe: jemand, der sein Leben lang alles aber auch alles allein machen mußte, der braucht keinen dieser lächerlichen Hilfsdienste.
Ich schaue ihr zu, wie sie die hölzerne Mühle dreht, wie sie den gemahlenen Kaffee in den Papierfilter füllt, wie sie kochendes Wasser darauf gießt, sie tut alles ganz konzentriert und mit einem Mindestmaß an Bewegung, vermut-

lich weil ihr jede Bewegung wehtut. Ich sehe, daß sie eine dritte Tasse aufstellt, für Stefanie, aber, sagt sie, Stefanie wird nicht so schnell herunterkommen, immer dieses Kopfweh, sie denkt zuviel und immer dasselbe, sie ist wie ihre Mutter, so eine Art von Treue kann Krankheit sein und auch Sünde, aber freilich, jeder Mensch ist eben wie er ist. Nur: ich hätte gern, daß Stefanie frei würde, aber ich fürchte, dafür ist es jetzt zu spät.

Wem denn ist Stefanie so treu?

Er war eine Kinderliebe, eine Jugendliebe, er war im Widerstand gegen die Nazis, er ist tot, sie haben ihn erschossen auf der Flucht, soviel wir wissen, Stefanie weiß auch, daß er tot ist, aber sie glaubt es nicht, das heißt, sie glaubt nicht an seinen Tod und überhaupt nicht an den Tod, aber das ist schwer zu erklären.

Hieß der Mann Erich Bernheimer?

Klara reagiert bestürzend: sie hebt den Kopf hoch, aber so rasch und heftig wie ein Stier sein Haupt hochwirft und vorstößt im Zorn, und sie schaut mich auf eine erschrekkende Weise an. Was weißt denn du von ihm?

Sie sagt es unfreundlich, wild sogar, ich weiß garnicht, was ihren Zorn erregt hat. Sie nimmt ihn auch sofort wieder zurück und fragt, schon wieder ruhig, aber wie erschöpft: hat dir Stefanie von Erich erzählt?

Sie hat gesagt, daß sie bei seinen Schwestern in London lebt, daß die Bernheimers von hier fliehen mußten, daß alle gerettet wurden bis auf Erich, das ist alles.

Jaja, das ist alles, sagt Klara, und dann sagt sie noch einmal: Das ist alles.

Wie sie es sagt, verrät das Vorhandensein einer unverheilten Wunde, eines Geheimnisses, das zu berühren ich mir natürlich versage, aber Klara fühlt die unterdrückte Frage und sie beeilt sich, das Geheimnis noch dichter zu verhüllen, indem sie die Sache bagatellisiert und scheinbar ganz öffnet. Die Erinnerung an die Toten, ich meine: diese To-

ten, hört nie auf, sagt sie. Erich war eines von den Kindern, die hier drüben auf den toten Geleisen spielten.
Davon hat Stefanie geredet.
Von wem? Welche Namen hat sie genannt?
Anna und Max und Erich und Georg.
Sonst keinen?
War da noch ein anderer?
Da war und ist ein anderer, aber wenn Stefanie nicht von selber davon redet, wollen auch wir es nicht tun. Nur damit du, wenn sie etwas darüber sagt, keine falsche Frage stellst, will ich dir sagen, wer das war und ist: Peter Niels, sie waren verlobt, er mußte fliehen und kam um auf der Flucht, zu der ihm der Doktor Fleckmann verholfen hatte.
Fleckmann? Ich denke, er war ein Nazi? Wieso hilft er einem Antinazi zur Flucht? Das ist absurd.
Ja, das ist es, der ganze Mann war absurd und unheimlich, wenigstens mir war er unheimlich, weil er ein Nazi war und doch nichts Böses tat. Ich habe ihn schon als Kind nicht leiden können. Meine Erinnerungen sind fast so bösartig wie die von Berthie, wir sind eben doch verwandt.
Welche Erinnerungen?
Viele. Die früheste ist diese: Stefanie und ich sind erst seit ein paar Tagen hier in dieser Stadt, und Mama hat es sich in den Kopf gesetzt uns schön zu machen für den ersten Besuch bei den Kaunigers, sie wollte uns vorzeigen wie Puppen, sie wollte uns schöne Kleider anziehen, aber wir hatten nichts Schönes, Mama war ganz verzweifelt, da band sie uns wenigstens Schleifen ins Haar, grüne, ich sah aus wie ein aufgeputzter Wildesel, kann ich dir sagen, ich riß das Zeug auch gleich wieder herunter, aber Stefanie wollte es gern tragen, und so gingen wir auf die Straße, die elegante Mama und wir Armeleutekinder, und plötzlich wurde Mama ganz aufgeregt und sagte: Geht schön, Kinder, laßt euch führen, und sie sagte auch noch: geh schöner, Klara, halt dich doch gerader. Als ob ich das gekonnt hätte.

Ich fragte, warum denn, und da kam er auch schon, dessentwegen das alles inszeniert wurde: ein eleganter Herr in einem ganz hellen Anzug, wie ihn sonst niemand trug, und mit einem Spazierstöckchen, er war Mitte zwanzig, fünf Jahre jünger als Mama, und dick, damals war er dick, er gab Mama die Hand, uns bemerkte er garnicht, er hatte eine Zeitung in der Hand und sagte, das sei ein Extrablatt, die Zeit sei unruhig und man rede immer mehr vom Krieg, es gehe sicher bald los.
Aber, Klara, ich dachte, ihr wärt erst bei Kriegsbeginn hierher geschickt worden?
Klara ist entzückt davon, daß ich so genau bin, sie sagt: Nein, vorher, denn unser Vater hatte vorausgesehen, daß der Krieg bald ausbrechen würde, darum war mir auch das, was der Doktor Fleckmann jetzt vom Krieg sagte, nichts Neues, ich ärgerte mich, daß er sich so wichtig machte, alles an ihm ärgerte mich und vor allem, wie er plötzlich fragte, wen Mama denn da bei sich habe, uns nämlich, und sie sagte es ihm, und wir sollten ihm die Hand geben. Stefanie tat es natürlich sofort, ich nicht, der Doktor Fleckmann sagte: nun, dann eben nicht. Dann hob er Stefanies Gesicht am Kinn hoch und sagte: ganz die Mutter, wird einmal sehr hübsch. Und dann sagte er zu Mama so ganz beiläufig: also heute abend, und sie sagte ja. Dann ging er und ich fragte, wer der Mann sei, sie sagte es und ich fragte: was will denn der von dir, und sie sagte: was soll er denn wollen, was für Fragen du stellst.
Klara, daran kannst du dich doch nicht so genau erinnern.
Richtig, so genau hätte ich es nicht behalten, aber Mama hat es später Stefanie erzählt und die hat es mir wiedererzählt, und so wird es schon stimmen, und sicher stimmt, daß ich gesagt habe: der Mann ist ein fettes Reh. Mama war böse, und dann sagte sie, und du kannst ganz sicher sein, daß ich das selbst im Gedächtnis behalten habe, denn ein Kind in meiner Lage vergißt so etwas nie, Mama sagte:

du könntest froh sein, wenn dich einmal so einer heiraten würde. Das war, so für sich betrachtet, ein ganz absurder Satz, zu einer Achtjährigen gesagt, aber aus Mamas Lage heraus war er später für mich ganz begreiflich. Ich weiß auch noch genau, was ich antwortete: ich möchte so einen nicht, und überhaupt werde ich nie heiraten, ich werde bucklig, und Bucklige heiraten nie, das weißt du. Tja, so ist es auch gekommen.

Klara lacht wieder ihr Kellerlachen, das in unsichtbaren Gewölben einen Nachhall hat, der mir Unbehagen macht, obgleich das Gelächter harmlos scheint wie irgendeines.

Das fette Reh also, fährt sie fort, das war der Doktor Fleckmann, er war flink und elegant, er schien mir keine Knochen zu haben, so leicht ging er dahin, so ganz anders als unsre Provinzler mit ihrem Bauernschritt oder ihrem gespreizten und gehemmten Getripple und Gewackel, der Doktor Fleckmann war eben etwas anderes und etwas Besonderes.

Klara sagt es ohne Ironie, das wundert mich, sie sagt es auch ohne Haß, sie stellt es sachlich fest, und es wird eben stimmen: dieser Fleckmann muß etwas Besonderes gewesen sein.

Für Mama, sagt Klara, kam in dieser Stadt nur er in Betracht, der schwarze Esel trieb die beiden sonderbaren Figuren zusammen, da war nichts zu machen.

Wer bitte? Das ist eine Geschichte für sich, sagt Klara. Übrigens: als die Bernheimers enteignet wurden, sorgte Fleckmann dafür, daß sie viel mehr Geld mitnehmen durften als sonst erlaubt war. Warum er solche Sachen machte, ist nicht leicht zu verstehen.

Vielleicht, sage ich, wollte er sich Freunde machen für alle Fälle, für die Zeit nach dem verlorenen Krieg.

Mit dieser Unterstellung habe ich Klara beleidigt. Berechnung? sagt sie, nein, Fleckmann war ohne jede Berechnung, was fällt dir ein, und im übrigen glaubte er an den Sieg, oder vielleicht auch nicht, wer weiß, aber auf die Zeit »danach« zu spekulieren, so oder so, war nicht seine Sache. Er war ein Nazi, ja, aber aus vollem Mißverständnis, vielleicht aus bewußtem Mißverständnis.

Wie das?

Er hielt viel von großen Ideen, und er meinte, der Faschismus sei so eine große Idee, er brauchte etwas Großes, denn er wollte große Dinge tun, und, um große Dinge tun zu können, wollte er eine Karriere machen, verstehst du? Er wollte ein großer Helfer und Beschützer sein. Aber wer weiß, vielleicht habe ich ihn mir so ausgedacht und er war ganz anders. Für Mama war er leicht zu verstehen. Später, als alle sie für schwachsinnig hielten, hat sie mit Stefanie viel über ihn gesprochen. Vielleicht erzählt sie dir selber davon.

War es eigentlich bedrückend für dich zu wissen, daß deine Mutter . . .

Was? Daß sie einen Geliebten hatte? Oder daß sie so einen zum Geliebten hatte?

Hast du es schon als Kind gewußt, wie er war und was er zu Eurer Mutter war?

Natürlich. In der ersten Zeit hier schon. Mama hatte uns zu Bett gebracht, sie hatte so Anfälle von mütterlichem Pflichtgefühl, dazu gehörte offenbar, daß man Kinder zu Bett bringt. Wir waren das nicht gewöhnt, sie hatte es ja auch nie getan, als sie noch bei uns und Vater lebte, aber jetzt bestand sie darauf. Stefanie mochte das, sie war ganz gierig auf solche Beweise von Mutterliebe, mir waren sie zuwider, ich bin nicht die Spur sentimental und auch nicht käuflich und nicht scheinheilig, ich sehe immer genau was ist, ich war immer so, bucklige Kinder haben scharfe Sinne und sind mißtrauisch. Nun, damals lagen wir im Bett und Mama saß neben Stefanie, es war dunkel, aber durch die Jalousien sah man Wetterleuchten, wie man sich an so etwas erinnert, immer gehört sovieles zusammen zu einer Situation, darum erinnert man sich auch nach langer Zeit noch an Einzelheiten, eben weil sie unbedingt dazugehörten, damals war es gewittrig, und es roch nach Geißblatt, wir hatten im Garten eine Laube, die mit Geißblatt überwachsen war, das blühte und das roch stark süß. Und dann hörte man Schritte im Garten, und weg war Mama. Schlaft gut, Kinder. Das war alles. Aber ich schlief nicht. Ich hörte, daß im Garten unter dem Fenster geredet wurde und ein Mann sagte: Und das alles wegen der Kinder, warum hast du sie denn kommen lassen. Und Mama sagte: Ich hab sie doch nicht kommen lassen, er hat sie geschickt. Und der Mann, es war natürlich der Doktor Fleckmann, sagte: Bisher hast du dich auch nicht um andere gekümmert, warum jetzt, nur der Kinder wegen. Und Mama sagte: Ja, der Kinder wegen. Er sagte: Nun gut, wenn du frei sein willst, bitte, ich laufe keiner Frau nach, nicht einmal dir. Da hörte ich Mama weinen, und statt sie zu trösten, sagte er: Nein, heiraten kann ich dich nicht, du bist ja nicht einmal geschieden, und meine Lage ist so unsicher, und außerdem melde ich mich als Freiwilliger und wer weiß, ob ich zurückkomme. Da weinte Mama ganz laut, und er sagte: Hol deinen Schal, es wird kühl. Wie er das sagte, ließ mich erraten, das seine harten Worte garnicht wirklich das waren, was er ihr sagen wollte. Das begriff ich, so klein ich noch war. Dann kam sie herauf und nahm den Schal, aber ging nicht gleich wieder hinunter, sondern setzte sich an Stefanies Bett, und da merkte sie, daß wir beide wach waren und sie sagte: Habt ihr mich denn garnicht mehr lieb? Stefanie hat sicher leise gesagt »doch«, ich nicht, ich sagte ganz laut: Geh doch, sonst kommst du zu spät. Sie hätte doch wohl fragen müssen, was ich damit meine, wozu zu spät, aber sie fragte nicht, sie war ehrlich genug, nicht zu lügen in diesem Augenblick, das war wichtig für mich und dafür mochte ich sie, ich hätte jetzt sogar sagen können: Doch, ich hab dich lieb mit allem, was du tust.

Aber ich sagte es natürlich nicht, da ging sie, und nachher kam ein heftiges Gewitter, und ich hatte große Sorge um sie, immer, mein Leben lang, hatte ich diese Sorge um sie, wir hatten unsere Rollen vertauscht. Eigentlich brauchte man sich aber nicht um sie zu sorgen, denn sie ging, wie heißt es in der Bibel, sie ging über Schlangen und Skorpione, ich glaube jetzt, sie war unheimlich stark und spielte nur die Schwache, damit man nichts von ihr verlangte, was ihr nicht paßte. Zuletzt spielte sie jahrelang die Verkalkte und Kindische, nur damit ihr Mann sie in Ruhe ließ.
Ihr Mann? Lebte sie denn wieder mit eurem Vater?
Das muß doch nicht derselbe sein: ihr Mann und unser Vater. Unser Vater starb auf einer Reise im Vordern Orient, für mich ist er nicht tot, er ist verreist, es gab keine Beerdigung, er wurde irgendwo verbrannt an einem arabischen Ort.
Und eure Mutter hat wieder geheiratet? Und nicht den Doktor Fleckmann?
Nein, den nicht, der war im Krieg und dann vermißt, und wir hatten einen Zimmerherrn, so nannte man damals die Untermieter, einen Zimmerherrn, Zimmerfrauen gab es offenbar nicht, wir mußten ein Zimmer vermieten, wir hatten kein Geld, uns ging es schlecht, der Zimmerherr war Assessor am Amtsgericht und ein Baron, der hat sie geheiratet.
Aber sie liebte doch den Doktor Fleckmann!
Nun, und?
Aber Klara!
Was heißt da: aber Klara. Wenn dir das Wasser bis zum Hals steht und du kleine Kinder hast und nicht weißt, womit sie ernähren, und da kommt einer und bietet dir für die Kinder ein sicheres Dasein, ob du nicht auch, Liebe hin Liebe her, heiraten würdest? Das Leben ist ganz einfach, wenn man kein Geld hat, da gibts nur ein Problem und nur eine Lösung, falls du nicht dich und die Kinder um-

bringen willst, das haben andere getan damals, es gab viele Selbstmorde aus nackter Not, und nicht wie heute aus Langeweile und aus Neurosen.
Von welcher Neurose sprecht ihr?
Stefanie war wieder da, ein weißes feuchtes Tuch auf die Stirn gepreßt.
Von wessen Neurose?
Von der deinen nicht, sagt Klara, wir reden über Mamas Heirat.
Aber Mama hatte keine Neurose. Stefanie sagt es unerwartet laut, wenn sie, die Sanfte, etwas laut sagt, so wirkt es wie ein Zornesausbruch.
Das hat auch niemand behauptet, ich sagte nur, daß sie die Wahl hatte zwischen Selbstmord und Heirat, sie wählte die Heirat.
Das war nur eine andere Form von Selbstmord, sagt Stefanie.
Trink Kaffee, sagt Klara, das ist gut gegen Kopfweh.
Stefanie quält sich ein Lächeln ab, dann sagt sie zu mir: Aber was Klara sagt, stimmt fast immer.
Fast? Warum nur fast, sagt Klara. Ich habe ein gutes Gedächtnis und keine Phantasie, das weißt du. Ist der Kaffee stark genug?
Danke, ja. Aber warum lachst du, Klara?
Mir fiel der blöde Spruch ein, mit dem der Doktor Fleckmann seinen Kaffee zu bestellen pflegte bei der Tante Berta: Frau Kauniger, einen Kaffee, aber einen richtigen, Sie wissen doch, wie er sein muß: schwarz wie die Nacht, süß wie die Liebe, heiß wie die Hölle. Die dumme Tante Berta hat jedesmal darüber gelacht und ihm mit dem Finger gedroht. Dabei fällt mir, so unpassend das ist, der Ausbruch des Ersten Weltkriegs ein. Vielleicht bringe ich die Tage durcheinander und es war nicht gerade der zweite August neunzehnhundertvierzehn, aber für mich vermischten sich die Katastrophen, die allgemeine und die besondere. Wir

waren im Marktcafé, Stefanie und mich hatte man an ein Tischchen gesetzt zu einem Glas Milch oder sowas und man hatte uns Zeitschriften gegeben, man wollte uns beschäftigen oder vielmehr ablenken, denn hinten, in dem dunklen Winkel hinter der Theke, war ein Streit im Gange, wie öfters, es wurde geflüstert und getuschelt und auf einmal hörte ich Tante Berta sagen: Bilde dir doch nicht ein, daß er dich heiratet, mach Schluß mit ihm, geh heim zu deinem Mann, da gehörst du hin, in so einer Stadt wie der unsern kannst du keinen Skandal machen, man redet über dich, und wie, es schadet auch meinem Ruf, du ruinierst mir das Geschäft. Mama sagte nur: alle haben jemanden, nur ich soll allein leben. Und Tante Berta sagte: du hast deinen Mann, aber freilich, eine anständige Ehe, das ist nichts für dich, du bist ein Schandfleck, mit dir, das sage ich dir, gehts bergab, wo wirst du enden, du Abenteurerin, aber wenn du dir schon einen andern nimmst, dann doch nicht so einen, dann einen mit Geld, der dich aushält, denn das brauchst du doch, das ist es doch, was du suchst. Warum Mama nicht aufstand und ging oder ihrer Schwester nicht eine Ohrfeige gab, weiß ich nicht, und ich verzeihe es mir heute noch nicht, daß nicht ich es tat, aber so schnell begriff ich wohl nicht, ich fühlte nur, daß es entsetzlich war, was sie gesagt hatte. Aber in diesem Augenblick kam etwas wie ein Sturm, die Tür wurde aufgerissen und jemand warf einen Stoß Extrablätter ins Café, in meiner Erinnerung wehte der Sturm sie herein und bedeckte die Leute, die da herumsaßen, sie griffen nach den Blättern und schrien und gackerten und flatterten wie aufgestörte Hühner und wußten nicht was tun, und mitten in diesen Wirrwarr kam der Doktor Fleckmann, las das Blatt, stand eine Weile einfach so da und dann las er mit lauter Stimme den Text, es wurde ganz still, und dann sagte er, wir sollten keine Angst haben, wir seien ein starkes Volk von tapferen Männern und tapferen Frauen, wir müßten unsere Ehre verteidigen und kämpfen, der Krieg sei nötig, wir würden ihn gewinnen. Da war es heraußen, das Wort Krieg. Wir hatten es vorher schon gehört, aber da war es nichts als etwas Unangenehmes, wovor Kinder aus der Stadt aufs Land gebracht werden müssen. Aber jetzt war es etwas, das wirklich war und mitten unter uns, und da fingst du an zu weinen, Stefanie, und Mama zog uns aus dem Café hinaus, aber vorher brachte Tante Berta noch eine schöne Rede an, sie sagte zu Mamá: Jetzt bist du vielleicht bald Kriegerwitwe und hoffentlich doppelte. Das hat mir Mamá später erzählt.

Ja, sagte Stefanie, sie hat auch erzählt, daß wir dann am »Tageblatt« vorbeigingen, da stand Herr Niels auf den Stufen und hielt eine Rede, er sagte, der Krieg sei nicht mehr zu vermeiden, aber das Volk wolle ihn nicht, das Volk wolle nichts als Frieden. Da warf jemand einen Stein nach ihm, der traf eine Fensterscheibe, die zersplitterte, daran erinnere ich mich noch, und auch daran, daß Mama nachher in die Kirche ging und weinte, und wir beide waren sehr verlegen.

Stimmt, daran erinnere ich mich, und an die Straßen voll aufgescheuchter Leute und wie dann zuhaus die Großmutter sagte, man müsse eine Wallfahrt machen und um Frieden beten, und du hast gefragt, was das ist, eine Wallfahrt, man hat es dir erklärt, so gut man konnte, nehme ich an, und als wir am nächsten Tag zum Spielen an die toten Geleise kamen, hast du es den andern erklärt und dann fingst du plötzlich an zu schreien: Keinen Krieg, keinen Krieg! und liefst und liefst und schriest, und die andern liefen mit und schrien mit, sogar ich, und so liefen wir stadtauswärts, warum stadtauswärts, vielleicht wollten wir fliehen, aber dann machtest du plötzlich kehrt.

Nein, nicht ich, das war Peter, der umkehrte und jetzt führte er, und er führte uns in die Stadt, wir liefen und schrien die Leute zusammen, und viele liefen mit, Erwachsene, sonderbar, daß keine Kinder mitliefen, die laufen doch sonst mit, wenn etwas los ist, vielleicht haben sie gespürt, daß das kein Spiel ist. Aber warum graben wir im Vergangenen.

Wer gräbt? fragt Klara, wer hat Kopfweh vom Graben, du oder ich? Wer macht sich krank mit Graben?

Ach, was heißt gesund, was krank. Gesundwerden durch Vergessen, das ist schlimmer als alles.

Wenn du das weißt, warum schimpfst du mich dann aus, wenn ich grabe?

Graben und graben ist nicht dasselbe.

Stimmt, sagt Klara und lacht, dieses Lachen scheint unpassend, aber sie erklärt es sofort, sie lachte über eine Erinnerung an ein anderes Graben, ein harmloses, sagt sie, auch wenn es alles andere als harmlos schien, Stefanie versteht sofort, sie sagt: wer sah ihn graben, du oder ich?

Also, erzähl du, sagt Klara friedfertig.

Aber die Geschichte spielt viel später, erst neunzehnhundertfünfundvierzig, wir bringen alle Zeiten durcheinander auf diese Weise.

Erzähl!

Ich kam im Herbst neunzehnhundertfünfundvierzig hierher zurück, mit einem Güterzug, im offenen Kohlenwagen, das war damals die einzige Möglichkeit, befördert zu werden, der Krieg war erst vor kurzem zuendegegangen, alles war zerstört, wir hielten an und meinten, es sei auf freier Strecke, aber wir waren angekommen, es war nur kein Bahnhof mehr da und auch keine Stadt und keine Lindenallee, nur mehr schwarze Stümpfe, und eine Frau, die mit dem selben Zug gekommen war, fing an zu weinen und sagte immer wieder: aber die Linden die können doch nichts dafür. Es gab auch keinen Marktplatz mehr und keine Kirche und kein Marktcafé, nur Trümmer, Trümmer.

Klara sagt: Aber ja, das wissen wir doch selbst.

Aber Stefanie läßt sich nicht unterbrechen, sie ist nicht anwesend, sie geht wie damals leibhaftig durch die Trümmerstadt, sie erkennt sie nicht mehr, aber dann sieht sie doch etwas, das ihr bekannt ist: eine Toreinfahrt zu einem Fabrikhof, die Einfahrt steht unzerstört, aber sonst ist nichts mehr da von Bernheimers Fabrik. Und das »Tageblatt« ist eine Ruine, von der ein Teil steht, in dem haben sich die Amerikaner eingerichtet, die Militärpolizei, vor der die Leute zittern, immer haben die Leute Angst, zuerst vor den Nazis, jetzt vor den Amerikanern, Staatspolizei, Militärpolizei, Kriminalpolizei, immer ist eine Drohung über ihren Köpfen.

Ja, aber erzähl weiter, komm zu Onkel Willi.

Ich ging noch einmal auf den Marktplatz, da sah ich einen Mann graben.

Da ist endlich die Geschichte, sagt Klara zu mir.

Ich wußte nicht, wer der Mann war, es standen ein paar Frauen herum, ich stellte mich dazu und eine sagte zu mir: Der ist nicht mehr richtig im Kopf, den hat es schwer getroffen, jetzt gräbt er schon seit Monaten und dabei weiß man doch ganz sicher, daß sie alle tot sind. Wer denn? frage ich. Seine Frau und eine Tochter. Und wer ist der Mann? Der Kauniger, dem hat das Marktcafé gehört, das ist zerbomt und ausgebrannt, und Frau und Tochter sind unter den Trümmern, aber sicher verbrannt, er will es nicht glauben, er gräbt und gräbt. Das also ist der Onkel Willi, jetzt erkannte ich ihn an der Brille mit den grünen Gläsern, die hatte er immer schon, aber sonst war er kaum mehr zu erkennen.

Wir waren alle verändert, sagt Klara.

Er war verwildert, nicht verändert, er hatte das Gesicht voller Bart, als hätte er ihn sich angeklebt wie ein Schauspieler, der einen Räuber spielt, er wirkte ganz unecht, ich ging zu ihm hin und schaute ihn an, aber er schaute nicht zu mir her, dann sagte ich: Onkel Willi! Er tat, als hörte er nicht. Ich gab ihm einen kleinen Stoß und sagte Onkel

Willi, du erkennst mich doch, da warf er einen Blick auf mich, ganz kurz, aber er sagte nichts und hörte nicht zu graben auf, und ich dachte, er sei wirklich verrückt geworden, ich wartete eine Weile, dann sagte ich: Wäre es nicht besser, du ließest das Graben sein, sie sind doch tot und hier drunten begraben sein ist so gut wie sonstwo, und schließlich, warum willst du sie wiedersehen, du mußt doch froh sein, daß du frei bist. Da hörte er auf zu graben und fing an zu lachen, er lachte und lachte und es war ein Gelächter, das einem Angst machen konnte, die Frauen liefen auch weg, und als alle weggelaufen und wir allein waren, sagte er: komm her, du, leg dein Ohr auf den Boden. Ich tat es, aber ich tat es nicht gern, ich dachte, er könnte mich jetzt hinterrücks wie einen Hund erschlagen mit seinem Spaten, aber natürlich tat er das nicht, er hatte etwas ganz anderes im Sinn, er sagte: Und jetzt klopf mal fest auf den Stein da, was hörst du? Es klang hohl. Jawohl, sagte er, es klingt hohl, denn es ist hohl und weißt du auch warum? Wenn du dich an unser Haus erinnern kannst, dann weißt du, daß dies hier der Weinkeller war und dahinter, genau hier, war noch ein kleiner Keller, und hier eingemauert war eine eiserne Kassette, von der ich nichts wissen sollte, und weil du immer ein verschwiegenes Ding warst, will ich dir sagen, was in dieser Kassette drin war und ist: Geld! Das ganze Geld, das sie mir weggestohlen haben. Wer? fragte ich und dachte: er redet doch irre, denn wenn man es ihm gestohlen hat, kann es ja nicht noch hier drinnen sein. Aber er redete keineswegs irre. Er sagte: du fragst, wer, hast du denn deine Tante Berta und ihre Töchterchen nicht gekannt, und du fragst noch, wer mir das Geld gestohlen hat. Sie natürlich. Sie haben es aus dem Betrieb herausgenommen ohne mein Wissen, sie haben es durch falsche Buchführung erschwindelt, mich ließen sie ja schon lange nicht mehr an die Bücher und ich dachte: macht nur weiter, lang geht das nicht mehr, ich konnte warten, ich wußte, daß sie bald ge-

meinsam sterben würden und daß ich Verlorenes wiederbekäme, und so, genau so, ist es auch, sie sind tot, und in einigen Tagen ist es so weit, daß ich mein Verlorenes wieder in Händen halte. Ich muß verrückt spielen, damit die Leute den Braten nicht riechen, verstehst du, die meinen, ich grab nach den beiden, ich habe auch wirklich zuerst nach ihnen gegraben, es ließ mir keine Ruhe, ich mußte mit eigenen Augen die Leichen sehen, und ich habe sie gesehen, sie sind nicht verbrannt, wie die Leute meinen, sie sind ganz schön im Kalk konserviert, dort unter dem großen Steinhaufen liegen sie, der schöne Karl liegt auch bei ihnen nach alter Gewohnheit, und jeden Tag werfe ich neue Steine auf sie, daß sie nie mehr heraufkommen, Gerechtigkeit muß sein und du siehst, sagte er zu mir, du siehst, daß es Gerechtigkeit gibt.
Klara sagt: Ab und zu gibt es Gerechtigkeit, aber meistens nicht, oder wir merken es nicht, kann auch sein, der schwarze Esel ist unberechenbar.
Wer? fragte ich, aber Klara sagt nur: Ach nichts; und ich frage weiter: Hat der Onkel das Geld gefunden?
Das wissen wir nicht, darüber schwieg er sich aus, und wenn man ihn direkt danach fragte, lächelte er unter seiner großen grünen Brille.
Während des Gesprächs hatte ich schon eine Weile Schritte vor dem Haus gehört, mir schien, jemand taste sich näher, jetzt hören es die beiden andern auch, Stefanie schaut nach und sie bringt Berthie mit herein.
Ich finde nicht mehr nachhaus, sagt Berthie kläglich, und ich habe solche Angst.
Wovor?
Das weiß ich doch nicht, sagt Berthie vorwurfsvoll.
Nun schön, wenn du schon da bist, dann trink Kaffee mit uns, alte Schleicherin.
Ja, gern, sagt Berthie enthusiastisch, habt Ihr auch Kuchen?

Oh Berthie, sagt Klara, du frißt dich noch zu Tod, du bist schon fast so dick wie deine Mutter war.
Macht nichts, sagt Berthie, jetzt ist schon alles gleich. Was für Kuchen habt Ihr? Und wovon habt Ihr geredet? Ihr habt vom Pappa geredet.
Warum fragst du, wenn du es weißt, sagt Klara, und woher weißt du es? Weil du wieder gehorcht hast, ist das fein, macht man das?
Ach was: gehorcht, gehorcht, ich brauche nur ein paar Wörter zu hören und ich weiß, wovon die Rede ist.
So, und was für Wörter hast du gehört?
Ich hab gehört: Steinhaufen, Onkel Willi, Keller, Kassette, Geld, nie wieder herauf, Gerechtigkeit. Und da meint Ihr, ich wüßte nicht, wovon die Rede war? Aber bildet Euch nur nicht ein, daß Ihr etwas wißt. Wer etwas weiß, das bin ich, einzig ich. Ihr wißt ja nur, was der Pappa erzählt hat, aber der hat doch nie im Ernst geredet. Wißt Ihr vielleicht, ob er das Geld gefunden hat?
Sag es uns Du.
Das würde Euch so passen, und dann aufs Erbe warten, nein, garnichts werdet Ihr erfahren.
Klara lacht friedfertig, sie weiß besser als Berthie, was mit dem Geld ist, aber sie sagt es mir erst später, jetzt lacht sie nur.
So, du lachst, sagt Berthie aufsässig, warum lachst du, weil du das Erbe schon für sicher hältst, aber täusch dich nicht, du.
Hör zu, Berthie, du ißt jetzt deinen Kuchen fertig und dann begibst du dich nachhaus, ich bring dich heim.
Ganz heim? Bis in mein Zimmer?
Meinetwegen. Warum?
Ich hab so Angst, sagt Berthie, plötzlich wieder ganz klein.
Während ich zusehe, wie sie ihre Angst mit dem Kuchen hinunterzuwürgen sucht, denke ich mir, es müßte doch interessant sein, die Geschichten, die Stefanie und Klara mir

erzählten und noch erzählen würden, auch von Berthie zu hören, und ich erbiete mich, sie nachhause zu bringen. Es gibt einen kleinen, mir unverständlichen Streit zwischen den Schwestern, ehe sie mir erlauben, Berthie nachhause zu führen. Es ist Stefanie, die es nicht erlauben will.

Berthie verlangt und nimmt meinen Arm und hängt sich mit ihrem ganzen Gewicht daran, und kaum sind wir ein paar Meter vom Haus entfernt, fängt sie zu reden an: ich solle doch den beiden nichts glauben, die Stefanie mache sich ihre eigenen Geschichten zurecht, sie habe immer in Phantasien gelebt, sie sei, nun ja, eine Künstlerin, (Berthie verschluckt sich fast an dem Wort) und Klara habe den bösen Blick wie alle Buckligen, alle Gezeichneten, man müsse sich hüten vor ihr, sie sei zum Fürchten, und die arme Tante Mina (auf einmal die »arme«) habe sich vor Klaras Augen und Zunge mehr gefürchtet als vor der ganzen Stadt.

Warum gefürchtet?

Wegen der Fleckmanngeschichte natürlich.

Wir sind viel schneller dort angekommen, wohin zu steuern ich mir vorgenommen hatte. Wie war denn dieser Fleckmann eigentlich, Berthie?

Wie er war?

War er ein böser Mensch, ein schrecklicher Nazi?

Ach was: Nazi. Wer war kein Nazi damals, wir alle waren Nazis, was blieb einem anderes übrig, wenn man leben wollte.

Alle waren nicht Nazis, Berthie, Klara nicht, Stefanie nicht, die Großmutter nicht, Georg nicht, Peter Niels nicht, Erich Bernheimer nicht . . .

Der war doch Jude, wie konnte der Nazi sein, es soll zwar auch Juden gegeben haben, die gern Nazis gewesen wären, aber die Bernheimers waren solche nicht, die setzten sich ab nach England mit ihrem ganzen Geld, und was den Niels betrifft: der war ein alter Roter, der Peter war sogar Kommunist, das waren keine anständigen Deutschen.

Berthie, Bethie, was redest du da, hast du nichts gelernt seither?
Was soll ich lernen. Du warst ja nicht hier, du weißt nichts, die ganze Stadt war in der Partei, die anständigen Leute alle, man hat mitgearbeitet und hat geopfert.
War Georg ein anständiger Mensch?
Welcher Georg?
Georg Mack, der Pfarrer.
Der konnte als Pfarrer nicht Nazi sein.
Warum nicht?
Das war eben so, die Pfarrer durften nicht, von Rom aus.
Wieso? Paßte es nicht zusammen, Nazi und Pfarrer sein? Du sagst doch, alle anständigen Leute waren Nazis?
Berthie wird verwirrt und verstockt, sie begreift den Sinn meiner Frage nicht, ich hatte vergessen, daß ihr Gehirn verkalkt ist und nichts als im Kalk konservierte Erinnerungen von damals besitzt, Versteinerungen, unkorrigierbar. Berthies Uhr war neunzehnhundertfünfundvierzig stehengeblieben. Ich gab es auf, sie in Gang bringen zu wollen. Ich mußte die Erinnerungen benutzen, um etwas über Fleckmann zu erfahren.
Also, dieser Fleckmann, war er sympathisch, habt Ihr ihn gemocht, hast du ihn gut gekannt?
Dieser Fleckmann. Was sich aus Berthies langer Rede zu diesem Thema ergibt, ist keineswegs ein zwar einseitiges, aber klares Bild des Mannes, sondern ein wüster Haufen einzelner und sich widersprechender Eigenschaften. Fleckmann als »feiner Herr« (elegant war der und Manieren hatte er, erstklassig, denk dir, er küßte Frauen die Hand!), Fleckmann als der »geborene Redner« (den hättest du hören sollen, der konnte reden, kein Bürgermeister seither hat so reden können, er war ja auch gebildet, Akademiker, der einzige Bürgermeister hier, der den Doktortitel hatte und nicht bloß so ein Kaufmann war oder ein Druckereibesitzer oder, wie der jetzige, ein Arbeiter, stell dir vor:

ein Arbeiter!), Fleckmann als »Karrieremacher« (er war nicht einmal von hier, ein Hergelaufener, niemand hat seine Eltern gekannt, er hatte, scheints, überhaupt keine Angehörigen, das ist schon verdächtig, aber so einer hat das Rennen gemacht zuerst bei Bernheimers, dann in der Partei, und Bürgermeister in einer Stadt, aus der er garnicht stammt, nicht einmal unsern Dialekt hat der gekonnt, er hat ganz hochdeutsch geredet), Fleckmann als »Schürzenjäger« (allen hat er den Hof gemacht, die besten Partien hätte er machen können, aber nein, die Tante Mina mußte es sein, es war ihm ganz egal, daß er sich seinen Ruf mit ihr ruinierte, er hat sich nicht um die Leute gekümmert), Fleckmann als »Held unter lauter Feiglingen« (das war schon großartig, wie er den Leuten die weiße Fahne aus der Hand gerissen und geschrien hat: Niemals werde ich zum Verräter an dieser Stadt und an meinem Führer, niemals übergebe ich die Stadt dem Feind, eher sterbe ich! Und dann hat er die Fahne auf den Boden geworfen, ist darauf herumgetrampelt und dann hat er den Revolver gezogen und sich im Angesicht der Amerikaner erschossen, da haben die sehen können, was ein deutscher Mann ist, und dann ist er auf die Fahne gefallen und dort verblutet, und da konnte man die Fahne, blutig wie sie war, nicht mehr brauchen, so hat der Fleckmann gesiegt!).

Oh Berthie, sage ich und muß mir mit aller Anstrengung bewußt bleiben, daß sie kein Gesprächspartner ist, sondern daß ich sie benützen muß wie einen alten Film, der abläuft, ganz gleich wer ihn anschaut und wann und in welcher Absicht – der Film läuft. Er zeigt übrigens noch andere Fleckmanns, zum Beispiel einen, der einer Frau hörig ist (wie den die Mina ausnützte, kannst du dir nicht vorstellen, sie brachte ihn sogar dazu, daß er den Juden, den Bernheimers, erlaubte, ihr Geld mit ins Ausland zu nehmen, das war den Juden verboten, und der Fleckmann riskierte sein Leben, und bloß weil die schöne Mina ihn

darum gebeten hatte, aber du ahnst nicht, warum sie das tat, was für ein Interesse konnte sie schon daran haben, ob diese Juden ihr Geld ins Ausland brachten oder nicht, denk mal selber nach: sie hatte sich da was ausgedacht: der schöne reiche Erich Bernheimer und die Klara, das wollte sie arrangieren, das Geld, das mußte gerettet werden für die künftige Frau Bernheimer, die Klara nämlich, und dazu wurde der Fleckmann eingespannt, aber es ist nichts draus geworden, und aus der andern Ehe auch nicht, der mit Stefanie und dem Peter Niels, da hat sie den Fleckmann auch in was hineingezogen, was ihm den Kopf hat kosten können, sie hat von Fleckmann sich einen falschen Paß für den Peter machen lassen, so hat sie für ihre Töchter gesorgt und es war ihr ganz gleich, wie sie den armen Fleckmann damit gefährdet hat, aber die Gerechtigkeit hat schon dafür gesorgt, daß aus all den feinen Plänen nichts geworden ist, den Erich haben sie abtransportiert, der ist nie wiedergekommen, und was den Peter anlangt, da bin ich sicher, daß der nicht über die Grenze kam mit dem erschwindelten Paß, da hat der Fleckmann so getan, als ob er der Mina helfen wollte, aber er hat dafür gesorgt, daß der Peter, der Kommunist, nicht über die Grenze kam, denn stell dir vor, sonst hätte der Fleckmann Beihilfe geleistet zur Flucht und zum Landesverrat, und denkst du, ein Fleckmann wird ein Landesverräter?)
Das wäre also ein anderer Fleckmann, ein doppelzüngiger, ein Doppelverräter aus Feigheit. Ich weiß nicht, warum ich Berthie diesen Fleckmann nicht glaubte, obwohl er so ganz unglaubhaft doch auch nicht war, ich wußte ja so wenig noch von ihm. Aber ich ahnte, daß dies der Fleckmann war, den Berthies unverwüstliches Parteiherz sich mühsam zurechtgemacht hatte, um ein bißchen Ordnung in ihre wirren Vorstellungen und Gefühle zu bringen, so nur konnte Fleckmann in ihrer geheimen Bewunderung überleben. Und wie sie ihn bewunderte heute noch. Und wie sie ihn ihrer

Tante Mina mißgönnt, heute noch. Wie sie stellvertretend für alle Mädchen und Frauen der Stadt von damals noch heute diese Mina Martin haßt, die ihnen allen diesen begehrenswerten Mann vor der Nase wegschnappte, den Mann, den, unverheiratet wie er war, die ganze Weiblichkeit der Stadt als Jagdwild betrachtete und dem sie hundert Fallstricke, Fangeisen, Fangnetze auslegte in geheimem verbissenem Konkurrenzkampf, und der all den tugendhaften, den wohlsituierten, den noch nicht entjungferten, den parteitreuen, den verschämt oder dreist sich anbietenden Mädchen der Stadt diese Geschiedene vorzog, diese Frau, ein paar Jahre älter als er sogar, das auch noch, diese Frau mit zwei Kindern, arm und durch sämtliche Klatschmäuler der Stadt um ihre Ehre gebracht, diese Hexe, die ihn weiß der Teufel womit verführt und gehalten hat dreißig und mehr Jahre hindurch, behalten trotz aller Skandale, man stelle sich das vor!

Sie war sehr schön, werfe ich ein.

Berthie explodiert. Was, schön! Schön? Solche wie die gab es hundert in der Stadt. Schön war die bloß, weil der Fleckmann sein Geld an sie hinhängte. Die Kleider hättest du sehen sollen! Und wie die nach französischem Parfüm roch. Wie eine Hure.

Berthie: auch wenn du nur sagst »wie eine Hure«, so scheint mir das Wort ganz und gar nicht auf Mina Martin zu passen.

So, meinst du.

Ja, das meine ich. Tante Mina hat den Mann geliebt, nicht seine Geschenke, ihn und keinen andern und das ein Leben lang, ist so eine Treue nichts?

Was Treue, Treue, schöne Treue, daß ich nicht lache. Treue! Kaum ist der Treugeliebte im Krieg vermißt, nimmt man einen Zimmerherrn ins Haus, adelig natürlich, etwas Besonderes muß ja sein, und dann heiratet man den Zimmerherrn. Schöne Treue, schöne Liebe. Aber Gott hat die Mina gestraft: der Amtsgerichtsrat war kein Mann, kaum zu glauben, daß er ihr ein Kind gemacht hat, nun, es ist ja tot geboren worden, mehr brachten die ja nicht fertig als eine Totgeburt, der Amtsgerichtsrat war ja ein Gespenst, so dürr und mit einem Stehkragen so hoch und bigott und eifersüchtig, er hat die arme Mina hinter Schloß und Riegel gehalten bis zu seiner Beerdigung, da kam sie heraus wie Lazarus aus dem Grab.

Berthie reibt sich die altersfleckigen dicken rauhen Hände, es hört sich an, als habe sie Putzsand auf der Haut. Ihr Haß ist lebenslänglich, aber, das ahne ich, er ist bereits automatisch, die Platte läuft ab, das Gift ist vertrocknet, der Giftzahn ausgefallen, aber der einst so lebhafte, so giftige Haß muß erhalten werden, denn er ist so wunderbar geeignet für Gespräche, was sonst hat sich denn ereignet, was sich messen könnte mit jenen aufregenden schwarzen Ereignissen und Gefühlen von damals! Wie gut, daß Berthies verkalktes Gehirn sie konservierte und jederzeit unverändert vorführen kann.

Wir sind beim Altersheim angekommen und ich will Berthie die Stufen zur Pforte hinaufführen, da stemmt sie sich mit den Füßen dagegen, der Maulesel will nicht in den Stall. Der Grund, weinerlich vorgebracht: jetzt bekomme ich kein Abendessen mehr, die geben einem nichts mehr, wenn man zu spät kommt, ich habe Hunger.

Ich sah sie zwar kurz zuvor bei Klara viel Kuchen in sich hineinstopfen, Hunger kann sie nicht haben, aber meinetwegen soll sie weiteressen. Komm, sage ich, gehen wir in ein Restaurant.

Sie ist begeistert. Meine Einladung ist Berechnung: ich hoffe noch mehr von Berthie zu erfahren, ich habe sogar den Vorsatz, ihr Wein zu geben, um sie hemmungslos geschwätzig zu machen. Der Plan erweist sich freilich als Fehlspekulation: Berthie verträgt nicht viel, sie wird zu früh konfus und müde, aber immerhin erfahre ich, ehe ihre

Augen verglasen und ihr Mund nur mehr stumm mahlt, einige überraschende Neuigkeiten: daß Mina Martin wirklich ein Kind hatte von ihrem Amtsgerichtsrat, ehelich, versteht sich, und daß es bei der Geburt starb, eine Strafe Gottes.

Wofür, Berthie?

Für Minas Vorleben.

Ja, aber wofür wurde der Amtsgerichtsrat gestraft?

Das wird er schon gewußt haben, jedenfalls hat er die Mina nachher nicht mehr angerührt. Woher weißt du das, Berthie? Das weiß man eben und nachher ist die »arme Mina« verrückt geworden, sie hat nur mehr mit Stoffetzen gespielt und höchstens noch Kleider genäht für Klaras Kinder.

Für Klaras Kinder?

Für das eigene und für die, die sie aufgesammelt hat im Krieg und in den Jahren danach.

Klara hatte ein Kind, ein eigenes?

Da staunst du, was? Wir haben auch gestaunt: die bucklige Klara, die alte Jungfer, und dann ein Kind, unehelich, natürlich.

Wieso »natürlich«, Berthie?

Weil keiner sie heiraten wollte, das ist doch klar. Und der Vater, der war ein General der Luftwaffe, und adelig.

Moment, Berthie: kein Mann hat sie haben wollen und dann kommt ein so hohes Tier und will sie haben?

Wird halt passiert sein, und die Geschmäcker sind verschieden.

Und woher weiß man das alles? Hat Klara es gesagt?

Die? Kein Wort. Mein Pappa hat es gewußt.

So, dein Pappa, und woher wußte er es?

Das war leicht zu erraten. Denk mal selber nach: wann hat Klara das Kind gehabt? Mitten im Krieg. Haben da Kinder genug zu essen gehabt, haben sie Pelzstiefelchen und Pelzmäntelchen gehabt? Nein. Aber Klaras Kind hat das alles gehabt. Und woher? Da hat einer dafür gesorgt, und das

mußte einer sein, der an all das drankam. Und wer kam dran? Ein hoher Offizier. Verstehst du?
Völlig.
Aber die Frechheit war, daß Klara ihr Kind Erich genannt hat.
Wieso war das frech?
Wer hieß denn Erich, bitte? Der Erich Bernheimer, der Jud, den die Klara gern geheiratet hätte. Aber der konnte der Vater nicht sein, er war ja damals schon lang fort.
Wo war er denn?
Wo denn: im Lager halt.
Das hast du gewußt?
So dumm Berthie ist, so schlau ist sie auch, sie läßt sich schwer fangen, sie wittert Fallen, ohne zu verstehen, daß es Fallen sind. Bockig sagt sie: Nichts haben wir gewußt.
Was: nichts?
Daß man sie umgebracht hat, die Juden.
Wer hat sie umgebracht, Berthie?
Ach hör doch auf mit deiner Fragerei, was weiß denn ich, es ist so lang her, man muß das alles endlich vergessen.
Jaja, man muß es vergessen.
Berthie spürt meinen Zorn und, vielleicht um die Fortsetzung des Mahls bangend, lenkt sie ein: Wir haben alle unser eigenes Unglück. Nimm die Klara: sie hat das Kind gehabt und hat es verloren.
Verloren?
Ertrunken ist es. Im Bach. Drei Jahre alt wars.
Mein Gott. Arme Klara.
Ach was. Es ist besser so. Kinder sind nur eine Last in unserer Zeit.
In Berthies Stimme ist jetzt etwas Hysterisches, sie spricht plötzlich ganz Hochdeutsch, sie sagt einen angelernten Satz, bei dem sie sich gar nichts denkt, einen Satz, der von der alten Platte kommt. Ich überlege, welche Zeit sie meint, wenn sie sagt »unsere Zeit«, vermutlich meint sie die

Zeit unmittelbar nach dem Krieg, in der Kinder wirklich eine Last waren. Noch wahrscheinlicher: die Zeit der letzten Kriegsjahre, genau gesagt jene Zeit, in der man (Tante Berta, Karl, wer weiß wer noch) Berthie vorsagte, ihr eigenes Kind sei eine Last in »unserer Zeit«. Jedenfalls ist für Berthie »unsere Zeit« jene ereignisreiche, überhitzte, unter dem Zeichen des Hakenkreuzes ablaufende, die dann allmählich, nicht mehr so reichlich genährt vom Bösen, kalkweiß ausbleichte, vertrocknete, versteinte und heute nur mehr jene Reste aufweist, die Berthie glauben machen, es gebe keine andere »unsere Zeit« als jene für immer in ihr kleines Gehirn eingesperrte, das fortan keinen Platz mehr bietet für neue Zeiten.

Als wir in unserm Gespräch so weit waren, kam, nach der dicken Suppe, die Berthie gewollt hatte, der Braten, und Berthies nicht mehr gut sitzendes falsches Gebiß war überaus beansprucht. Sie schwieg notgedrungen, und sie trank. Sie aß, sie trank. Sie schien mir schließlich an jenem Punkt angelangt, an dem jedermann mit Lust bereit ist, seine Bekenntnisse zu machen. Ein kleiner Teufel ritt mich, als ich sagte: Schade, daß keines von den Kindern lebt, hättest du ein Kind gehabt, wüßtest du, wofür du da bist. Aber Berthie stand ebenfalls und augenblicklich ein Teufel bei und lieh ihr seine Schläue. Schon ziemlich betrunken, sagte sie: Ich habe auch ohne Kind gewußt, für wen ich da bin, nämlich für meinen Pappa.

Aber jetzt, wo er tot ist, wäre ein Kind, ein Sohn, doch eine Hilfe für dich. Hatte nicht deine Schwester einen Sohn namens Siegfried?

Ihr Schutzteufel nahm die Gestalt des Kellners an, der die Nachspeise brachte, einen rosa Pudding. Für Berthie engten sich Raum und Zeit ein auf diesen Pudding, sie war jeder Antwort enthoben. Mich erinnerte der rosa Pudding an Berthies Mutter, an ihr wabbeliges Doppel- oder vielmehr Tripelkinn, an ihre überhängenden Brüste. Berthie fraß

Tante Berta auf, ich schaute fasziniert und angewidert zu, dann trank Berthie noch ein Glas Wein, verstummte, legte die Arme auf den Tisch, schnarchte, ich mußte ein Taxi rufen, zwei Kellner schleppten die betrunkene Berthie ins Auto, im Altersheim empfing uns die strenge und nicht zu Unrecht erboste Oberin und zerrte Berthie ins Haus, ganz ohne meine Hilfe und ohne meine Erklärungen anzuhören, sie ist sichtlich bäuerlicher Herkunft und sehr stark, sie wird mit der schweren betrunkenen Berthie fertig wie mit einer störrischen Kuh.

Als ich an diesem Abend zu Stefanie und Klara zurückkehrte, ganz selbstverständlich entschlossen, noch einen Tag zu bleiben, erschien mir die Stadt so fremd nicht mehr. Sie war jetzt geisterhaft bevölkert mit Menschen, an die ich mich erinnerte wie an Figuren in Kinderbilderbüchern, die lang im Regen gelegen haben: sie sind gewellt, durchscheinend, entfärbt, aber die lückenhafte Bilderschrift ist noch lesbar und Ausgelöschtes läßt sich erraten, wenn man einmal weiß, wovon die Rede ist. Ich war nun neugierig auf weitere Bilder und Inschriften.

Als Klara mich in das obere Eckzimmer führt, in dem ich schlafen soll, sagt sie nicht: siehst du, ich hab es ja gleich gewußt, daß du bleibst. So etwas sagt Klara nie, sie weist alle kleinen und großen Triumphe weit von sich, sie erkennt sie wahrscheinlich garnicht als Triumphe. Sie richtet mir dies und das im Zimmer, sie zieht die handgestickten Leinenvorhänge zu (ja, es sind die alten, die Großmutter hat sie gestickt, aber gewebt hat sie die Urgroßmutter, wann war das, so um achtzehnhundertsiebzig, sie sind also hundert Jahre alt) sie deckt mir das Bett auf, es ist schon frisch überzogen, auch mit uraltem Leinen. Ich schaue ihr zu und denke an ihr Kind, und ich glaube nicht an Berthies Erzählung, Berthie hat phantasiert, Berthies verqueres Gehirn hat Klara ihr eigenes uneheliches und totes Kind untergeschoben. Ich hätte jetzt Klara selber fragen können, ich bin überzeugt, sie hätte mir geantwortet, sie hätte mit ja oder nein geantwortet, aber ich bringe die Frage nicht über meine Lippen, obgleich Klara noch eine Weile im Zimmer bleibt und nicht abgeneigt ist zu reden, aber wir reden Unwichtiges, und dann gehen wir schlafen. Ich nehme mir aber vor, sie am nächsten Morgen zu fragen, was es mit dem Wahn- oder Schwachsinn Mina Martins, Mienas, auf sich hat.

Am Morgen finde ich niemanden, aber auf dem Küchentisch ist ein Zettel: Bin gleich zurück, Kl.

Stefanie schläft noch, ich mag mir kein Frühstück machen, ich gehe in den Garten und finde zwischen den Spalierzelten der dorrenden Feuerbohnen einen schmalen Pfad, der mich in meine eigene Kindheit zurückführt.

Dieser Garten, oder der nebenan, welcher meiner »Tante« gehörte, oder einer der vielen andern in dieser Straße am Bach, das machte keinen Unterschied, es war immer derselbe Garten, der nach blühendem Phlox roch und nach Petersilie, nach Zwiebeln und Seifenlauge, nach Lindenblüte und nassem Holz, und überall war die gleiche verschämte Armut, die gleiche offene Angst vor dem Krieg und die gleiche stille inständige Verschwörung von Feuerbohnen Kletterrosen Geißblatt und Wasser, die jene Gärtchen abschirmte gegen das Zeitböse. Hier gab es darum Geborgenheiten und sanfte Hoffnungen wider alle von der Zeit geschärfte Wirklichkeit. So ist das in meiner Erinnerung. Danach sehne ich mich zurück, das fände ich gern wieder, so dasitzend in den vertrauten Gerüchen.

Im ersten Stock wird ein Fenster geöffnet und der Vorhang auseinandergezogen, ein weiter weißer Ärmel wird vom Morgenwind gebauscht, Stefanie winkt mir zu: Ich komme gleich herunter.

Aber ich fühle, daß ihr schon im Sagen das entfällt, was sie sagt, sie bleibt stehen, Nachthemd und Vorhänge wehen im Wind, sie selber verweht und wird unerreichbar für

meine Frage, wo denn Klara sei und ob ich das Frühstück machen soll.
So bleibe ich denn sitzen und warte auf die Vergangenheit. Die alten Waschstege sind nicht mehr da, kein Mensch wäscht mehr die Wäsche im Bach, das ist, wie überall, verboten, das wäre »Umweltverschmutzung«, aber auch ohne Verbot: wer wollte heute noch seine schmutzige Wäsche öffentlich waschen, wer hat überhaupt noch schmutzige Wäsche, was schmutzig ist, wirft man weg und vergißt es, oder man läßt es abholen und weit wegfahren und nimmt es sauber wieder in Empfang, für Geld wird einem jede schmutzige Wäsche gewaschen. Wer auch wollte heute den Mangel einer elektrischen Waschmaschine öffentlich bekennen, wer wollte sich so erniedrigen zu zeigen, daß er zerrissene Küchentücher und fadenscheinige Bettlaken hat, wer wollte sich schon Rückenschmerzen holen im niedern Dienst des Häuslich-Notwendigen. Wer wagte denn noch die selbstverständliche Demut. Keine Waschtage mehr, keine roten Wäscherinnenarme, keine aufgeweichten und an den Fingerkuppen gerillten Hände, keine Holzstege, kein Gespräch mehr von Steg zu Steg. Der Bach, nur hier, für hundert Meter vielleicht, noch nicht in unterirdisch verlegte Beton- oder Eisenrohre gezwängt, nur eingeengt, zum Kanälchen geworden, seines Charakters beraubt, läuft still und grün, den Septemberhimmel spiegelnd, den auch nicht mehr reinen, den von aufsteigenden Gasen verschmutzten Himmel, der Bach läuft zum Wehr, das alte Wehr gibt es noch, er läuft wie eh und je in die Falle, und hinter dem Wehr verschwindet er, ist einfach nicht mehr da, erst drei Kilometer weiter nördlich darf er sich wieder zeigen, aber nur den Ingenieuren und den wenigen Arbeitern im neuen großen Elektrizitätswerk, das er speisen muß, der Stadt Geld einbringend, wer dankt ihm das, wer weiß überhaupt etwas von der Biographie dieses Baches, woher kommt er, wo tritt er nach getaner Arbeit wie-

der zu Tage, wohin fließt er dann, wo mündet er, nicht einer von den zwei Dutzend Leuten, Einheimischen und Zugezogenen, von mir befragt im Lauf der nächsten Tage, weiß etwas von diesem Bach, nur ein cleveres Schulkind sagt: der Bach ist kein Bach, er ist ein Kanal, das Baden darin ist verboten, er macht Elektrizität, früher hat er Überschwemmungen gemacht, und Leute sind darin ertrunken.
Das ist eine Verleumdung, ein Kinderschreck, nie ist jemand hier ertrunken, aber das Schulkind weiß es besser: doch, Kinder sind ertrunken.
Ein Kind, Klaras Kind, das ist wahr.
Einmal war dieser Bach die Herzader der Stadt, einmal spannen sich in den verwahrlosten Anlagen am Bach stadtauswärts alle Liebesgeschichten an, alle Verführungen fanden hier statt im Schilf und hinter den wehenden Vorhängen der Weiden, nächtlich oder in der mittäglichen Arbeitspause der Weber und Färber und Laufmädchen aus Bernheimers Fabrik und der Drucker und Sekretärinnen vom »Tageblatt«, in der heißen Stunde, wenn das grüne Wasser die weißen Umarmungen widerspiegelte. Bei wievielen Ehebrüchen führte die Spur, verfolgt man sie zurück, ins Rohrdickicht, das damals bachaufwärts vor der Stadt sich hinbreitete und wo das Stöhnen der Liebespaare täuschend den Rufen der Sumpfvögel glich, die mit solch unschuldiger Hehlerei die stadtbekannten Sünder begünstigten. Wieviel hämischer Klatsch wurde von Waschsteg zu Steg, ins Aufklatschen der nassen Wäsche eingeschoben, bachauf bachab gesendet, ein Nachrichtensystem, das so rasch, so zuverlässig funktionierte wie die Trommelsignale der Buschneger. Wieviele unsaubere Geschäfte wurden längs dieses Baches ausgeheckt von gutgekleideten Bürgern mit Strohhüten, Zigarren und Spazierstöcken. Dieser Bach auch war es, der einmal, das wußte ich an diesem Morgen noch nicht (vieles wußte ich noch nicht) Stefanies alte sehr

alte räudige Katze, Vermächtnis des vor den Nazis flüchtenden, des toten Peter Niels, von Peters Vater mit einem Gnadenschuß erlöst, weitertrug, Stefanie aus den Augen, die nicht weinten, die ihr nur nachblickten so lange sie zu sehen war. An diesem Bach stand die Bank, neben der Klara schwanger wurde beim Heimgehen vom Bahnhof, wo sie den Sanitätsdienst leitete im Krieg, und wo der Sanitätszug stand mit den Schwerverwundeten und Sterbenden, und von woher der Geruch nach Lysol und Lagerstroh wehte und woher Klara diesen Geruch mitbrachte in ihrem gestärkten, aber verschwitzten und zerknitterten Schwesternkleid und an ihren scharf desinfizierten Händen. An diesem Bach, oder nicht weit davon, steckte Peter Niels Stefanie den Verlobungsring an den Finger und verwechselte dabei die Hände, er steckte ihn an ihre rechte Hand, und so war es ein Ehering, und da trägt ihn Stefanie seither, sie trägt ihn rechtmäßig. Über diesem Wasser baumelte tage- und nächtelang die Leiche von Max Bredel, der sich aufgehängt hatte in unerträglichem Grausen vor sich selbst, mitten im Winter, in Frost und Schnee, um sicher zu sein, daß man ihn sobald nicht finde und ganz gewiß nicht lebend und zu retten, zu einer Zeit also, in der kein Spaziergänger sich hierher verlief, und es kam auch keiner, so lange kam keiner, daß die Krähen Zeit hatten, sich über sein Gesicht herzumachen. In diesem Bach, weiter stadtauswärts, wollte Dora Lilienthal sich ertränken in der Nazizeit, sie hatte sich einen schweren Stein in einem Sack auf den Rücken gehängt und ihn mit starken Bändern kreuzweise über der Brust festgebunden, als man sie fand und mit Gewalt rettete, »hätten wir sie doch damals und hier sterben lassen«, sagt Stefanie, »hätten wir sie hier in Frieden ertrinken lassen, sie wäre von dem Stein sofort in die Tiefe gezogen und bewußtlos geworden, es hätte in ihren Ohren gebraust und sie hätte Musik gehört, was für ein wunderbarer Tod, vergleichsweise, ein menschenwürdiger Tod, freiwillig und zu rechter Zeit.« Aus diesem Bach hat man (wenn Berthies Bericht stimmt) Klaras totes Kind gefischt. In ein paar Jahren wird es überhaupt keinen Bach mehr geben hier, kein Kind wird mehr ertrinken, nicht einmal eine Katze, hier wird man überfahren werden, vom scharfen Blech zerschnitten, auf den Steinrand geschleudert, alles oberirdisch, wenn die Ringstraße fertig sein wird, welche die Stadt mit der Autobahn verbindet und mit der weiten Welt, die nicht weiter und größer und besser ist als diese Stadt, welcher der Mensch seine jämmerlichen, der Erfahrung der verdorbenen Provinz entnommenen Maße aufdrängt. Es ist nicht gut für mich, an diesem Bach zu sitzen, ohne Papierschiffchen schwimmen zu lassen von Waschsteg zu Waschsteg, von mir zu Stefanie, von mir zu einem befreundeten Wesen, das mich trösten könnte. Ich stehe auf und pflücke ein paar der zeitverwirrten Feuerbohnenblüten und streue sie auf das grüne Wasser, ich gebe ihnen keine Botschaft mit, denn niemand nähme sie auf und niemand kennte meinen Code und niemand könnte lesen, was da steht, die Botschaft meiner Traurigkeit, die so vergänglich und so beständig ist wie das vorbeiziehende Wasser, eine Trauer worüber denn, vermischt mit einem Triumph, worüber, über das Leben, das lebt, vergeht, wiederkehrt und immer ist und uns zu freier Verfügung steht.

Das Zufallen des Gartentörchens stört mich auf.

Ich bin aufgehalten worden, sagt Klara, sie ist atemlos, läuft aber gleich in die Küche, im Hineinlaufen das unvermeidliche Hütchen abnehmend und im Schwung, im Vorbeilaufen, auf den Garderobehaken werfend, und schon steht der Wasserkessel auf dem Herd. Wo ist denn Stefanie, schläft sie immer noch, Stefaaanie!

Jaja, ich komme.

Du brauchst dich nicht schönzumachen, hörst du?

Zu mir sagt Klara: sie steht eine Stunde vor dem Spiegel,

aber sie tut garnichts, sie schaut sich an, aber ich glaube, sie schaut durch sich hindurch, weiß Gott was oder wen sie da sieht, manchmal denke ich, sie habe, wie Mama, doch einen kleinen ganz kleinen Sparren im Kopf, aber man will immer so banale Erklärungen für Dinge, die man nicht versteht, wenn ich mich selber erklären müßte, dann würde ich auch sagen: die Klara, die spinnt, ein normaler Mensch ist die auch nicht, Bucklige sind nie normal, die leben ihr ganzes Leben lang in der belagerten Stadt mit Ausnahmezustand.
Sie lacht ihr Kellerlachen, sie lacht über sich selbst und darüber, daß sie von sich redet und sich wichtig nimmt, wenn auch nur für eine halbe Minute.
Aber, sagt sie, warum hast du eigentlich zuerst so in den Bach gestarrt?
Die Frage ist harmlos, vielleicht, vielleicht nicht, ich komme mir durch sie verdächtigt vor, überführt sogar, aber wessen?
Doch jetzt kommt Stefanie über die knarrende Stiege herab, sie kommt bescheiden und still, und doch hat ihr Herunterkommen etwas von einem Herabsteigen aus einem höhern Bereich in den unsern, den alltäglichen und ganz realen. Sie hat sich garnicht »schöngemacht«, sie ist nicht einmal gekämmt, sie hat die langen Haare einfach am Hinterkopf mit einem Bändchen zusammengehalten wie ein Schulmädchen, und sie trägt etwas, das eine alte Ärmelschürze der Großmutter sein kann, aber wie sie es trägt! Ist sie sich ihrer Wirkung bewußt, ist sie ihr gleichgültig?
Endlich! sagt Klara mit strenger Nachsicht, wozu du immer so lang brauchst, möchte ich wissen, und wie lang hast du eigentlich gebraucht vor deinen Auftritten bei Konzerten.
Du warst lange fort, sagt Stefanie, als sei das die bündige und alles erklärende Antwort. Ich habe den Eindruck, die beiden Schwestern verstehen sich auf eine absurde Weise, vielleicht haben sie eine Art Geheimvokabular.

Klara gießt das heiße Wasser in den Papierfilter, sie tut es mit gesammelter Aufmerksamkeit, als trage sie Verantwortung für das Gelingen eines wichtigen Experiments. Dann erst sagt sie den Grund für ihr langes Ausbleiben: Ich hab die Anna Bredel getroffen, die sieht schlecht aus, man muß sie in Erholung schicken, ich habs bei der Caritas schon gemeldet, es geht.
Ach so, die Anna, die lebt also noch, sagt Stefanie.
Aber ich bitte dich, die ist doch im Alter zwischen uns, warum soll die nicht mehr leben, schreibst du Leute in unserm Alter schon ab und auf die Sterbeliste? Ich war übrigens an Onkel Willis Grab, denk dir, da hat jemand einen Strauß hingelegt, einen riesigen roten Sterndahlienstrauß, wer das wohl getan hat.
Das freut mich für Onkel Willi, sagt Stefanie, dann breitet sich aus mir unverständlichen Gründen etwas Trübes und Kaltes aus wie bei einer partiellen Sonnenfinsternis, doch nicht lange, dann sagt Stefanie beiläufig: Ich gehe nachher auch auf den Friedhof, gehst du mit? (Das sagt sie zu mir).
Ich hoffe, auf diesem Gang einiges Neue zu erfahren, und bin gern bereit. Ich möchte etwas hören zum Beispiel über Klaras angebliches Kind, über den angeblichen Altersschwachsinn Mina Martins, über Peter Niels, aber daß Stefanie über ihn sprechen würde, das wage ich nicht zu hoffen.
Gerade das aber geschah, wenn auch Peter Niels selbst nur hin und wieder auftauchte, unvermutet an den Biegungen der von Stefanies sanfter aber eigensinniger Phantasie angelegten Wege in ihrem immerwährenden labyrinthischen Traum. Die Geschichte selbst handelte ausführlich von Dora Lilienthal, das war die sicherste Art, Peter Niels häufig zu begegnen, beiläufig, unauffällig, ohne Verabredung ihrer Erinnerungen.
Da oben wohnte die arme Dora Lilienthal, sagt Stefanie

und deutet auf ein neues Haus, in dessen unterstem Stockwerk eine schwarzweißmarmorne Filiale der Deutschen Bank ist. Damals, sagt Stefanie, stand da ein Jugendstilhaus, aber recht heruntergekommen, ein Mietshaus für Leute, die nicht zeigen wollten, wie arm sie sind. Da oben habe ich meine erste Klavierstunde bekommen, von hier oben kam die Musik, die ich hörte, als ich zum ersten Mal in diese Stadt kam mit vier Jahren, da hinauf bin ich zehn Jahre lang gestiegen, jeden Samstag nachmittag, später hat die arme Dora umziehen müssen, neunzehnhundertsechsunddreißig, von da an wohnte sie weit draußen am Bahndamm in einer Baracke mitten unter Korbflechtern, bis sie geholt wurde. Am Bahndamm draußen.

Warum sie das wiederholt und warum sie dann in ein langes Schweigen verfällt, verstehe ich erst später. Für jetzt muß ich warten, bis sie es aufgibt, die Fensterfront mit den Augen abzutasten.

Komm, sagt sie plötzlich ungeduldig, als sei ich es, die uns aufhielt. Im Weitergehen gelingt ihr auch das Weitersprechen.

Auch der Erich Bernheimer hat bei ihr Stunden gehabt, und Peter Niels auch, er war damals der weitaus Beste von uns dreien.

Ich fühle, daß die so unvermutet beschworene Gestalt sich alsbald wieder entfernen würde, darum stelle ich, wie der Bettler den Fuß zwischen Tür und Schwelle zwängt, damit man sie ihm nicht vor der Nase zuschlagen kann, eine Frage, auf die Stefanie mit »Peter Niels« antworten muß. Ich frage also: Wer von Euch Kindern von den toten Geleisen ist eigentlich Nazi geworden, wer nicht.

Georg nicht, Erich sowieso nicht, Klara nicht, ich natürlich nicht, nur Max, aber der war ein armer Kerl und seine Anna dazu. Max ist tot, Georg ist tot, Erich ist tot.

Sie nennt Peter nicht, also muß ich die direkte Frage wagen: Und Peter Niels?

Die Antwort kommt auf einem weiten, vielverzweigten und verwirrenden Umweg, als ich sie schon nicht mehr erwarte, inzwischen aber habe ich sie längst erraten. Die Geschichte, die Stefanie auf dem Weg zum Friedhof erzählt, hat zuviele Fingerabdrücke des Toten, als daß ich noch auf die Feststellung von Ursache, Zeit und Art seines Todes angewiesen wäre.
Ich sehe Peter Niels zuerst als Siebzehnjährigen, wie er in Dora Lilienthals von langer stiller Armut ausgehöhlter, verblichener Altjungfernwohnung am Flügel sitzt, dem ererbten Blüthner, der das Zimmer mit seinem rücksichtslosen schwarzen Glanz erfüllt und der Armut laut widerspricht, ungeachtet des unter den Pedalen und unter dem quietschenden Drehsessel bis aufs Fadenskelett durchgewetzten Stücks des sogar echten Perserteppichs (Dora war aus gutem reichem Stall, aber der Reichtum der Großeltern war in der weitläufigen verschwenderischen Familie der Lilienthals versandet und nicht bis zu Dora gelangt). Peter, dort sitzend, spielt Bach, etwas aus dem »Wohltemperierten Klavier«, Stefanie hat das nicht vergessen, natürlich nicht, und Dora sagt zu der verfrüht gekommenen Stefanie: Hör gut zu, der Peter spielt das richtig, er spielt es musikalischer als du. Daraufhin bricht Stefanie in stille Wuttränen aus und stürzt aus dem Zimmer, Peter ebenso, er vergißt Klavierstunde, Lehrerin, Bach, im Treppenhaus holt er Stefanie ein, fällt ums Haar die steile Stiege hinunter, hält sich unwillkürlich und notgedrungen an Stefanie fest, die aufrecht, stark, hochmütig und unberührbar dasteht, und er sagt, unbeeindruckt von ihrer Imponierstellung, sie sei eine dumme Gans, und dann sagt er das Wort, das sie an ihn bindet für eine ganze Ewigkeit, er sagt: Du heiratest mich doch. Das ist keine Frage, sondern eine Feststellung von dokumentarischem Wert, eine Amtshandlung, eine Trauung vor abblätterndem gelbem Ölanstrich im Treppenhaus vor einem nie geputzten Fenster mit

einer nie gegossenen und geheimnisvoll überlebenden Topfpflanze, vermutlich einem Kaktus, denn eine andere Pflanze hätte soviel Vergessenwerden nicht überstanden. Dafür, sagt Stefanie jetzt, wird sie von mir nie mehr vergessen.

Und hast du ja gesagt? frage ich, aber das hätte ich nicht fragen dürfen, die Frage verscheucht Stefanie weit weg aus jenem Treppenhaus, ich finde sie wieder im Jahr neunzehnhundertvierzehn, auf dem Weg vom Bahnhof zur Großmutter, hinter Klara herzockelnd, eine schwere Reisetasche schleppend und plötzlich gebannt von Musik, die von oben kommt, nicht aus dem dritten Stock des schäbigen Hauses, sondern aus dem reinen Julihimmel.

In diesem Augenblick begann mein Leben, sagt Stefanie, aber das wußte ich noch nicht, nicht so, daß ich beschlossen hätte, Musik zu studieren, aber so, daß ich fühlte: das ist meine Sache. Eigentlich hätte ich, nach diesem Anfang, dieser Einweihung, eine große eine ganz große Pianistin werden müssen, aber ich bin nur guter Durchschnitt geworden, mir fehlte später der Glaube an mich selber, später lohnte sich für mich all das nicht mehr.

»Später«, das hieß vermutlich: nach Peters Tod. Stefanie kehrt still ergeben in den Sommer neunzehnhundertvierzehn zurück, sie erinnert sich genau daran, wie sie Dora Lilienthal zum ersten Mal sah: auf der Straße, in einem langen violettseidenen Kleid, dessen Saum im Straßenstaub schleifte, so lang war es, und es raschelte, und Doras Haare glänzten, so schwarz waren sie, und sie grüßt Stefanies Mama und sagt: Will keins der Mädelchen bei mir Klavierstunden nehmen? Klara schnupft auf vor Ingrimm: Mädelchen!! Die Mama weiß nicht, was sie sagen soll, sie kann nicht rund heraus bekennen, daß sie kein Geld hat, so etwas sagt man nicht, das ist eine Schande, darum sagt sie nur: Ich weiß nicht, ob sie begabt sind, ich glaube nicht.

Zum einzigen Mal in ihrem Leben hat Stefanie ihrer Mut-

ter etwas Böses antun wollen für diesen harmlosen Satz, aber was, Stefanie fiel nie Böses ein, sagt Klara später einmal, obgleich, sagt Klara, sie auch böse sein kann.
Dora sagte demütig: Nun, dann eben nicht.
Sie hatte wenige Schüler und unbegabte, sie quälte sich mit ihnen ab, sie brauchte das Geld dringend. Erst später kamen Erich und Stefanie und Peter Niels, und dann sogar die Zuckerbäckerzwillinge, aus Neid, weil die Kusine Stunde hatte und weil das, was die Martins sich leisten können, die Kaunigers auch leisten müssen (sie wußten nicht, daß Herr Niels Stefanies Klavierstunden zahlte, er hatte ihr Talent entdeckt), aber nicht einmal Doras nacktes Angewiesensein auf jede Mark und nicht einmal ihre verschämte Ergebenheit und verbissene Geduld vermochten es, aus den Zwillingen mehr als ein paar beharrlich mit den gleichen faden Fehlern gespielte Kinderstückchen herauszuholen, und nach ein paar für alle Teile qualvollen Jahren gaben sie es auf, und Tante Berta verbreitete die Notiz, Dora Lilienthal sei eine miserable Lehrerin und habe den Töchterchen jede Lust am Klavierspiel verdorben. Diese giftige Lüge wurde freilich widerlegt durch den steilen Aufstieg, den Erich, Stefanie und Peter machten, Peter vor allem, Stefanies Bericht zufolge, jedermann dachte, Peter würde Pianist werden.
Endlich ist Peters Schatten wieder aufgetaucht, aber schon verbirgt ihn von neuem Doras raschelnde violettseidene Gestalt.
Als hätte ich Zweifel an Doras Talent und Erfolg geäußert, sagt Stefanie mit einem leicht hysterischen Ton, der ihre Stimme in eine höhere Lage transponiert: Aber Dora war einmal eine sehr gute Pianistin, und wäre sie nicht in dieser verdammten Provinz geblieben ... (»verdammt« ist ein Wort, das nicht zu ihrem Wortschatz gehört, es wirkt darum wie ein Paukenschlag.)
Ich selber, sagt Stefanie, habe Kritiken gelesen aus ihren

frühen Jahren, ausgezeichnete, vor allem als Begleiterin war sie berühmt, und wenn sie sich nicht darauf versteift hätte, die Begleiterin eines einzigen Sängers zu werden, dann wäre alles anders gekommen, dann wäre sie nicht im Lager umgekommen. Arme Dora.

Wieso, ich verstehe nicht, wieso die Begleiterin eines einzigen Sängers? Ist sie es denn nicht geworden oder ging es schlecht aus?

Warten geht immer schlecht aus, sagt Stefanie, korrigiert sich aber sofort: Bis zu einem gewissen Grad ist Warten sinnvoll, auch in gewissen Fällen, aber bei Dora war es Selbstmord, denn nach jener Reise war es klar, daß sie nichts mehr zu erwarten hatte, wenigstens nicht von dieser Seite her.

Ehe Stefanie in ihr stummes Selbstgespräch abgleitet, muß ich sie mit einer Frage festhalten: Welche Reise? Erzähl doch.

Stefanie hatte Klavierstunde, als Post für Dora kam, das war schon ein großes Ereignis, denn Dora bekam seit Jahren keine Post mehr. Es war der Brief einer Konzertagentur mit der Aufforderung, sie möge sich vorstellen, die Einladung erfolge auf Anregung des Sängers So-und-so. Daß nach sovielen Jahren des Wartens das wider alle Hoffnung Erhoffte wahr wurde oder wahr zu werden versprach, das war zuviel für Dora, die sich schon in ihren Enttäuschungen eingerichtet hatte wie in einem erträglichen Inferno. Sie wollte sich nicht mehr daraus vertreiben oder verlocken lassen; das allzu lang Erwartete, wie immer es auch sich erfüllen würde, war schon an sich ein neuer Schicksalsschlag, das stand für sie fest, und darum suchte sie handfeste Gründe, die Reise abzusagen. Ich habe nichts anzuziehen, sagt sie. Lächerlichste und zwingendste aller Ausflüchte. Stefanie widerspricht. Dora zieht sie vor den Kleiderschrank, reißt Kleid um Kleid heraus und erklärt alles für stockfleckig, von Motten zerfressen und faden-

scheinig, und es ist so, die Kleider sind alt und unbrauchbar, warum verwahrt sie sie noch. Stefanie, in solchen Augenblicken voll unerbittlicher Energie und plötzlich Klara gleichend, sagt: Mama hat eine Menge sehr schöner Kleider und Sie haben ungefähr die gleiche Größe. Aber Dora, die sich ihren guten Grund nicht unter den Füßen wegziehen lassen will, sagt, sie spiele nicht in fremden Kleidern. Aber Stefanie läuft schon fort, und auf der Treppe begegnet sie Peter (höchste Zeit, ihn wieder auf die Szene zu bringen) und sie ruft ihm zu, er habe keine Stunde, Dora müsse zum Vorspielen nach München, und Peter sagt, das müsse sofort in die Zeitung, die Notiz erschien wirklich und hatte unvorhergesehene Folgen und verpflichtete Herrn Niels, Peter, Stefanie und die Bernheimers zu einer Gemeinschaftsarbeit an einem subtilen barmherzigen Lügengewebe auf Jahre hinaus, es wurde mit beharrlicher Intelligenz und verschwiegener Treue daran gewebt, denn nie durfte zu Tage kommen, daß Doras Vorspielen zu nichts anderem geführt hatte als zur unrühmlichen Heimkehr im Personenzug dritter Klasse, während die hoffnungsgeschwellte Hinfahrt im Schnellzug zweiter Klasse erfolgt war.
Sie fuhr also wirklich?
In Mamas schönstem blauen Wollkostüm, im Koffer Mamas teuerstes Seidenkleid, Pariser Modell. Aber es war nicht so leicht gewesen, Mama zum Herleihen zu bewegen, nachdem sie erfahren hatte, daß nicht der längst zum Mythos gewordene berühmte Sänger (den sie zu Recht oder zu Unrecht für Doras einstigen oder unentwegten und ewigen Geliebten hielt) sondern nur ein durch ihn veranlaßter Brief einer Konzertagentur gekommen war, ein Brief geschäftlich-beruflicher Art und also nicht einzuordnen in Miena Martins amorzentrisches Weltbild.
In unterirdischer Kommunikation mit Dora Lilienthal fand sie rasch Ausflüchte: ihre Kleider seien schön, ja, aber aus der Mode und röchen entsetzlich nach Mottenpulver und

paßten Dora nicht, Dora sei zu dick, und so fort. Sie zog Stefanie über zwei Stiegen zur nie bewohnten Dachkammer hinauf und öffnete einen Schrank, der als Wand getarnt war (wer hatte ihr das Versteck gemacht? Es war ein Versteck, das war klar). Die Kleider rochen wirklich sehr nach Naphtalin, aber noch stärker nach Miena Martins französischem Parfum, das, einmal in den schweren Stoffen eingenistet, die Jahre überdauert hatte. Stefanie sieht sofort das passende Kleid: dunkelgraue Seide. Miena Martin legt es ihr über den Arm, aber dann sagt sie: Nein, gib her, das nicht. Aber Mama, du bekommst es ja wieder. Nein, dies da gebe ich nicht her. Mama, Doras Zukunft ist im Spiel! Das Argument schlägt ein, Miena gibt das Kleid frei und gerät in eine Euphorie des Wählens und Vorschlagens: das da für die Fahrt, das da zum Vorspielen, das da, wenn sie mit dem Sänger ausgeht (aber Mama, er kommt doch garnicht selbst, wie soll sie mit ihm ausgehen? Aber Mama will das nicht hören, es paßt nicht in ihre Geschichte), und das da für den Vormittag danach. Nein, Mama, zwei Kleider genügen, aber gib sie her, es eilt, der Zug geht um zwölf, es ist schon halb elf. Aber Mama hat Dora Lilienthal vergessen, sie findet in ihrem Kleiderschrank ihre Vergangenheit wieder: Das Grüne war sein erstes Geschenk, und die Jacke da war der teuerste Stoff, den Bernheimers je hatten, und das Weiße hat er aus Italien mitgebracht, Chiffon, schau wie leicht, wie ein Brautkleid, das will ich im Sarge tragen (sie trug es wirklich als Tote und sah wunderschön aus darin). Plötzlich entreißt sie Stefanie die bereits geopferten Kleider und hält sie im Arm, als sei da ein Kind eingebündelt, das sie gegen Mörder zu verteidigen hätte. Nein, sie kann und kann sich nicht trennen, die Kleider dürfen nicht entweiht werden. In diesem Augenblick fällt unten das Gartentor zu und man hört Schritte, die sich dem Haus nähern. Als sei dies ein Signal, das sie zur Ordnung (oder zum Aufstand) rufe, drückt sie das Bündel wieder in Stefanies Arm, gibt ihr auch noch einen Koffer und schiebt sie zur Tür hinaus: Warte, bis ich unten bin und huste, dann geh durch den Keller hinaus. Sie selbst ergreift einen Stapel Bügelwäsche und eilt die Stiege hinunter. Stefanie hört die scharfe Stimme des Amtsgerichtsrats, dann das verabredete Husten, dann schleicht sie, den Koffer mit den Kleidern wie einen Raub hinwegtragend, aus dem Haus, rot vor Scham und Zorn darüber, ihre Mutter in solch demütigender Sklaverei zurückzulassen.

Sie findet Dora Lilienthal verzweifelt inmitten von Notenheften: Ich weiß nicht, was ich spielen soll, ich bin nicht in Form, ich habe zu wenig geübt, die erwarten sicher etwas Brillantes, ich kann nichts mehr, ich fahre nicht, es hat keinen Sinn, jetzt rächt es sich, daß ich nicht mehr vorwärts strebte, alles rächt sich.

Aber eine Stunde später sitzt sie doch im Zug, und sogar, nach einem raschen Blickwechsel mit Stefanie und deren voller Billigung sicher, im Speisewagen, der gerade vor ihnen hielt: trotzig erstiegener Gipfel der Herausforderung ans Schicksal. Stefanie sieht, wie Dora sich an einem der gedeckten Tischchen niederläßt, ganz große Dame, aber mit einem Blick, der verrät, wie sehr sie wünscht, nie von einem Kellner zur Kenntnis genommen zu werden, denn sie hat nur wenig Geld in ihrem Täschchen, die Fahrkahrte bedeutet schon eine kaum zu rechtfertigende Verschwendung, sie bedeutet zwei Wochen Pfefferminztee, Brot und billige Wurst. Aber Stefanie begeisterte Verschwöreraugen sprechen ihr Mut zu. So fährt sie denn ab. Auf dem Rückweg vom Bahnhof begegnet Stefanie den Zuckerbäckerzwillingen, und sie kann nicht anders, sie ruft ihnen mit vollem Bewußtsein eine faustdicke Lüge zu: Dora Lilienthal gibt in München ein Konzert! Damit läßt sie die Zwillinge stehen, um die Botschaft in reduzierter und der Wahrheit entsprechender Form Klara und Erich zu bringen. Aber sie hat nicht mit dem Maß der Neugier und Schläue der Kaunigers gerechnet und nicht damit, daß ihr Weg über den Marktplatz führt und daß es einen Abkürzer durchs Kirchgäßchen gibt, den die Zwillinge benützen, sie sind vor Stefanie angekommen, Tante Berta, bereits unterrichtet, wenn auch nur fragmentarisch, steht auf der Schwelle des Cafés, den Arm wie einen Signalmast erhoben, es gibt kein Entrinnen. Aber schließlich ist es Stefanie recht, sie kommt jedem Gefrage zuvor und ruft: Fräulein Lilienthal gibt in München ein Konzert, sie ist eben abgefahren mit dem Schnellzug. (Eindeutiges Statussymbol in einer Zeit, in der selbst ein Bruno Walter kein Privatflugzeug hatte). So dumm Tante Berta auch ist, so ist sie schlau genug, um mißtrauisch zu sein und zu fragen: Wieso jetzt auf einmal, nachdem sich die ganze Zeit niemand um sie gekümmert hat? Stefanie sagt, es sei ein Brief gekommen von der Konzertagentur. Und was stand darin? (Tante Bertas Hängebacken zitterten, wie bei einem zornigen Meerschweinchen, sagt Stefanie.) Das könne sie sich doch denken, sagt Stefanie, aber Tante Berta will wissen, ob Stefanie es gelesen hat, und Stefanie sagt nein; das hätte sie nicht sagen sollen, denn es gibt Tante Berta sofort Anlaß zu scharfem Zweifel: Wenn du es nicht selber gelesen hast ... Aber Stefanie schiebt jeden Zweifel leichter Hand hinweg mit einem Argument, dessen Beweiskraft keiner weiteren Untersuchung zu bedürfen scheint: Aber ich habe doch den Absender gesehen: Konzertagentur Bauer. Tante Berta, für den Augenblick befriedigt und dankbar für die rasche Übermittlung der Neuigkeit und gierig auf Weiteres, fühlt sich zu einer ungewöhnlichen Tat veranlaßt: sie lädt Stefanie zu einem Stück Schokoladentorte ein. Stefanie lehnt ab. Tante Berta, verblüfft und beleidigt durch die Zurückweisung eines so großzügigen Angebots, geht sofort hinterrücks zum Angriff über: Da war doch einmal eine Geschichte mit einem Sänger, in den Dora verliebt war und der dann gänzlich sang- und klanglos verschwand, hat der vielleicht plötzlich sich erinnert, vielleicht hat er ein schlechtes Gewissen, er war auch ein Jude, irgendwas muß da passiert sein, irgendeine Protektion spielt da mit.

Tante Bertas Rekonstruktion ist nicht ohne Vernunft, und es bleibt ewig ungeklärt, wie weit sie den Tatsachen entspricht. Stefanie will aber nichts weiter hören, sie läßt die Kaunigers auf der Schwelle ihres mittäglich leeren Cafés stehen, keine Notiz nehmend von den vergifteten Pfeilen, welche ihr, nach so kurzem Waffenstillstand, von der bösen Trinität nachgesandt werden. Sie will jetzt endlich Klara die Nachricht bringen. Zwar rechnet sie, Klara kennend, nicht damit, daß sie dieses Falles oder Zufalles wegen ihr grämlich eingetrübtes, unbestechlich phantasieloses Weltbild umstieße, aber ein wenig Wirkung hat sie sich doch versprochen, als sie mit der Neuigkeit den Saal in Bernheimers Fabrik betritt, in dem Klara als Zuschneiderin arbeitet, ein wenig mehr Wirkung als dieses zwar nicht unfreundliche, aber allzu knappe »So«, das Stefanies Freude im Handumdrehen zum Gerippe abmagern läßt. Ach du, sagt sie, dich interessiert nichts als deine Arbeit, aber wieso arbeitest du nicht, du stehst ja nur so herum.

Ich arbeite nicht? Was weißt denn du von richtiger Arbeit.

Das ist ein Hieb, aber Stefanie, bei der wiederum »richtige« Arbeit niedrig im Kurse steht, Arbeit wie Klara sie tut zum Beispiel, läßt die Sache auf sich beruhen und es macht ihr nicht sonderlich viel Eindruck, als Klara hinzufügt: Ich stehe hier herum, wie du sagst, weil ich nämlich seit einiger Zeit Abteilungsleiterin hier bin, was Du am besseren Essen daheim hättest merken können, wenn du überhaupt etwas merken würdest, so, und jetzt geh, du störst hier, wo man arbeitet. Klara kann unausstehlich sein, aber, sagt Stefanie zu mir, für Klara war ich auch oft oder grundsätzlich unausstehlich.

Nach dem Gespräch mit Klara verläßt Stefanie mit schon hinkender Zuversicht die Fabrik. Wie gut, daß Peter ihr begegnet, wie gut für den Fortgang ihres Berichts an mich. Peter sagt nicht bloß »So« wie Klara, er weiß die Neuigkeit schon, woher, von den Kaunigers, er hat seinerseits eine Neuigkeit, er hat mit seinem Vater gesprochen (er hatte einen richtigen Vater!) und der, erfahren wie er war, sagte: Wenn es mit dem Konzertieren nichts wird, müssen wir helfen, eine neue Enttäuschung überlebt sie nicht, wir machen ein Hauskonzert.

In der jäh wieder zu Fleisch gekommenen Freude tut Stefanie das Unerwartete: sie fällt Peter um den Hals und küßt ihn, ungezielt, irgendwohin triffts, zwischen Nase und Ohr, Peter ist ebenso verdutzt wie sie, und sie schauen sich an und werden rot, dann läuft jedes in einer andern Richtung fort, Stefanie überrennt dabei fast Erich, dem sie, verwirrt vom ersten Kuß, die Neuigkeit von Doras Fahrt in verkürzter und verstümmelter Form übermittelt; du hast heut keine Stunde, Dora ist in München, im Speisewagen, sie ist zum Vorspielen gefahren und gibt Konzerte.

Mein Gott, sagt Stefanie zu mir, was waren das für Ereignisse, und was geschah so kurze Zeit später, stell dir doch vor, rund zwölf Jahre später wurde Dora von der Gestapo abtransportiert im Viehwaggon nach Theresienstadt, und denk dir, als ich das vor fünf, sechs Jahren meinen Schülern erzählte, fragten sie: was ist das, Theresienstadt, was ist ein Konzentrationslager, warum kam sie eigentlich dorthin, und ein Mädchen hat gefragt, warum sie denn nicht in die Schweiz gefahren sei wie andere jüdische Künstler, solche vom Theater, und als ich ihr sagte, die Schweizer wollten die Juden auch nicht, da warf sie mir antischweizerische Propaganda vor. Dafür, daß solche Dinge gesagt werden dreißig Jahre später, mein Gott, dafür sind sie gestorben.

Aber Stefanie, sage ich, solche Fragen beweisen nichts als

daß wir den Jungen nicht genau genug sagten, was damals war.
Ach was, sagt Stefanie, wer will denn etwas davon hören, die Bernheimers waren in Israel und in den Vereinigten Staaten, in New York und in Texas, sie sagten, auch dort will niemand etwas darüber hören. Ich sage dir: diese Toten sind umsonst gestorben.
Stefanie, das ist nicht wahr, sie haben mitgeholfen, daß wir hier frei und in Frieden leben.
Stefanie schaut mich zornig an und wird verletzend hart: Du hast keinen Peter Niels verloren.
So, sage ich, nun meinerseits erbittert, und mein Mann, der zählt nicht, haben den die Nazis nicht umgebracht?
Ändert das etwas daran, daß sie umsonst starben?
Wir schweigen, es ist ein feindliches Schweigen, aber ein unsinniges, eines, das zu nichts führt, und außerdem glaube ich Stefanie ihren Pessimismus nicht. Ich lenke ein: Erzähl doch weiter, wie kam Dora Lilienthal aus München zurück.
Mit dem Personenzug dritter Klasse, am nächsten Mittag, ich war an jeden Zug gegangen, ich stand da mit einem Rosenstrauß, sie stieg als Allerletzte aus und sie sagte: Ach du gutes Kind. Ich gab ihr die Rosen, aber sie nahm sie nicht, sie sagte, die paßten für mich, nicht für sie. Das war unverständlich. Auf dem Heimweg erzählte sie ganz munter von dem herrlichen Steinway, auf dem sie Beethoven spielte und Chopin, und daß sie erst müde war, aber dann hättest du mich hören sollen, Stefanie! Freilich ist noch nichts entschieden, die Konzerte müssen erst arrangiert werden, das dauert eine Weile, bis dahin gebe ich eben weiter Stunden, was meinst du. Und dann, oben in ihrem Zimmer, sagte sie: Dieses Zimmer, diese Stadt, diese Menschen, bis zum Tod bleibt das so. Sie redete so verzweifelt, daß ich Angst hatte, sie allein zu lassen, aber sie schickte mich fort, sie riß sich Mamas Kostüm vom Leib und stopfte

es zu dem grauen Seidenkleid in den Koffer und dann stand sie da im Unterkleid und mit zerwühltem Haar, sie stand am Fenster und sagte, ohne mich anzuschauen: Es ist nichts, es ist aus, ich kann nichts mehr, ich bin zu alt, sie haben es mir gesagt, es gebe zuviel junge Konkurrenz. Sie sagte das so, daß ich meinen mußte, sie wollte mich treffen und sie hasse mich, aber das tat sie nicht, sie war selbst dazu zu traurig, sie sagte nur: Weißt du, was das Furchtbarste ist? Kein Schicksal haben; ich wünsche mir ein Schicksal, eine Katastrophe, etwas Schreckliches, ich wünsche mir, daß diese Stadt mit mir zusammen untergeht, die Stadt, die hat mich auf dem Gewissen, verbrennen soll sie! Als sie das sagte, am Fenster stehend, hätte es mich nicht gewundert, wäre die Stadt im Flammen aufgegangen, damals, und nicht erst fünfzehn Jahre später, damals geschah nichts, die Szene endete kläglich, Dora fragte mich, ob ich ihr das Geld für drei oder vier Stunden vorauszahlen könne, sie habe keinen Pfennig mehr, oder ob ich vielleicht jetzt nach ihrer Blamage keine Stunden mehr nehmen wolle und ob ich (da wurde sie wirklich feindselig vor Verzweiflung) ob ich auch die andern unterrichten wolle von der Schande, damit sie keine Stunden mehr nähmen bei ihr, der Versagerin, ich solle das nur tun, ich habe das Recht dazu, ja die Pflicht, und außerdem habe sie keine Lust mehr, sich die junge Konkurrenz eigens heranzuziehen, die jungen Gegner, die Mörder ihrer Karriere, nein, sie gebe keine Stunden mehr, sie wisse überhaupt nicht, ob sie weiterleben würde. Sie hat mir viel später gestanden, daß sie in der Nacht den Gashahn aufgedreht hat, aber dann ihn wieder zudrehte, sie lebte zu gern, sagte sie. Damit so jemand wie sie sich das Leben nahm, das sie so liebte, dazu brauchte es schon andere Ursachen, allgemeinere, sie wollte sich umbringen, als Hitler die Judengesetze erlassen hatte, von denen sie zunächst nicht voll betroffen schien, denn sie hatte eine nichtjüdische, eine arische Großmutter, aber auf ihr eige-

nes Schicksal kam es ihr damals nicht mehr an, und sie wollte sich ertränken, sie wollte nicht weiterleben in diesem Land, aber sie wollte es auch nicht verlassen, Bernheimers hatten erreicht, daß sie emigrieren konnte, aber im letzten Augenblick weigerte sie sich, genau gesagt, sie versuchte sich zu ertränken im Bach, mit einem schweren Stein im Rucksack, aber man fischte sie heraus, leider, man hätte sie sterben lassen sollen als sie wollte, man hätte allen sagen sollen, sie sollten sich umbringen aus eigenem freien Willen und in der Art, die einem paßte, das wäre menschenwürdig gewesen, ich wollte, sie hätten sich alle selber umgebracht, dann wüßte ich wenigstens, wo sie sind, statt daß ich mir immer und immer vorstellen muß, wie man sie zu Tode gequält hat, oder erschossen, als wären sie räudige und tollwütige Hunde.
Stefanie, es ist so lang vorbei.
Vorbei? Vorbei?
Sie schaute mich finster und streng an.
Aber wie ging es mit Dora weiter damals nach der Reise?
Wie Peter es wollte und wie sein Vater es machte: sie arrangierten mit Bernheimers zusammen ein Hauskonzert, zu dem viele Leute eingeladen waren und auch kamen, es gab ja nicht viele Ereignisse in unsrer Stadt, und es war ein Erfolg für Dora, und dann setzte Herr Niels von Zeit zu Zeit Notizen ins Tageblatt, daß Dora Lilienthal in der und der Stadt ein Konzert gebe, die Städte lagen weit weg, oft im Ausland, niemand konnte es kontrollieren, und Peter schrieb dann Kritiken, und Dora bekam immer mehr Schüler, nie war es ihr so gut gegangen wie in jenen Jahren nach ihrem großen Mißerfolg. Auch mein Schicksal hat sich damals entschieden: ich bekam mit Peter und Erich zusammen ein Hauskonzert, und hernach sagte Herr Niels, er zahle mir ein Musikstudium, Peter würde doch kein Musiker, sondern ein Politiker, und mit mir bliebe die Musik in der Familie, da wußte ich, daß er mich als seine Schwie-

gertochter betrachtete, aber am selben Abend sagte mir Erich, daß er mich heiraten wollte, das war schwierig, eine lange Zeit waren er und Peter Feinde meinetwegen, aber das gab sich. Du siehst, ich bin eine Totenbraut, schau mich nur an, man sieht es, man riecht es vielleicht auch, denn kein Lebender hat mich seither haben wollen. (Damit sagt sie nicht die Wahrheit, aber für sie ist es wahr, so wie sie es sagt.)
Ich glaube, daß du es warst, die keinen andern haben wollte.
Nach einem kurzen Schweigen sagt sie: das Schreckliche ist, daß Klara den Erich liebte mit einer hoffnungslosen Liebe, sie hat es nie gesagt und es ihm nie verraten, aber ich wußte es doch und konnte ihr nicht helfen.
Du hast es gewußt, Stefanie?
Sie hat ihr Kind Erich genannt.
Ich weiß.
Du? Von wem?
Von wem wohl, vom überlebenden Kaunigerzwilling.
Tante Bertas Fehlspekulation: sie hätte gern einen der Zwillinge als Frau Bernheimer gesehen und dabei mühelos ihren eingeborenen Antisemitismus begraben und Bernheimers Geld ohne jeden Gewissensskrupel als Grabplatte darübergelegt und darauf geschrieben: Bernheimers sind hiermit, meinem Willen gemäß, für Nichtjuden erklärt. Aber Erich schaute die Zwillinge nicht einmal an, obwohl sie als Mädchen recht hübsch waren, aber von einer dummen und leeren Hübschheit. Du merkst aber, daß Berthie Grund genug hat, uns zu hassen, obgleich auch wir, Klara und ich, jene nicht bekamen, die wir wollten, wir blieben alle unverheiratet, und die Kinder starben, so soll die Familie aussterben, mir ist's recht, es gibt andere Orte.
Diesen Satz verstand ich nicht, ich fragte, aber sie schwieg, als hätte sie nicht gehört, und sie schwieg verstockt bis zum Friedhof.

Auf dem Grabhügel Onkel Kaunigers lag wirklich ein skandalös großer frischer Strauß roter Sterndahlien, man hatte seinetwegen die Kränze mit den Papierschleifen (»Dem teuren Vater von deiner tieftrauernden dich liebenden Tochter Berthie«, »Unserm unvergeßlichen Kriegskameraden 1914-1918«, »Für Onkel Willi von Klara und Stefanie«) beiseitegeschoben. Der Strauß lag flammend rot da, ohne Schleife und Namen, darum Anlaß zu wild wuchernden Gerüchten, wie wir später hörten, der Onkel Willi habe eine Geliebte gehabt, niemand wisse den Namen, andere, wie Berthie, sprachen von einer Frau im Altersheim, die ihn haben und beerben wollte und die nun zwar tot war, deren Tochter aber öfters mit Onkel Willi gesehen worden war, lauter ganz vage Gerüchte, Provinzphantasien. Stefanie hatte keine Ahnung, von wem der Strauß wirklich kam, und es blieb unaufgeklärt.

Stefanie, wo liegt meine Tante?

Nicht hier, sie ist in ein Dorf überführt worden.

Und Eure Mutter?

Auch auf dem Dorf bei den andern Martins.

Und der Amtsgerichtsrat?

In der Familiengruft. Stefanie deutet unbestimmt in die Ferne, ihre Hand beschreibt einen Bogen, der sich bis zur Erdkrümmung neigt, irgendwo da unten ist also der Amtsgerichtsrat versunken und verschwunden.

Und der Doktor Fleckmann?

Komm.

Das Grab trägt einen Stein ohne Namen, ohne Kreuz, ohne jede Inschrift, einen Steinblock, wie er roh herausgebrochen wird aus dem Berg.

Mama ließ ihm heimlich ein Grabmal setzen, damals, als das Grab noch außerhalb der Friedhofsmauer lag, ein Grabmal mit seinem Namen, aber die Kommunisten oder die frischgebackenen wilden Antinazis haben es zerschlagen. Vergiß nicht: Fleckmann war alter Parteigenosse, Kreisleiter, Nazibürgermeister, und er wollte die Stadt nicht kampflos an die Amerikaner übergeben, er galt als Verbrecher. Mama ließ das Grab eine Weile verkommen, bis man vergessen hatte, wer der war, der da lag, und dann ließ sie ihm diesen Stein setzen, jetzt kümmert sich keiner mehr darum, man kann von Glück sagen, daß die Neofaschisten ihm nicht ein Denkmal setzen und ihn zum Nationalhelden erklären.

Und die Blumen? Kein Strauß und keine Pflanze, sondern viele kleine Blüten, Spätrosen, über die Erde gestreut, noch frisch.

Das tut Klara.

Klara? Für Fleckmann?

Für Mama. Sie hat Geld hinterlassen für diesen Zweck. Es ist garnicht so leicht für Klara, fast jeden Morgen diesen Weg zu machen, aber sie tut es.

Doch jetzt führe ich dich an ein anderes Grab.

In die alte Friedhofsmauer eingelassen eine schwarzgranitene große Platte, zwei Namen tief eingeritzt und schwarz eingefärbt, sodaß sie sich kaum abheben vom Schwarz der Grabplatte, sich verbergend vor neugierigen Augen, eine Botschaft nur für Eingeweihte:

REINHART NIELS
1883–1956
PETER NIELS
1908

Für Peter kein Todesjahr?

Ich kenne es nicht, sagt Stefanie, es kann neunzehnhundertachtunddreißig sein oder irgend ein anderes Jahr, wie soll ich es angeben, wenn ich es nicht weiß.

Ich spüre, daß dies der Grund nicht ist, der Grund ist vielmehr dieser: das Todesjahr angeben hieße für Stefanie, Peters Tod bestätigen. Sie aber glaubt ihn nicht, obgleich sie natürlich längst weiß, daß dieser Tod sich ereignet hat, mit ziemlicher Sicherheit bereits damals auf Peters Flucht über das Gebirge, mit dem von Fleckmann illegal ausgestellten Paß. Stefanie will aber jetzt nicht von Peter sprechen, der ja garnicht hier liegt, der Ort gehört dem Vater, dem Herrn Niels, wie sie sagt und wie alle sagen: Herr Niels. Aber wie kann Stefanie von Herrn Niels reden, ohne Peter zu erwähnen? Sie versucht eine Weile, weder vom einen noch vom andern zu reden, sie setzt sich auf die granitene Grabeinfassung: Das ist ein guter Platz, setz dich du auch, nicht wahr, es ist ein guter Platz, einmal sah ich auf einem Bauernfriedhof ein Grab mit einer Hängebuche drüber und einem Küchenstuhl daneben, da saß eine alte Frau und betete den Rosenkranz, sie saß vom Morgen bis zum Abend da, wenn das Wetter nicht zu schlecht war, oft saß sie mit dem Regenschirm da, die Leute sagten, sie sei verrückt, aber ich habe mit ihr geredet, sie war nicht verrückt, sie hatte in dem Grab alle ihre Lieben, und sie wollte bei ihnen sein, ist das verrückt? Klara sagt, man soll die Toten tot sein lassen, man müsse das was lebt trennen von dem was tot ist aber was ist das: leben, und was ist das: tot sein, wer kennt den Unterschied. Klara bildet sich ein, sie kennte ihn, sie macht einfach eine Tür zu und sagt: die da hinter der Tür, die sind tot. Ich denke anders, ganz anders, und wir haben doch gehört in der Kirche und müssen es sogar glauben, daß wir weiterleben nach dem Sterben. Aber ich glaube es nicht nur, ich weiß es, und Klara sagt, diejenigen, die sagen, sie wüßten das, die seien verrückt, und insgeheim hält sie mich wirklich für verrückt, aber meinst du nicht, ich könnte nicht genau so sie für verrückt halten, weil sie die Toten für einfach ins Nichts aufgelöst denkt, und sie weiß doch, daß nichts in der Welt verloren geht, aber wenn ich mit ihr darüber vernünftig reden will, sagt sie: Davon verstehe ich nichts. In Wirklichkeit hat sie nur Angst davor, nachzudenken, und Angst vor einem Fortleben, das ist schwer zu verstehen, sie liebt das Leben, aber nur dieses, das sie kennt, was sie nicht kennt, das existiert nicht. Jetzt läßt sie mich in Ruhe, sie denkt, meine Verrücktheit sei harmlos und poetisch und besser als andere Wahnsinne. Aber sie versteht nichts davon. Wohin sollten denn die gehen, die sterben? Wohin geht so ein entwickeltes Bewußtsein, wie Peter es hatte? Davon sollte nichts bleiben? Und warum sollte es nicht als eine wirkliche Wirklichkeit bleiben, als etwas, das man sehen und hören und fühlen und riechen kann, wenn man die Sinne dafür schärft?

Sie erwartet von mir keine Antwort, sie erwartete von niemand mehr Antwort, weil sie nicht mehr fragt, seit sie weiß.

Ich verstehe sie, aber ich wünschte, sie käme jetzt zu den handfesten Wirklichkeiten dieser Stadt zurück, zum Beispiel zu Fakten aus dem Leben von Herrn Niels. Ich frage: Wann hast du eigentlich Herrn Niels zum letzten Mal gesehen?

Die Antwort verblüfft mich weniger als sie es getan hätte, wenn ich Stefanie nicht so gut begriffen hätte. Sie hieß nämlich: Meinst du, wann ich ihn zum letzten Mal vor seinem Sterben gesehen habe? Das war zwei Tage zuvor. Er hatte niemanden mehr als mich. Er hat mich übrigens zur Universalerbin eingesetzt, ich bin eigentlich sehr reich, glaube ich.

Was heißt »eigentlich« und »ich glaube«? Entweder ist man reich oder nicht und man weiß das doch.

So? sagt Stefanie zerstreut, als sei das eine Behauptung, die ihr Verständnis übersteigt und die sie auch nicht widerlegen könnte.

Willst du damit sagen, daß du zwar viel Geld hast, aber zuviel ausgibst?

Sie scheint nachzudenken, aber ihre Antwort kann nicht die Frucht dieses Nachdenkens sein, sie ist eine windverwehte Frage an Abwesende: Gebe ich viel aus?

Sie denkt weiter nach. Gebe ich viel aus? wiederholt sie. Ach, es ist so viel Geld, das könnte ich garnicht ausgeben, es ist so viel, daß man es garnicht anrühren mag, es liegt auf der Bank und wird immer mehr, ganz von selber, wie der Hefeteig aufgeht, jedesmal wenn ein Brief kommt von der Bank, ist die Summe größer, ich weiß nicht, wieviel es schon ist.

Und du läßt das Geld einfach liegen, Stefanie, bei all der Not in der Welt, der du aufhelfen könntest!

Ich sage das wider Willen scharf, aber Stefanies Antwort, aberwitzig und erschütternd, entkräftet meine Anklage. Sie sagt ganz einfach: Willst du es? Das ist die Antwort einer Wahnsinnigen, so jemanden müßte man, denke ich, unter Vormundschaft stellen, jeder Hochstapler kann ihr das Geld herausschwindeln. Ich bin versucht zu sagen: Mach mich zum Vermögensverwalter. Aber was sie jetzt sagt, ist fast enttäuschend vernünftig: Wenn du eine bessere Möglichkeit siehst, mit dem Geld etwas anzufangen, dann sag es mir, ich habe gedacht, es weiter anwachsen zu lassen bis zu meinem Tod, dann bekommt Klara einen Teil, falls sie mich überlebt, den anderen Teil, oder das Ganze, falls Klara mich nicht überlebt, bekommt der Hilfsfond für arme alte Künstler, Musiker, findest du das nicht richtig? Ich habe es Herrn Niels gesagt, als wir das Testament machten, und er sagte, er finde es gut, und er meinte, das wäre auch Peter recht.

Diese Stefanie, immer nötigt sie uns, sie für ein nur halb wirkliches Luftgeschöpf zu halten, mit dem man nicht rechnen und schon garnicht rechten kann, und plötzlich zeigt sie eine eigensinnige Vernunft, welche die unsere auf den Kopf stellt und sich als die bessere erweist.

Später erfuhr ich, daß sie genau Bescheid wußte über ihre Bankgeschäfte, daß sie sehr geschickt sichere Aktien gekauft hatte, aber daß sie derlei nur konnte, wenn ihr Verstand durch ein Taggestirn regiert wurde, gleich darauf wußte sie wirklich nicht einmal mehr annähernd die Höhe ihres Vermögens. Es kostete sie unendliche Anstrengung, aus ihren Silbernebeln aufzusteigen, in denen sie ihren Toten begegnete, aber war sie einmal aufgestiegen, so handelte sie mühelos richtig und ließ ahnen, daß sie sehr wohl fähig gewesen wäre, in normalen Wirklichkeiten zu leben, wenn es einen Mann gegeben hätte, der sie darin zu halten verstanden hätte. Ich frage mich, ob Peter Niels der Rechte dafür gewesen wäre. Nach allem, was man mir über ihn erzählte, zweifle ich daran. Es scheint mir, als sei auch er aus dem Geschlecht derer, die immer auf jene Karte setzen, die nur in Utopia Trumpf ist, die Karte mit den unmöglichen Figuren: Hammer und Sichel, am Hammer die Flügel des apokalyptischen Adlers, und, Wahnsinn über Wahnsinn, dahinter die aufgehende Sonne mit Kreuz und Dornenkrone. Mit dieser Karte in der Hand kann man elend herrlich sterben, aber leben kann man mit ihr nicht, man hat die ganze Welt gegen sich. Was wäre Peter Niels denn heute? Was wäre geworden aus dem Widerstandshelden? Herausgeber einer sozialdemokratischen Zeitung, deren Schlagzeilen diktiert würden vom Stirnrunzeln der Partei, der Industrie, der Kirchen, die man nicht vergrämen darf. Peter Niels mit gestutzten Flügeln, mit dickem Bauch und Herzinfarkt, ein reicher Mann, der sich eingerichtet hat in unsrer Kompromisswelt, der steuerbegünstigte Stiftungen macht und, um den Rest des schlechten Gewissens zu betäuben, Literaturpreise an Provinzdichter verteilt, und der seine eigenen Söhne von oben herab Utopisten und Anarchisten schimpft, weil sie aufs Haar dem gleichen, der er war und der er nicht mehr sein kann? Oder er wäre einer der professionellen großmäuligen Widersprecher geworden, der ewigen lästigen Wegelagerer, die jeden überfallen, der einfache verbindliche Realitäten mit sich führt statt Verheißungen großer Revolutionen. Oder ein rührend bitterer alter Privatmann, der seine letzten Jahre damit verbringt, vorwurfsvolle Briefe an Berufspolitiker zu schreiben und absurde Vorschläge irgendwelcher Reformen anzubieten. Oder ein sozialistischer Minister, der mit seiner unkäuflichen eigensinnigen Moralität der Partei oder der Regierung als ein erratischer Block im Wege des absteigenden Fortschritts läge und der hinter dem Tuch, mit dem sie ihm den Mund verbinden, mit erstickter Stimme an die großen keuschen Ideen erinnert, die sie, die Linken »damals« angesichts des faschistischen Bösen so eng verband. Selig, die jung sterben.

Stefanie, sage ich gänzlich rücksichtslos vor größern Rücksichten, denkst du nicht manchmal, es sei gut, daß Peter damals starb, jung und sauber und tapfer?

Ich erwarte, daß sie mich hart anfahre, aber sie tut wieder einmal das Unerwartete, sie sagt: Natürlich denke ich das, und das einzig Schlimme ist, daß er mich nicht mitnahm, als er wegging.

Du meinst, er wäre gerettet worden, wäre er mit dir zusammen über die Grenze gegangen?

Er ist gerettet auch ohne mich, aber er hat mich hiergelassen.

Ich beginne zu verstehen, aber ich bin dennoch versucht zu denken, ob sie vielleicht doch nicht an Peters Tod glaubt, aber vermutlich hängt für sie die Entscheidung darüber, ob Peter lebt oder tot ist, einzig von ihr ab: solange ihre Kraft ausreicht, Unterschrift und Siegel unter die Todeserklärung zu verweigern, solange lebt er.

Ich sage: Es war doch gut, daß wenigstens du am Leben bliebst.

Das ist eine Herausforderung, aber sie nimmt sie nicht an, sie sagt nur müde: Gut für wen.

Für Herrn Niels zum Beispiel auf jeden Fall.

Sie deutet auf die schwarz in schwarz geritzte Jahreszahl 1956. Das also ist der Zeitpunkt, von dem an sie sich überzählig fühlte, und an dem sie die Erlaubnis erwirkte, zwischen Lebenden und Toten hin und her zu wandern, so selbstverständlich wie das Wild von einer Waldseite zur andern wechselt.

Aber bis dahin warst du doch dringend nötig, Herr Niels hatte ja, wie du sagtest, niemand außer dir.

Sie macht wieder einmal Gebrauch von ihrem Recht, die Aussage zu verweigern. Sie steht auf und zeigt auf die leere Stelle der Grabplatte, an der das Todesdatum Peters stehen sollte. Hier, sagt sie, schau genau her, du, merk es dir, denn wenn du Klara überlebst, was wahrscheinlich ist, dann mußt du dafür sorgen, daß geschieht, was ich sage: hier, auf halber Höhe zwischen Peters und meinem Namen, wird mein Todesdatum stehen, das gilt dann auch für Peter, hast du verstanden und versprichst du mir, daß du dafür sorgst? Sie streckt mir die Hand entgegen und verlangt ein feierliches Versprechen, die Szene ist ein wenig überdreht, sie hat einen Stich ins Hysterische, ich mag das nicht, aber es gibt kein Entrinnen, ich muß aufstehen, um Stefanies Hand zu erreichen, ich verspreche die Sache also stehend, mit Handschlag und mit Worten, dann setzt sie sich wieder und bedeutet mir, das gleiche zu tun, ich komme mir vor wie bei Gericht, wie bei einer Vereidigung.

Stefanies Vorrat an Willen zum Reden ist jetzt erschöpft, sie beginnt Unkräuter aus dem Kies zu ziehen, aber es gibt fast keine, das Grab ist makellos gepflegt, Klara tut das, wie sie für alles sorgt.

Jetzt erst fällt mir auf, daß Stefanie in diesem Grab hier liegen will, nicht im Familiengrab der Martins.

Natürlich hier, sagt sie verwundert, wo sonst.

Aber die Sache mit dem Datum, Stefanie, die geht doch nicht.

Wieso?

Meinen Hinweis auf standesamtliche und friedhofsrechtliche Bestimmungen, denen zufolge hier eingetragene Daten

richtig sein müssen, versteht sie nicht. Was ist daran nicht richtig?
Sie macht mich ganz verwirrt. Aber dein Todesdatum ist nicht das von Peter.
Wenn jemand, sagt sie herrisch, das nicht für richtig hält, soll er wagen, das anzurühren, was hier stehen wird! Was steht, steht, und du wirst dafür sorgen.
Ihre Augen haben jetzt einen irren Glanz, und ich bin wieder versucht zu denken, daß es in diesem Gehirn einen Bruch gibt, haarfein wie die Kratzspur auf einer sonst heilen Schallplatte, deutlich hörbar, wenn die Kristallnadel eine bestimmte Rille berührt. Ich möchte die verletzte Spur nicht noch einmal berühren, ich suche ein anderes Thema, ein möglichst abliegendes, ich frage nach Berthies Kind, genannt Siegfried.
Aber Stefanies Gedanken laufen auf der alten Spur weiter. Hier, sagt sie, auf die Grabeinfassung steigend und mit dem Zeigefinger unsichtbare Zeichen auf die Platte malend, hier unter dem Namen von Herrn Niels müßte noch einiges stehen, ich frage mich, ob ich es nicht doch noch einmeißeln lasse, es müßte zumindest dastehen: von neunzehnhundertvierzig bis neunzehnhundertfünfundvierzig im Konzentrationslager Buchenwald, von neunzehnhundertfünfundvierzig bis neunzehnhundertsechsundfünfzig Bürgermeister, Wiedererbauer der Stadt, Begründer vieler Hilfswerke, was meinst du? Was du siehst, wenn du durch die Bahnhofsstraße und durchs Zentrum gehst, das ist alles sein Werk, auch die Schulen, Kindergärten, das Krankenhaus. Wenn du bedenkst, daß es diese Stadt war, die ihn eiskalt ausgeliefert hat an die Gestapo und die zuließ, daß man ihn in der Zeitung, die er gegründet hatte, Volksverhetzer, linker Verbrecher, Landesverräter nannte! Und nach dem Krieg, da kamen die Maden aus den Löchern gekrochen und bettelten ihn an um Persilscheine.
Um was?

Persilscheine. Du weißt nicht mehr, was das war, selbst du weißt also vieles nicht mehr. Wenn das am grünen Holz geschieht... Also Persilscheine, das waren Bescheinigungen, die Antifaschisten nach dem Krieg ehemaligen Faschisten ausstellten, da stand dann zum Beispiel: Ich bestätige dem Soundso, daß er nur gezwungenermaßen in die Nationalsozialistische Partei eingetreten ist, aber insgeheim Antifaschist war. Verstehst du? Wenn man denen glauben wollte, so waren sie allesamt nur mit Gewalt in die braune oder die schwarze Uniform gezwängt worden. Aber freiwillig oder gezwungen: das Braun und das Schwarz, das hatte abgefärbt auf den Charakter, dagegen half kein Waschmittel. Herr Niels freilich, der unverbesserliche Menschenfreund, der brachte es fertig zu sagen: sie waren alle dumme arme Teufel, man müsse sie raschestens exorzieren und umerziehen, das war sein großes Wort: umerziehen. Ich sagte: diesen Leuten verzeihst du und traust du wieder, den Mördern von Dora Lilienthal und Erich Bernheimer, und haben die nicht deinen Sohn fortgejagt wie einen räudigen Hund, und wie haben sie dich behandelt im Lager, wie einen Verbrecher, haben sie dich nicht mit einem Eisen geschlagen, daß du seither nur mehr mit Schmerzmitteln schläfst und wachst, und du verzeihst diesem Pack, du hilfst ihm? Da haben wir gestritten, das erste und einzige Mal, er sagte, ich sei rachsüchtig, er hat einen schrecklichen Namen für mich erfunden, er hat mich Nekrophiline genannt.

Ich muß sehr wider Willen lachen, aber Stefanie mag das nicht, sie bestraft mich augenblicklich dafür: ihr Kopfweh meldet sich, sie strebt nachhause, dem verdunkelten Zimmer zu, dort wird sie liegen, eine oder vier, fünf Stunden lang, ein in Essigwasser getauchtes Tuch über Stirn und Augen, unbeweglich »wie auf dem Totenbett«, sagt Klara, und sie weiß, was sie sagt, denn in diesen Stunden ist Stefanie weiß und spitz im Gesicht, die Hände sind eiskalt, sie

atmet so selten und so leise, daß man denkt, sie höre ganz auf damit, es ist zum Erschrecken.
Klara, sage ich, ist sie nicht doch ein wenig gestört seelisch?
Ein wenig? Aber lassen wir sie, es ist einfach ihre Art, mit ihrem Schicksal fertigzuwerden, jeder hat die seine.
Klara bereitet das Mittagessen vor, sie schneidet grüne Bohnenschoten, sie läßt mich nicht helfen, sie macht es flink und geschickt, ich schaue ihr zu, wie sie Schote um Schote aus dem Korb holt, sie auf den linken Handballen legt und, kaum hinschauend, mit dem scharfen Messerchen in dünne ovale Scheibchen schneidet.
Klara, wann hat man denn erfahren, daß Peter Niels tot ist?
Ach jetzt geht das schon wieder an. Laß doch die Toten tot sein.
Klara.
Was denn.
Kannst du aufhören, an sie zu denken?
Sie schneidet schweigend weiter.
Jetzt sag mir, wie das war mit Peter.
Was willst du davon wissen.
Wie er starb.
Du weißt doch, daß wir nichts darüber wissen. Er ist fortgegangen und nicht wiedergekommen.
Aber warum, wann, wie.
Wann: das erste Mal neunzehnhundertsechsunddreißig, da ging er nach Spanien, da war doch dieser Bürgerkrieg, und alle jungen Linken meinten, sie müßten dorthin und mitkämpfen, es war umsonst, aber Peter war natürlich auch dort, er kam zurück, er hinkte, sie hatten ihn angeschossen, aber damals blieb das alles geheim und eine Weile lebte er hier und half seinem Vater und schrieb Artikel für die Zeitung unter einem andern Namen, die waren so, daß nur die Allerschlauesten verstanden, daß sie gegen das Hitler-

regime waren. Aber dann kamen sie ihm doch auf die Spur und da floh er, aber nicht ins Ausland, das hätte er gekonnt damals, aber er wollte nicht, er ging in den Untergrund, in den Widerstand, er war bald da bald dort und manchmal tauchte er hier auf, das waren schreckliche Zeiten für Stefanie, sie trafen sich bei Dora Lilienthal am Bahndamm, das war ein Ort, wo man ihn nicht vermutete, aber einmal, im November neunzehnhundertachtunddreißig, war es eben das allerletzte Mal, da waren sie Peter dicht auf der Spur und er wollte und mußte ins Ausland bei Nacht und Nebel.

Mit dem falschen Paß, den der Doktor Fleckmann ihm ausgestellt hatte.

Ja.

Aber bitte, wieso gab ihm ausgerechnet der Nazikreisleiter einen falschen Paß, das ist doch irrsinnig.

Er machte eben solche Sachen. Im übrigen: er tat es nicht für Peter, er tat es für Mama, sie ging zu ihm, sie wird ihm gesagt haben, Stefanies Verlobter, den sie sehr liebt, hat keinen Paß, du verstehst, tu das für mich, ich bitte dich, wahrscheinlich hat sie gesagt: Ich beschwöre dich bei unsrer Liebe, und da konnte er ihrs nicht abschlagen, kurz und gut, sie kam mit dem falschen Paß zu Dora, wo Peter versteckt war und wo Stefanie war in dieser Nacht, und dann brachte Stefanie ihn bis zur Autobahn, da nahm ihn ein Lastauto mit bis zur Grenze.

Und dann?

Es gibt kein Dann.

Berthie hat gesagt, Fleckmann habe ihm zwar den Paß gegeben, um Mama gefällig zu sein, aber er habe gleichzeitig dafür gesorgt, daß der Landesverräter nicht über die Grenze kam, denn anders hätte er selbst ja Beihilfe zum Landesverrat geleistet.

Unsinn. Warum redest du auch mit dieser bösen verkalkten Zuckerbäckerziege über solche Sachen. Sie haßte Mama und haßte Stefanie und haßte Fleckmann, den haßte sie,

weil er sie nicht heiratete, was sie so gern wollte. Also: nichts von alldem, was sie da sagte, ist wahr, nichts.
Woher weißt du das, Klara?
Meinst du, ich sagte es, wenn ichs nicht wüßte? Ich kannte Fleckmann, zu so etwas hätte er sich nie erniedrigt.
Ich merke, du verteidigst diesen Nazi Fleckmann, gestern hast du gesagt, du hast ihn nie leiden können, schon als Kind nicht, und heute redest du so gut über ihn.
Aber das sind doch zwei ganz verschiedene Dinge. Nazi hin und Nazi her, was wahr ist, muß wahr bleiben, Fleckmann hatte seine Großartigkeit, meinst du, sonst hätte unsre Mama ihn so geliebt, sie hat ihn geliebt, weil er genauso überdimensional verdreht war wie sie selber. Schau dir doch seinen Tod an: im rechten Augenblick auf die rechte Art sterben, das ist Stil. Natürlich war es auch eine Tollhauskomödie, so hat es der Herr Niels genannt, aber eben der Herr Niels hat auch gesagt, Fleckmann sei eine tragische Figur gewesen, und zu Stefanie sagte Herr Niels, dem hätte ich den Persilschein ausgestellt gegen alle Regel und gegen allen Anschein, der war nur durch einen Irrtum Nazi, einen Schicksalsirrtum, der hat die Partei gebraucht, weil allein sie ihm Gelegenheit gab, seine phantastischen größenwahnsinnigen Verdrehtheiten auszuleben. Einmal hat Herr Niels auch gesagt: den Fleckmann hätte ich umerzogen, »Umerziehung«, das war so ein Wort, das uns die Amerikaner gebracht hatten, reeducation nannten sie es, das ganze deutsche Volk sollte umerzogen werden, nun ja, Herr Niels hat gesagt, es wäre andrerseits schade, wenn man diesen Fleckmann in eine anständige bürgerliche Form gebracht hätte und ihn zum guten Durchschnitt hin erzogen, der brauchte sein eigenes aus allen Fugen gegangenes Tollhaus-Schicksal. Aber lassen wir ihn, er ist tot, und das ist auf jeden Fall gut für alle.
Klara, was war das mit der Katze?
Ach, kommst du mit dieser Geschichte auch noch an.

Ist es eine Geschichte?
Was hat dir Stefanie davon erzählt?
Daß Herr Niels und sie nach dem Krieg eine alte Katze umgebracht haben, die ihr einmal zugelaufen war.
Ja, zugelaufen in dem Augenblick, in dem sie und Peter sich trennten, als Peter zum letzten Mal fortging.
Ich verstehe.
Nichts verstehst du. Mama hat die Katze gepflegt, Stefanie war ja fort, zuerst beim Studium, dann beim Konzertegeben, Mama also hat die Katze gepflegt, bis sie so alt war, daß ihr die Haare ausfielen, es war die älteste Katze, die ich je kannte.
Und? Was verstehe ich nicht?
Klara kommt nicht dazu mir zu antworten, denn wir hören plötzlich jemanden die Haustürklinke drücken, ohne daß wir das Zufallen des Gartentörchens und das Knirschen des Wegkieses gehört hätten. Es ist Berthies Art, sich so anzuschleichen, eine alte Gewohnheit, von der sie nicht lassen kann, obgleich ihr jedesmal Klaras Schimpfen sicher ist und sie sich davor fürchtet. Du alte Schleicherin, sagt Klara zum vermutlich tausendsten Mal, kannst du nicht gehen wie andere Leute? (Zu mir: schau dir ihre Schuhe an, die haben immer abgetretene Spitzen, anständige Leute haben abgetretene Absätze.)
Aber es sind nicht Berthies Schuhe, die bemerkenswert sind, es ist Berthie selbst, das sah Klara noch nicht, Berthie ist hochrot im Gesicht und sieht jämmerlich aufgelöst aus, der Puder, (sie verwendet seit ihrer Mädchenzeit immer die gleiche rosa Sorte) vom Schweiß verwaschen, das gelbe Strohhütchen schief auf dem Kopf, in der linken Hand einen Briefumschlag, in der rechten den zugehörigen Brief, das Blatt flattert wie ein Fähnchen im Wind, aber es weht kein Wind, Berthies Hände zittern. So mit dem offenen Brief ist sie vom Altersheim bis hierher gelaufen. Welche Hiobsbotschaft überbringt sie? Klara zieht ihr das Blatt aus der

Hand: die Rechnung vom Bestattungsamt, eine normale Rechnung mit einer normal hohen Summe.

Nun, und?

Das soll ich zahlen? Soviel? Und womit, bitte? Woher soll ich das Geld nehmen, dafür hätte Pappa doch Geld herrichten sollen anstatt es einfach mir zu überlassen, jetzt soll ich dafür zahlen, daß man ihn begraben hat, ich hab doch kein Geld, das liegt alles auf der Bank, wenn überhaupt etwas da ist, ich bekomme ja nie eins in die Hand, das Altersheim wird ja von der Bank bezahlt, ich habe nur ein bißchen Taschengeld.

Sie kramt mit immer noch zitternden Händen in ihrem Täschchen, fischt einen alten gestickten Geldbeutel heraus und aus dem Geldbeutel einige Scheine, so wenig ist das nicht.

Klara überschlägt die Summe, steckt die Scheine wieder ins Beutelchen und den Beutel ins Täschchen und sagt: Du bist doch wirklich eine dumme Ziege, Berthie, dich so aufzuregen, natürlich ist Geld da für die Beerdigung und für alles. Sag einmal: weißt du wirklich nichts über Eure finanziellen Verhältnisse? Berthie hat keine Ahnung davon und auch nicht vom Inhalt des Testaments, das ihr Vater zusammen mit Klara gemacht hat vor dem Notar und in dem steht, daß Berthie nicht über das Geld verfügen dürfe, daß Klara Vormund ist und im Fall ihres Todes Stefanie (offenbar wußte Onkel Kauniger, daß Stefanie die Wolkenwandlerin im Ernstfall sehr wohl mit Geld umgehen könnte), die hinterlassene Summe ist nicht sehr groß, aber größer als sich Berthie träumen lassen könnte. Klara sagt leise zu mir, daß im Testament auch der sonderbare Satz stehe: Falls meine Tochter mich überlebt . . . »Falls«. Onkel Willi war über neunzig, als er das schrieb, Berthie achtundfünfzig. Armer Onkel Willi, er hat immer gehofft, auch noch Berthie zu überleben, obwohl er doch aus dem Horoskop wissen mußte, daß sie hundert oder hundertfünfzig würde, oder

überhaupt nie stirbt. Er hat seine Familie verachtet und gehaßt, und jedermann kann das verstehen.
Zu Berthie sagt Klara: Du kannst jetzt ruhig wieder nachhause gehen, laß die Rechnung hier, ich kümmere mich um das alles.
Aber Berthie, statt zu gehen, setzt sich, nimmt das gelbe Strohhütchen ab und legt es vor sich auf den Tisch, sie hat noch etwas auf dem Herzen und sie rückt heraus damit: sie möchte nicht mehr ins Altersheim zurück, ohne Pappa hält sie es dort nicht aus und mit ihm auch nicht, er hat nachts an die Wand geklopft, drei Mal, ganz deutlich.
Du spinnst, sagt Klara, oder du lügst, dein Pappa klopft nicht an die Wand und an die deine schon garnicht. (Zu mir: Zuzutrauen ist es ihm, daß er sich einen Spaß erlaubt mit ihr).
Doch, beharrt Berthie, er geht um.
Hör mir auf mit dem Unsinn, sagt Klara, sag mir lieber, was du bezwecken willst mit der Geschichte, denn irgendetwas willst du erreichen damit.
Es stellt sich heraus, daß Berthie es sich in den Kopf gesetzt hat, fürderhin bei Klara zu wohnen. Aber Klara sagt rundheraus: Daraus wird nichts, ich will meine Ruhe, ich hab sie mir verdient.
Berthie begreift, das ist ein unabänderlicher Beschluß.
Nun, gut, sagt sie aufsässig, ich werde also verlassen sterben, du willst das so, du hast keinen Familiensinn, du hockst in diesem Haus, das meiner Großmutter gehört hat, und mich nimmst du nicht auf.
Klara drückt Berthie ihr gelbes Hütchen auf den Kopf und sagt ganz ruhig: Jetzt gehst du.
Berthie steht auf, hat aber noch einen Trumpf in der Hand: So, und wer pflegt dich, wenn du krank bist, deine leibliche Schwester lebt im Ausland, die sorgt nicht für dich, wer steht dir bei in deiner Sterbestunde?
Du nicht, sagt Klara und schiebt sie zur Tür hinaus. Wir

sehen, wie sie eine Weile draußen steht und sich die Nase putzt.
Sie weint, sage ich. Aber Klara hat jetzt anderes zu tun als sich um eine heulende Berthie zu kümmern, sie schält Kartoffeln und tut es mit allem Ernst. Schließlich ist Berthie dann doch verschwunden, lautlos, nicht einmal das Zuschnappen des Gartentörchens war zu hören.
Klara, soll ich Stefanie zum Essen herunterholen?
Um Gotteswillen, laß sie, die ist jetzt nicht anwesend.
Was heißt das: nicht anwesend. Schläft sie?
Ja und nein.
Ist sie bewußtlos?
Ja und nein.
So rede doch vernünftig.
Ich rede so vernünftig, wie man über so etwas reden kann, ich sage, wie es ist, geh hinauf und schau sie dir selber an, aber mach kein Licht und sprich kein Wort und bleib nicht lang.
Das Zimmer ist so dunkel, daß ich fast nichts sehe, ich lasse die Tür einen Spalt weit offen. Stefanie ist ein heller Fleck mitten in der Dämmerung. Ich schleiche näher, ich höre sie nicht atmen, ich habe Angst, ich berühre schließlich ihre herunterhängende Hand, sie ist kalt. Wäre ich nicht durch Klara vorbereitet, ich dächte, ich berühre eine Tote. Entgegen Klaras Warnung sage ich leise: Stefanie. Ich erwarte keine Antwort, sage aber noch einmal, etwas lauter: Stefanie. Nichts. Ich schleiche wieder hinaus. Später, als sie von selbst herunterkommt, stellt sich heraus, daß sie mich sehr wohl gesehen und gehört hat. Warum hat sie nicht geantwortet? Sie sagt höchst unbegreiflich: Du hättest mich ja doch nicht verstanden.
Nun, fragt Klara, als ich wieder in die Küche komme, was sagst du jetzt: schläft sie, ist sie bewußtlos?
Ich weiß nicht, aber ist der Zustand nicht doch beängstigend?
Was weiß ich. Früher dachte ich, sie spielt das nur, damit

man sie in Ruhe läßt, so wie Mama es gemacht hat, hat sie dir davon erzählt? Als Fleckmann tot war, zerschnitt Mama alle Kleider, die er ihr im Lauf der Zeit geschenkt hatte, sie zerschnitt sie zu lauter kleinen Flecken, handgroß ungefähr, sie hatte immer einen Berg davon vor sich liegen auf dem Tisch, und daraus legte sie Muster, und so saß sie da, redete nicht, der Amtsgerichtsrat saß auch im Zimmer, im Lehnsessel, er wollte keinen Rollstuhl, er war gelähmt seit dem Schlaganfall, er wurde immer magerer, am Ende war er wie ein Gerippe, und außerdem war er fast blind, so saßen die beiden da, und er glaubte, sie sei schwachsinnig, sie wollte, daß alle es glaubten, aber sie war so klar wie du und ich, sie wollte einfach in Ruhe gelassen werden, sie wollte an Fleckmann denken, und so, dachte ich, sei es bei Stefanie auch, sie gleicht ja in so vielem ihrer Mutter. Aber es ist doch anders bei ihr, diese Kälte und Starre ist echt und kam bei Mama nicht vor und nicht diese Art von wie soll ich sagen, von anwesender Abwesenheit.

Du hast nie einen Psychiater konsultiert?

Meinst du im Ernst, der wüßte mehr davon als ich? Ich weiß doch im Grunde, was es ist: sie geht in sich hinein, das ist das Gleiche, als wenn sie fortginge, und dort findet sie ihre Toten. Ob das eine Wirklichkeit ist, ich meine, so eine wie dieser Tisch wirklich ist, das weiß ich natürlich nicht. Aber ich tu, was ein Psychiater auch täte, ich stelle einen Zustand fest und schreibe ihm eine Wirklichkeit zu. Ein Psychiater würde ihr aber Spritzen geben oder Tabletten, um sie in eine gewöhnliche Art von Wirklichkeit zu bringen, und damit, falls es ihm gelänge, würde er ihr alles nehmen, was sie hat und wovon sie lebt.

Du meinst: die Erinnerung.

Was sind Worte, was ist denn eine Erinnerung, das kann eine Postkarte sein oder ein Name, ach das war der und der, für Stefanie ist es die Sache selber, sie trifft ihre Toten, wo immer das auch sein mag und wie das vor sich geht,

ich weiß es nicht, und es ist ja auch nichts, worüber man redet.
Ich respektiere Klaras Meinung, denke mir aber doch, es müsse mir möglich sein mit Stefanie darüber, über das Totenland nämlich, zu reden. Als hätte Klara meine Absicht gespürt, sagt sie: Aber daß du ja nicht meinst, jemand könne ihr das ausreden, das wäre so, als wolltest du mich überzeugen davon, daß das da im Topf keine Bohnen sind und das da kein Tisch und daß es überhaupt keine Bohnen und keine Tische gebe, sondern daß ich mir das alles nur einbilde. Jedermann hat seine eigene Wirklichkeit und jeder hält die seine für die wirkliche Wirklichkeit.
Klara, hat man eigentlich Nachforschungen angestellt über Peters Tod?
Herr Niels hat es sicher getan, aber wenn er je etwas Sicheres darüber erfahren haben sollte, so hat er doch zu Stefanie nie etwas darüber gesagt, für sie ließ er ihn weiterleben, natürlich nicht ausdrücklich, das hätte sie ja doch nicht geglaubt auf die Dauer, aber so zwischen Ja und Nein konnte Peter weiterleben. Stell dir vor, man hätte Peters Leiche gefunden! Das wäre ja eine Gewißheit gewesen und Gewißheiten darf man unserer Stefanie nicht anbieten, die mag sie nicht und erträgt sie nicht. Ich bin darin das Gegenteil, ich ertrage keine Zweifel, ich bin unruhig, bis ich Gewißheit habe, dann kann ich mit ihr leben, so schlimm sie auch ist.
Mir liegt jetzt die Frage nach Erich Bernheimer auf der Zunge: gab es denn über seinen Tod Gewißheit? Aber ich will lieber Stefanie befragen. Ich frage Klara, ob Stefanie insgeheim noch auf Peters Rückkehr warte.
Aber hast du denn nicht begriffen? Sie braucht diese Art von Rückkehr doch nicht mehr.
Damit beendet Klara das Gespräch und ist nur mehr für Kochen und Tischdecken zuständig. Es hat sie gewiß viel Überwindung gekostet, nüchtern wie sie ist, über ein so nebelhaftes Thema zu reden. Einzig ihr zum Äußersten

getriebener Sinn für Gerechtigkeit und Wahrheit hat sie bewogen zu solch sachlicher Berichterstattung. Klara ist eine Relativistin reinsten Wassers. Skeptisch von Natur wie alle Buckligen, begabt zu scharfer Beobachtung, aus beiden Augenwinkeln zugleich blickend ohne zu schielen, belehrt durch die lange Erfahrung von der Unerläßlichkeit der Distanz zu sich selber, hatte sie eine Denkmethode entwikkelt, mit Hilfe derer sie schließlich mühelos jede Art von Überzeugung anderer für eine Wahrheit unter Millionen Wahrheiten erkannte. So war sie denn zuletzt die stille ruhmlose Siegerin über alle Vorurteile. Wenn sie im Eifer des Gesprächs dennoch bisweilen jemanden verurteilte, so geschah es aus purer Unachtsamkeit, so wie wenn einer geübten Strickerin einmal eine Masche von der Nadel fällt: sie bemerkt es sofort und holt sie augenblicklich wieder herauf. Klaras Sünden waren läßliche und sie bereute sie herzlich, indem sie über sich selber lachte. Sie hatte aber Meinungen wie Meßbänder aus Stahl so dauerhaft und unbestechlich und so ungemein brauchbar zum Messen der Wirklichkeit, jedoch sie bestand nicht darauf, daß es nur ihr Meßgerät und ihr Meßsystem gebe, sie ließ alle gelten. Wild und grob wurde sie aber, wenn sie merkte (und sie merkte es immer) daß jemand zweierlei Maßstäbe hatte, in der rechten Hand den geeichten, in der linken den gefälschten, dann nannte sie laut den Fälscher einen Fälscher und lieferte, gebeten oder ungebeten, gelegen oder ungelegen, den Beweis, und niemand sah sich veranlaßt, für ihren Beweis einen Beweis zu verlangen, Klara war dann oberste moralische Instanz. Selbst Berthie, die bisweilen die Frechheit besaß zu behaupten, Klara erfände Geschichten, glaubte nicht an ihre eigene Behauptung. Klara erfand nämlich keine Geschichten, sie sah sie vielmehr. Den Blick notgedrungen auf die Straße gesenkt, schien sie sie dort zu finden, es wimmelte von ihnen in der Stadt. Sie fand sie schon als Kind und bewahrte sie auf in einer der Schiebladen ihres ordentlichen Gedächtnisses, zu späterer Verwendung, zum Beispiel zur Korrektur der durch Träume verwischten Berichte Stefanies und der durch Gehässigkeiten verzerrten des Kaunigerzwillings. Klara hätte eine Skandalchronik der Stadt schreiben können, wäre ihr Klatsch nicht so zuwider gewesen.

Berthie, von Klara des Hauses verwiesen, kehrte nach kurzer Zeit zurück, dieses Mal hörbar bemüht, von der Gewohnheit des Sich-Anschleichens zu lassen, sie warf das Gartentörchen sogar übertrieben laut ins Schloß. Aber dann stand sie verzagt auf der Schwelle.

Was willst du denn schon wieder, fragt Klara eher gelangweilt als unfreundlich.

Ich kam zu spät zum Essen ins Heim, sagt Berthie kläglich, sie geben mir nichts mehr.

Ein Blick Klaras auf die Uhr: Was lügst du da, es ist zwanzig vor zwölf, ihr eßt erst um zwölf. Aber wenn du schon da bist, dann bleib eben, aber ich kann dir sagen, es gibt nichts Besonderes, und du kannst nicht mit zwei Portionen rechnen.

Berthie setzt sich resigniert und erleichtert, sie sagt sogar: Es ist nicht wegen dem Essen, daß ich komme.

Weswegen?

Ich bin so allein seit der Pappa tot ist, ich will nicht mehr ins Heim, ich bleibe hier.

Darüber haben wir schon geredet, aber wenn du es nochmal hören willst: daraus wird nichts, ich hab mein Leben lang nicht tun können, was ich wollte, und jetzt, in den letzten Jahren, soll ich dich, ausgerechnet dich, immer um mich haben? Wenn du arm wärst und keine Unterkunft hättest, ja, aber so: nein. Einmal will selbst ich Ruhe haben. Du kannst aber jeden zweiten Nachmittag zum Kaffee kommen, das ist doch etwas, oder nicht?

Ja, sagt Berthie ungetröstet, aber nachts, wenn der Pappa klopft!

Der würde, wenn er schon durchaus klopfen will, auch hier klopfen.
Aber da wärst doch du da.
Aha, und du meinst, ich ließe mich jede Nacht von deinem dummen Klopfgeist aufwecken? Das schlag dir aus dem Kopf. Komm mir nicht noch einmal mit dieser Albernheit. Dein Pappa klopft nicht bei dir, der ist froh, daß er dich und Euch alle endlich los ist. Wenn etwas klopft, dann ist es dein schlechtes Gewissen, weil Ihr den armen Onkel Willi behandelt habt wie einen Hampelmann, der nur da ist zum Auslachen und Hörneraufsetzen und Kaputtmachen, so war es doch, versuch nicht zu heucheln, damit kommst du bei mir nicht an.
Berthie starrt sie entsetzt an, sie öffnet den Mund, schließt ihn aber wieder. Die Splitter vom Block der nackten Wahrheit, auf den Klara einhämmert, dringen ins verkalkte Gehirn und berühren dort alte Geheimschlösser, die mit einem Knall aufspringen.
Ja es ist wahr, Pappa war gehörnt von Karl, dem Konditor, dem Tante Berta hörig war und mit dem sie schlief, während Pappa seine Horoskope machte. Ja, es ist wahr, daß sie zu viert dem Papa vorlogen, das Café bringe nur soundsoviel ein.
Ja es ist wahr, daß sie Geld beiseiteschafften und im kleinen Keller versteckten, viel Geld, mit dem, sobald es genügen würde, Karl mit Mamma zusammen ein eigenes Café aufmachen wollten, ohne Pappa, der würde zur Scheidung gezwungen werden, Gründe dachte man sich schon aus, vor allem im Hitlerreich, da lag so manches nahe, und auf Horoskopieren stand schwere Strafe.
Ja es ist wahr, daß sie wie die Kurzhalsgeier dasaßen und, zu feige, den Pappa direkt selber zu vergiften, auf seinen natürlichen oder durch die Gestapo beschleunigten Tod warteten.
Ja es ist wahr, daß sie Nazis waren, alle vier, eingeschrie-

bene Parteimitglieder sogar, aus lauter Angst, die Nazihonoratioren der Stadt als Kunden zu verlieren.
Ja es ist wahr, daß sie das Parteiabzeichen nicht trugen aus lauter Angst, daß die Nichtnazis der Stadt nicht mehr ins Café kämen.
Ja es ist wahr, daß sie, Berthie, Hilfssekretärin in einer SS-Schule wurde, weil sie hoffte, ein hoher SS-Offizier heirate sie.
Ja es ist wahr, daß sie schwanger wurde von einem SS-Mann, der sie aber nicht heiraten wollte, nein, nicht konnte, da er verheiratet war, und daß er sie zwang, seinen Namen zu verheimlichen.
Ja es ist wahr, das, was nachher kam, das mit dem Kind.
Berthie ist bis an die Stuhlkante vorgerutscht, sie starrt Klara an, sie wartet darauf, daß die Anklage weitergehe, unaufhaltsam, ohne Erbarmen, ohne Rücksicht auf Berthies Alter, Dummheit und Verkalkung, daß man wieder einmal abrechnete mit der Unzurechnungsfähigen, daß man auf den zerbröckelnden Rest ihres eingetrockneten Gewissens poche, daß man ihrer Verstocktheit so spät noch Einsicht und Bußfertigkeit abverlange.
Aber der Engel des Gerichts hat wieder die Gestalt der buckligen Klara angenommen und sich anderen Aufgaben zugewandt: dem Tischdecken, Brotschneiden, Wasserholen. Schließlich steht Berthie auf und verläßt schweigend die Küche, sie tut so, als ginge sie nur für eine Weile hinaus, wir beachten sie nicht weiter, aber dann fällt das Gartentörchen zu und Berthie schickt sich an, die Straße zu überqueren, sie schaut achtsam nach links, dann nach rechts, weicht geschickt einem Radfahrer und einigen Autos aus und erreicht heil das andere Ufer, die andre Straßenseite.
Klara, Berthie ist forgegangen.
Klara sagt nichts.
Klara, warst du nicht ein bißchen zu hart mit ihr?

Klara sagt ohne sich umzuwenden: Wer sticht ihr denn den Star, wenn nicht ich?
Aber ist es nicht viel zu spät, jetzt, bei dieser Verkalkung?
So verkalkt ist sie noch nicht, daß man nicht auf solche Weise abrechnen könnte mit ihr.
Aber bei dieser Rechnung ist sie doch nur die Endsumme.
Wieso.
Die falschen Posten haben andere eingesetzt, die Zeit, die Mutter, dieser Karl, der SS-Mann und weiß Gott wer.
Ich will ihr ja gerade die Nase auf die falschen Posten stoßen. Ich muß ihr zu einem anständigen Tod verhelfen. Mit Lügen auf der Zunge und im Gehirn kommt man nicht über die Grenze. Und wenn du meinst, ich sei zu hart gewesen zu ihr: ich hätte noch ganz andere Dinge sagen können, ich wollte sie nur vor dir nicht so nackt ausziehen, ich hätte ihr vorhalten können, daß sie als Kindsvater nicht ihren SS-Major angab, der ihr Schweigen erpreßt hatte, sondern einen unbescholtenen Mann, einen Kaufmann, der einmal bei ihnen übernachtet hatte, sie vermieteten damals noch an Durchreisende, der Mann war aus Berlin, sie dachten, das sei weit genug weg und man könne gefahrlos diesen Fremden als Kindsvater angeben, aber es kam natürlich heraus durchs Vormundschaftsgericht, und er machte einen Prozeß und gewann ihn glatt, er hatte eine andere Blutgruppe als das Kind und hatte auch nie etwas mit Berthie, aber auch der gewonnene Prozeß machte seine Ehe nicht mehr heil, die dieser Sache wegen auseinanderfiel, das hätte ich Berthie auch noch sagen können, und ich hätte sagen können, daß sie das Kind versteckte und nie an die Luft brachte, bei geschlossenen Doppelfenstern ließ sie es dahinkümmern und vor sich hinwimmern, und einmal hörte es ein Gast unten im Café und er sagte, da weint ein Kind, aber Tante Berthie sagte, das ist die Katze, sie hat Junge, und eines Tages wimmerte da nichts mehr, das Kind war glatt verhungert, während unten im Café die Nazi-

bonzen und die Mitläufer einträchtig Scholokadentorte fraßen, Karls Spezialität, gemacht aus den Zutaten, die ihnen die Soldaten verkauften, Beuteware aus Holland und Frankreich und der Ukraine, aber eines Nachts, da lebte das Kind noch, hatte Berthie einen Alptraum gehabt, und sie lief zu Georg, der kam heimlich und taufte das arme Wurm, und als es tot war, begrub er es auch, das alles geschah heimlich, erst ein Jahr später sagte eine Bedienerin aus, der man damals viel Schweigegeld gegeben hatte, aber das war, als es die ersten Bombenleichen gab in der Stadt und als schon viele Todesnachrichten kamen, als Stalingrad schon gefallen und der Krieg in Rußland verloren war, wer kümmerte sich da schon um einen einzelnen, längst begrabenen, verwesten Säugling und um eine Affäre, in die, da ein SS-Major darein verwickelt war, niemand sich mischen wollte. Eine Zeitlang wurde das Marktcafé gemieden, da waren sie sich plötzlich unheimlich einig, die Nazis und Nichtnazis, die falschen Moraltanten und verhinderten Geistlichen und all das Gesinnungsgesindel, aber wie das so geht: der Skandal schlief wieder ein, und alles blieb beim alten. Nur ich, ich lasse ihn nicht schlafen, denn ich muß Berthie immer wieder erinnern, sie muß lernen nachzudenken, und sie lernt es noch, sie ist schon dabei es zu lernen, in diesem verkalkten Gehirn funktioniert noch vieles, besonders wenn es um weit zurück Liegendes geht. Und wenn sie jetzt sagt, der Pappa kommt nachts, so ist das ein sicheres Zeichen, daß ich sie aufgeweckt habe, es sind ihre eigenen Erinnerungen, die an die Kalkwände klopfen.

Es ist Klaras fast tragisches Mißverständnis der Welt, daß sie an die unbegrenzte Brauchbarkeit der Vernunft glaubt wie an das Vorhandensein und die Eßbarkeit von grünen Bohnen, von Brot und Salz. Man muß nur denken wollen, dann kann man es, und denkend erkennt man unfehlbar, was richtig und was falsch ist, und was auf dem Gebiet des Erkennens möglich ist, das ist, nach Klaras Überzeugung, auch möglich auf dem der Moral: denkend erkennt man, was wahr und gut ist, und was gelogen und schlecht. Das ist doch so einfach, soviel einfacher als die Folgen des Nichtdenkens zu erleiden. Klaras Verstand ist ihr Gewissen und ihr Gewissen ist ihr Verstand, das sind zwei hieb- und schußfeste, erprobte Schlachtrösser, mit denen sie mutig auf jedes Kampffeld galoppiert, auf dem es um die Wahrheit geht, die sie aber, den Sieg verschmähend, sofort zum Rückzug wendet, wenn deutlich wird, daß der Gegner ehrlich um seine eigene Wahrheit kämpft und nicht, wie Berthie, nur um den Fortbestand faustdicker Lügen. Berthie lügt nicht nur, sie ist, sagt Klara, verlogen, die ganze Sippe ist eine Sippe von Verlogenen, auch Mama hatte ihre Art von Verschlagenheit, eine poetische und harmlose, wenn du willst, und eine aus Notwehr, das vor allem. Aber alle andern: lauter Lügner.

Aber Onkel Willi?

Der hatte ja nur in die Sippe hineingeheiratet, aber freilich: Verlogenheit steckt an, und man kann auch stumm lügen. Er tat, als sähe und höre und wisse er nichts von allem, was um ihn herum vorging.

Aber vielleicht hat er sich die stumme Lüge nur wie einen falschen Bart ins Gesicht geklebt, damit man ihm die Wahrheit nicht von den Lippen ablesen konnte.

Nun gut, lassen wir ihn aus dem Spiel, er lebte ohnehin meist anderswo, will sagen, er geisterte auf der Milchstraße herum und sprang von Planet zu Planet, er rechnete und rechnete und machte uns allen die Horoskope, aber er sagte fast nie etwas von dem, was er wußte, mir hat er einiges gesagt.

Was denn?

Ob Klara meine Frage beantwortet hätte, wären wir nicht unterbrochen worden, weiß ich nicht. Stefanie kam die Stiege herunter, fertig angekleidet und gekämmt, aber das essigwasserfeuchte Tüchlein auf die Stirn gepreßt. Noch auf halber Höhe fragt sie mich streng: Warum hast du mich angesprochen?

Klara wirft mir einen strafenden Blick zu.

Entschuldige, ich wollte dich zum Essen holen.

Weiter wird darüber nicht geredet. Stefanie steigt vollends herunter, Klara stellt das Essen auf den Tisch, Stefanie ißt aus Höflichkeit ein paar Gabeln voll, dann fragt sie ohne großes Interesse, wovon wir geredet haben.

Von den Kaunigers, sagt Klara, von ihrer Verlogenheit, und ich wollte eigentlich eben anfangen, von Großmutters Beerdigung zu erzählen, da waren die diversen Verlogenheiten versammelt, es war eine prächtige Vorführung, erinnerst du dich, Stefanie?

Die Harmlosigkeit dieser Frage scheint mir in keinem Verhältnis zu stehen zu der düstern Feindseligkeit des Blicks, den Stefanie ihrer Schwester zuwirft. Klara schützt sich augenblicklich davor, sie hält einen Seufzer nachsichtiger Ungeduld als Schild vor sich: Aber ich meine doch nicht, ob du dich an jenen Tag erinnerst, ich meine doch nur, ob du dich an das Theater beim Amtsgerichtsrat erinnerst.

Stefanie nimmt das Mißtrauen langsam aus ihrem Blick zurück. Natürlich erinnere ich mich.

Später erst verstehe ich den Zwischenfall: an jenem Tag wurde Peter Niels von der Gestapo gesucht, auch das Haus des Amtsgerichtsrats war durchsucht worden, ausgerechnet am Tag der Beerdigung, warum gerade da, es war nicht zu verstehen, es sei denn, es stimme, was Stefanie vermutete: daß Fleckmann, der natürlich wußte, Stefanie komme zur Beerdigung der Großmutter, ihr auf solche Weise eine warnende Botschaft zur Weitergabe an Peter zukommen lassen wollte.

Natürlich erinnere ich mich, sagt Stefanie, ich sehe Euch alle versammelt im Haus des Amtsgerichtsrats, ich kam zu spät, ihr mußtet auf mich warten.

Nein, sagt Klara, nicht auf dich, es war nur noch nicht Zeit, zum Friedhof zu gehen.

Schon, aber Ihr habt doch auf mich gewartet, Ihr habt alle zu reden aufgehört, als ich eintrat und Ihr habt auf mich gestarrt, das weißt du, und du weißt auch warum. Die Augen, die mich anstarrten, fielen fast aus ihren Höhlen vor Gier, mich zu sehen. (Zu mir:) Es war ziemlich dunkel im großen Wohnzimmer, immer war es dort dämmerig, das Haus hatte ganz schmale hohe Fenster mit grünen Butzenscheiben, stell dir vor, und vor den Fenstern hingen die Ranken von Efeu und wildem Wein, das ganze Haus war grün überwachsen, und wenn du hineinkamst, war es, als tauchtest du in ein Aquarium voller Algen, und dazu die schweren schwarzen Eichenmöbel, die mich immer an Särge erinnerten, der Amtsgerichtsrat hatte sie mitsamt dem Haus von einem Onkel geerbt, ein scheußliches altes Haus, es war eins der ersten, die zerbombt wurden bis auf den Grund, aber damals, bei der Beerdigung der Großmutter, stand es in voller grün und schwarzer Blüte, mit all den schwarzen Kleidern und schwarzen Hüten und schwarzen Schleiern darin, eine Menge Leute, die meisten kannte ich nicht.

Ich schon, sagt Klara, es waren drei verschiedene Verwandtschaften, wovon zwei, die Martins und die Kaunigers, sich ausnahmsweise und notgedrungen zusammengerottet hatten gegen die dritte, die Von-Verwandtschaft, die Baronensippe derer von Radwitz, die heruntergekommene Gesellschaft, wenn ein Fremder die Vons hätte herausfinden müssen, er hätte auf Mama getippt und auf dich und ein paar alte Bauernvettern aus der Martinfamilie, das waren Herren, so arm sie waren, die »Vons« waren kleine Leute, bigott und knickerig, warum die eigentlich gekommen waren, weiß ich nicht, die hatten mit unsrer Großmutter wirklich nichts zu tun.

Das ist ein Satz, den Stefanie sagen hätte dürfen, denn ihr Vorrecht war es, Tatsachen, geschaffen durch standesamtlich notierte Gesetzlichkeiten, gänzlich außer acht zu lassen. Von Klara mußte man erwarten, daß sie derlei respek-

tierte, aber offenbar gab es innerhalb ihres Systems der Wahrhaftigkeit einen Ort, an dem sie sich erlaubte, unsachlich zu sein und Verrat zu üben an der Realität. Ich wage einzuwenden, daß die »Vons« immerhin die nächsten Verwandten von Mamas rechtmäßigem Ehemann waren. Aber damit stach ich ins vollbesetzte Wespennest. Die Schwestern fielen über mich her, als sei ich es, die diese fatale verwandtschaftliche Beziehung geschaffen oder erfunden hat.
Mamas rechtmäßiger Ehemann? Fehlt nur noch, daß du von ihm sprichst als von unserm zweiten Vater
oder Stiefvater
der hatte garnichts mit uns zu tun
der hatte Mama zur Heirat gezwungen, so eine Ehe ist garnicht gültig (wieso gezwungen, frage ich, aber die Frage geht unter in der Litanei des Zorns)
wie eine Strafgefangene hat er Mama gehalten
ein Fremder war und blieb er für Mama
und seine Sippschaft ging uns rein garnichts an
die hat er nur eingeladen, um ihr seine schöne Frau vorzuführen, der alte Kerl, neidisch wollte er sie machen
er war ein kleiner Mann, geizig, berechnend, dumm und grausam, ein Ekel.
Damit bricht die Schmähung ab, und die Schwestern, deren Vorrat an Haß für dieses Mal erschöpft ist, schauen sich mit bestürzender Befriedigung an: dem haben wir es wieder einmal besorgt, dem haben wir die Wahrheit gesagt. Sie sagen sie einem längst Toten, der Amtsgerichtsrat hat den Zustand der Verwesung hinter sich, aber für die beiden sitzt er immer noch, schon bei Lebzeiten abgemagert zum Skelett, auf der Anklagebank, blind und wehrlos, aber, wie sich sofort zeigt, nicht ohne Verteidiger.
Aber, sagt Klara, deren Sinn für Gerechtigkeit nicht länger als für einige Minuten außer Kraft gesetzt werden kann, aber, sagt sie, ein Gutes hatte er doch: Nazi war er keiner.

Der nämliche Sinn für Gerechtigkeit freilich zwingt sie hinzuzufügen: Aber er war gegen Hitler nur, sofern Hitler gegen die katholische Kirche war, er war nämlich gräßlich bigott, ein Beichtstuhlschlüpfer und Altarstufenrutscher, oft hat er sogar ministriert, wenn kein Bub da war, die Buben waren ja in der Hitlerjugend und durften keine Meßdiener sein, da sprang der Amtsgerichtsrat ein und machte sein frömmstes Gesicht. Anfangs, als Hitler den Pferdefuß noch nicht zeigte und es schien, als wollte er sich gut stellen mit der Kirche, da hatte der Amtsgerichtsrat noch gar nichts gegen Hitler, ich weiß nicht, ob er nicht Parteimitglied war, das Abzeichen hat er nie getragen, aber was trug der schon, womit er sich hätte eindeutig ausgewiesen für oder gegen etwas, höchstens das Gebetbuch, das trug er zur Schau, wenn er zur Kirche ging, da war er schon doch mutig, das muß ich sagen, aber ich muß auch sagen, daß seine Angst vor der Hölle noch größer war als die vor der Gestapo, nun ja, (Klaras schier zwanghafte Sachlichkeit läßt ihr keine Unredlichkeit der Erinnerung und des Urteils durchgehen) das Kirchegehen mit dem Gebetbuch in der Hand, das allein reichte selbst damals nicht aus, einen handfesten Verdacht zu begründen, andrerseits (wieder eine Korrektur, ein Pochen auf unbestechliche Treue der Berichterstattung) war es nicht so, daß er völlig außer Schußweite war, denn schließlich war er Fleckmanns Feind, sein Nebenbuhler um Mama, wie leicht konnte Fleckmann, der Allmächtige, einen Grund finden, die lästige Schmeißfliege zu beseitigen, es ist eigentlich zum Verwundern, daß er es nicht tat.
Nein nein, sagt Stefanie lebhaft, zum Verwundern ist das ganz und gar nicht, Fleckmann war kein rachsüchtiges Männchen, er hatte Format, und überdies wußte er ja, daß Mama seit der Totgeburt nichts mehr mit dem Amtsgerichtsrat zu tun hatte und daß er ihr dieses Kind nur mit einer Art Vergewaltigung und Erpressung hatte machen können, Fleckmann war ihrer also sicher, so sicher, daß er

die Schmeißfliege nicht einmal mit einem Fliegenklatscher verscheuchen, geschweige erschlagen hätte mögen oder müssen. Aber ich, damals als die Gestapo kam zur Haussuchung, da habe ich mit aller Kraft gewünscht, daß sie ihn mitnähmen auf Nimmerwiederkehr.

Ich auch, sagt Klara, und Mama wohl auch, und der Onkel Willi ganz gewiß, obwohl der aus dem Horoskop wußte, daß dem politisch nichts passieren konnte, sondern daß er schön langsam dahinsterben werde.

Mir scheint, wir sind jetzt zu weit abgekommen von der Erzählung über die Beerdigung, und als Stefanie aufsteht, um ihr weißes Tüchlein erneut ins Essigwasser zu tauchen, verliere ich die Hoffnung auf eine Fortsetzung, jedoch ich bekomme den, wie Klara sagt, historisch genauen Bericht vom kleinen Lügenspiel.

So viele Leute waren gekommen, daß das Wohnzimmer ganz voll war, man hatte die Stühle aus dem ganzen Haus zusammengetragen, sogar Küchenhocker und Gartenstühle, und als Stefanie kam, war kein freier Platz mehr, und niemand bot ihr einen an, auf dem Sofa wäre noch eine Ecke frei gewesen, aber da thronten Tante Berta und die Zwillinge und spielten Hauptleidtragende, aber wirklich leidtragend waren die erst bei der Testamentseröffnung, sie hatten nämlich gehofft, Miterben zu sein von Großmutters Haus und ich müßte sie mit barem Geld auskaufen, aber daraus wurde nichts, sie hatten umsonst gegiert. Der Amtsgerichtsrat stand an einem Tischchen und zählte Sterbebildchen, bei jedem dritten leckte er sich Zeigefinger und Daumen ab, und er war der einzige, der sich nicht um Stefanies Ankunft kümmerte, er nahm keine Notiz davon. Mama saß in einer Ecke.

Ja, sagt Stefanie, die wiedergekommen ist, und als ich sie begrüßte, sagte sie mir ins Ohr: Sei vorsichtig, sag nichts Politisches, laß dich nicht ausfragen und nicht herausfordern. Das war ein Rat, der damals für alle und für jede Gelegenheit gelten konnte, und ich dachte mir nicht viel dabei, ich war ja immer auf der Hut. Dann sagte jemand in die Stille hinein: Die arme Marie (das war unsre Großmutter) die arme Marie. Und dann sagte jemand andrer, ein Mann war das, aber nicht der Onkel Willi, der das auch hätte sagen können, die arme Marie? sagte der Mann, wieso arm, die hats überstanden, die kann froh sein, daß sie die Zeit nicht erlebt, die jetzt kommt.

Klara sagt zu mir: Wenn du das heute hörst, dann scheint es dir ganz harmlos, so ein Satz, wie ihn alte Leute eben sagen, die nie Gutes von der Zukunft erwarten, weil jede Zukunft, die ihnen Gegenwart wird, die gleiche Mühsal bringt. Aber damals verstand jeder, was das bedeutete, und jeder nahm es als politische Prophezeihung und als Herausforderung, darum drehten sich alle mit einem Ruck wie vom selben Strick gezogen nach dieser Stimme um, aber sie war gerade von der Grenze zwischen der Martin- und der Von-Sippe gekommen und der Sprecher nicht auszumachen, es war ein unbehaglicher Augenblick.

Nicht der einzige, sagt Stefanie, erinnerst du dich, wie einer unsrer Bauernvettern sagte: Die arme Marie, sie hat es schwer gehabt, zuerst stirbt ihr der Mann so früh weg, dann das Unglück mit dem Schwiegersohn. Jemand sagte: Sei doch still. Aber der Alte konnte nicht zurückhalten, was er sagen mußte, er sagte: Und dann noch das andre Unglück. Was für eins er meinte, sagte er dann doch nicht, er konnte meinen das Unglück mit der Tochter, die ein Verhältnis hatte mit einem andern, der ein Nazi war, er konnte aber auch meinen das Unglück, so einen Schwiegersohn zu haben wie den Amtsgerichtsrat, das dürre böse Gespenst, vielleicht meinte er beides. Der andere Vetter sagte: Und dann im Alter noch die Armut. Aber da fuhr der Amtsgerichtsrat hoch wie vom tollen Hund gebissen: Arm? Wer redet hier von Armut, sie war nicht arm, und sie hätte es noch besser haben können, wäre sie zu uns gezogen, ich habe es ihr angeboten, aber sie war so eigensinnig, und wer hier von ihrer angeblichen Armut redet, der unterstellt, daß ich sie in der Armut ließ, aber ich habe Zeugen dafür, daß ich ihr angeboten hatte, hierher zu ziehen.

Ja, sagt Klara, aber wer dafür hätte Zeuge sein können, weiß ich nicht, Mama jedenfalls nicht, denn ihr hat er klipp und klar verboten, jemand ins Haus zu nehmen, das galt für mich und auch für Großmutter, und selbst wenn sie zu ihm gezogen wäre, so wäre sie arm geblieben und noch ärmer geworden, das wußten alle Verwandten, aber sie saßen jetzt da wie betäubt von der Stimme, die war so scharf, daß sie einen wirklich einschüchterte, niemand wagte zu widersprechen.

Doch, sagt Stefanie zu mir, dann kam Klaras große Szene, Klara war die einzige, die keine Angst hatte vor ihm, sie war tapfer wie ein Kaninchen vor dem Habicht.

Wieso Kaninchen, fragt Klara mißbilligend, aber Stefanie gibt keine Erklärung. Auf einmal, stell dir vor, mitten in diese schwarze Stille hinein sagte Klara laut und trocken: Sonderbar, wenn jemand tot ist, kommen alle gelaufen und sagen, der arme Mensch da, und wir hätten ihm ja geholfen, wenn er sich hätte helfen lassen, und wenn wir gewußt hätten, daß er Hilfe braucht. Aber solange dieser selbe Mensch gelebt hat, kümmerte sich keiner um ihn, keiner von Euch allen hat der Großmutter, der armen Marie, etwas gegeben, auch ihr Martins nicht, keine Ausnahme, nur wenn man Euch bezahlt hat, brachtet Ihr Lebensmittel, und wer hat sie bezahlt, sagt selber, wer: meine Mutter und ich und später Stefanie, als sie verdiente, das ist die Wahrheit, Ihr kennt sie alle, und jetzt sitzt Ihr auch noch da und wollt etwas erben von der armen Marie, so, und jetzt soll einer aufstehen und sagen, daß es nicht wahr ist, los, Mut zur Verlogenheit!

Klara lacht ihr Kellerlachen. Wirklich, habe ich das gesagt, oder ist es eine von deinen gut erfundenen Legenden?

Aber Klara, du erinnerst dich doch daran, wie das einschlug. Wenn ich gern etwas dazu erfinden würde, dann wäre es dies: daß die ganze scheinheilige Gesellschaft die Köpfe gesenkt hätte, schuldbewußt, und deinen Richterspruch annahm und hinging und sich besserte.
Statt dessen, sagt Klara, die sich natürlich erinnert und nur Stefanies Lob hatte abwehren wollen, statt dessen bekam Tante Berta einen Asthma-Anfall und hustete gekonnt die ganze Strafpredigt hinweg. Und dann war es Zeit zum Aufbrechen, auch wenn es noch zu früh war, war es jetzt plötzlich Zeit, der Amtsgerichtsrat steckte die Sterbebildchen ein, die Vons setzten die Zylinder auf, die Bauernvettern die Hüte, die Frauen beider Heerlager ließen die schwarzen Schleiervisiere herunter, und man ging, und es regnete und regnete.
Warum nahmen wir keine Taxis, Klara?
Warum. Die einen, wir nämlich, waren sparsam aus Prinzip, die Vons waren zu arm und knickrig, der Amtsgerichtsrat war zu geizig, und die Kaunigers, die reichen, hatten Angst, sie müßten die Armen einladen, da liefen sie lieber selber auch im Regen.
Ich ging mit dir und Mama, aber an einer Kreuzung mußte ich einige Autos vorbeilassen, Ihr wart weitergegangen und ich sah mich neben Tante Berta, es blieb mir nichts erspart an diesem Tag, sie hängte sich bei mir ein, die Kaunigers hatten immer das Bedürfnis, sich bei jemand einzuhängen und sich an jemand zu drücken, und sie zwang mich, meinen Regenschirm zu schließen und unter dem ihren zu gehen, und damit zwang sie mich, langsam zu gehen, sie konnte nicht schneller ihres Asthmas wegen, sie rasselte beim Gehen, aber sie redete und redete, sie zog alle Register, um etwas aus mir herauszubekommen. Sie fragte zum Beispiel, wie lange ich noch studieren müsse, ich sagte, ich sei doch schon fertig, sie sagte, das ist ja gut, denn das Geld ist jetzt wohl zuende, ich brauchte nicht zu

fragen, welches und wessen Geld sie meinte, ich fragte aber doch, und sie sagte prompt und mit Triumph: Das von den Niels, die Druckerei ist beschlagnahmt, die Zeitung wird von der Partei übernommen. Das war eine Neuigkeit, die ich wußte, die aber noch nicht verbreitet worden war. Woher wußte es Tante Berta? Da kam es heraus, daß Berthie es wußte, und woher, sie war Sekretärin bei der Partei. Bei welcher Partei, fragte ich, und sie sagte stolz: Bei der nationalsozialistischen, sie hat das große Los gezogen, verdient gut, lernt interessante Leute kennen und sitzt mitten im Fett. Sie sagte: mitten im Fett. Ich dachte an Mamas Warnung und sagte nur: Ihr seid also einverstanden mit alledem? Tante Berta, so dumm sie war, verstand mich sofort, sie sagte: Was hat denn Berthies Stellung mit Politik zu tun, es ist eine Arbeit wie andere auch. Da konnte ich nicht anders, ich mußte sagen: Du weißt, daß du lügst. Aber das war zu stark, das war gefährlich, und sie parierte den Hieb: So, sagte sie, ich lüge, was soll das heißen, hast du vielleicht etwas dagegen. (Zu mir: »Dagegen« oder »Dafür«, das waren Wörter, die damals keiner näheren Objektbestimmung bedurften).

Ich weiß, Stefanie, du tust immer, als habe sich das in einem Jahrhundert abgespielt, in dem ich noch nicht geboren war, ich war geboren, ich war nicht zu klein, um zu verstehen, ich weiß, daß jene Wörter Messer waren, mit denen Freundschaften und Familien mitten auseinander geschnitten wurden.

Es waren die Wörter, sagt Klara, die man nicht auszusprechen brauchte, sie waren einem auf die Stirn geschrieben, und was so ein echter braver Nazi war, der las sie einem von dort ab, und wenn da stand »dagegen«, dann ging er einfach seelenruhig und im schönen Bewußtsein, eine vaterländische Pflicht zu erfüllen, zur Gestapo, erfand eine Lüge, brauchte keinen Beweis, und schon warst du auf dem Transport in ein Gefängnis oder ein Lager.

Darum sagte ich ja, wie gefährlich Tante Bertas Fangfrage war. Hast du etwas dagegen, daß Berthie in der Partei Sekretärin ist, das hieß: hast du etwas »dagegen«. Und statt zu schweigen, sagte ich: Ja, allerdings, ich habe etwas dagegen, und ich bin »dagegen«, ich riß mich von ihrem Arm los und ging weiter, ich ließ sie einfach zurück mit ihrem Asthma und ihrer Bosheit. Aber auf dem Friedhof, vor der Leichenhalle, stand sie dann doch wieder neben mir und hatte noch zwei Trümpfe im Mund, einen kleinen und einen großen, der kleine war die Nachricht, daß Anna, die als Kind mit uns gespielt hat an den toten Geleisen, jetzt Köchin beim »Herrn Kreisleiter« sei, und der große die Frage, die sie gewiß, in Erwartung meines Kommens zur Beerdigung, mit wollüstiger Sorgfalt vorbereitet hatte, ausgewählt unter vielen bösen hinterhältigen Fragen als die, die mich am tiefsten treffen mußte, die Frage, wann denn endlich meine Hochzeit mit Peter Niels sei. Ich, sonst gar nicht schlagfertig, fand eine Gegenfrage, die bei ihr einen erneuten Asthmaanfall auslöste, ich sagte: Dann, wenn Berthies oder Malis Hochzeit mit dem Herrn Kreisleiter ist.
Klara lacht dieses Mal hellauf. Tante Berta hatte nämlich alles versucht, um einen der Zwillinge an Fleckmann zu verkuppeln, nachdem es ihr mit Erich Bernheimer nicht gelungen war. Da hatte es ihr Stefanie gegeben, der alten bösen Ziege, sie hustete, bis ihr die Tränen kamen, die hat sie dann gleich benützt als Trauertränen für die »arme Marie«. Nachher, bei der Beerdigung selbst, stand sie trockenen Auges da, hielt das Taschentuch an die Nase, schnupfte auf und ließ die Augen herumfunkeln, daß ihr ja nichts entging.
Und es regnete und regnete, sagt Stefanie, und als der Sarg im Boden war, sagte Klara das einzige verzagte Wort ihres Lebens.
Was soll ich da gesagt haben? Was für ein verzagtes Wort?

Du hast gesagt: jetzt bin ich ganz allein. Du hast es wie zu dir selber gesagt, es ist dir entschlüpft, aber ich sagte: Klara, du hast doch Mama und mich, aber du gabst keine Antwort, du gingst auf die andre Seite des Grabes, du wolltest allein sein, du hast Großmutter immer mehr geliebt als uns.

Ach was, sagt Klara, es ist nur so, daß ich fast mein ganzes Leben mit ihr verbracht habe.

Damals habe ich dir angeboten, bei mir zu leben, ich verdiente schon gut mit Konzerten und Stundengeben.

Ja, sagt Klara, du hast es mir angeboten und brauchst nicht einmal Zeugen dafür anzurufen wie der Amtsgerichtsrat, aber ich war und bin störrisch wie Großmutter, ich wollte allein bleiben, ich blieb es, und es ist gut so.

Wenn du meinst, sagt Stefanie resigniert.

Erzähl du weiter, sagt Klara.

Nach der Beerdigung sagte der Amtsgerichtsrat, daß in seinem Hause (er sagt immer: in meinem, nicht in unserm Haus) ein kleiner Imbiß gerichtet sei für die nächsten Verwandten. Diese Einladung brachte sie alle in Verlegenheit, fast keiner wußte, ob er sich zur nächsten Verwandtschaft rechnen dürfe, und so verdrückte sich einer nach dem andern.

Ich wollte das auch tun, sagt Klara, aber Mama hielt mich und dich fest, wir waren dann ungefähr zehn Personen, die vier Kaunigers, daß der Onkel Willi mitging, wunderte mich, aber vielleicht hatte er sich vorher ausgedacht, womit er die Sippe ärgern konnte, außer den Kaunigers wir zwei und Mama und der Hausherr natürlich und noch ein oder zwei neugierige Vettern oder Basen aus der Martinfamilie, der Tisch war für zwanzig gedeckt, das Essen reichte kaum für zehn, die Stühle standen so traurig herum, und alles war so schäbig und trist, und auf einmal sagte Onkel Willi: die Stefanie soll Musik machen. Es stand nämlich ein Klavier da, und was für eins, ein alter schwarzer Kasten, nie benützt und unbeschreiblich verstimmt, ein paar Baßsaiten gerissen, und das rechte Pedal blieb hängen, ich mußte treten wie ein Scherenschleifer, und ich tat es, ich benützte dieses Pedal!

Der Amtsgerichtsrat sagte zu Onkel Willi: Aber ich bitte, wir sind in einem Trauerhaus, du scheinst vergessen zu haben, daß wir soeben deine Schwiegermutter bestattet haben. Und Onkel Willi sagte: Die deine war sie auch, und du ißt mit Appetit, und wer mit solchem Appetit ißt mit Trauer im Haus und Herzen, der kann auch Musik hören. Der Amtsgerichtsrat sagte noch etwas davon, daß dies schließlich sein Haus und sein Klavier und sein Essen sei, aber du warst schon am Klavier und fingst an zu spielen.

Ich spielte wirklich, ich spielte allen und der ganzen Zeit und der ganzen Welt zum Trotz, erst Debussy, dann Bartók, dann Strawinsky, aber immer nur dreißig Takte ungefähr, ich spielte lauter Bravourstücke, aber ich spielte sie noch schneller als vorgeschrieben, mich ritt der Teufel, ich machte Geißeln aus der Musik, ich schlug auf alles ein, besonders aber als Tante Berta sagte: das ist Beethoven.

Klara lacht laut, sie lacht aus vollem Hals: Und du hast ohne dich zu unterbrechen, geschrien: oh nein, das ist Kribitzli.

Aber Klara, Scriabin sagte ich, den gibt es wirklich.

Meinetwegen, und Tante Berta sagte: es hat aber große Ähnlichkeit, und du schriest, es habe gar keine, nicht einmal mit sich selber, da lachte der Onkel Willi, er lachte wie ein Besessener, und das Ganze war eine Szene unter Wahnsinnigen.

Und auf einmal stand das Dienstmädchen mitten im Zimmer, ganz steif wie ein schwarzer Bleistift und im Gesicht ganz weiß wie zugespitzt, und ich wußte augenblicklich, was sie sagen würde, ich hörte auf zu spielen, und sie sagte: Es sind Männer draußen. Keiner fragte was für Män-

ner. Der Amtsgerichtsrat ging hinaus mit steifen Knien und steifem Hals, und kam nicht wieder.
Oh doch, er kam wieder, leider, nur nicht sofort.
Aber jetzt müßt Ihr mich entschuldigen, sagt Stefanie plötzlich und wie es scheint, aus heiterm Himmel. Sie preßt ihr weißes Tüchlein auf die Stirn und hat »ihr« Kopfweh, sie geht in ihr Zimmer, wir sehen sie lange nicht wieder.
Klara schaut ihr sorgenvoll nach, und ich sehe, daß sie sich wirklich Sorgen macht, auch wenn sie sagt, sie sei das gewöhnt und ein bißchen hysterisch dürfe man schon sein nach all dem, was man durchgemacht hat.
Ich meine, es ist eine Neurose, Klara.
Man kann es so oder so nennen, man kann es sogar Sünde nennen, wenn man bedenkt, wie sie sich dem Leben versagt. Ein Dutzend Mal hätte sie heiraten können, schön wie sie war, und als Pianistin war sie auch eine Zeit lang berühmt, aber sie machte sich aus nichts etwas, sie verärgerte alle Anbeter, auch ihre Konzertagentur, denn sie vergaß Termine, sagte im allerletzten Augenblick ab, sie habe Migräne, das stimmte ja auch, sie leidet sicher wirklich unter echten Anfällen, früher habe ich sie zu Ärzten geschickt, die verschrieben ihr Pillen, die nahm sie drei Wochen lang, sie halfen nicht, und sie warf sie weg, und einmal habe ich sie zum Psychiater geschickt, da saß sie gehorsam und schaute ihn an, zwölf Sitzungen lang, die Migräne blieb, geklärt war nichts außer was wir selber wußten, sie schüttelte alles ab wie der Hund den Regen aus dem Pelz, und alles blieb beim Alten. Was willst du: die Mediziner haben keine Phantasie, sie haben nur Vorstellungen von gesund und krank, Leute mit Phantasie sind verdächtig, am liebsten würden sie ihnen die Phantasie herausoperieren wie einen Kropf.
Daß Stefanies Kopfweh immer dann kommt, wenn sie von Peter Niels zu reden beginnt, ist mir schon fast klar. Als

sie vorhin sagte, das Dienstmädchen habe Männer gemeldet, da dachte ich, es müsse sich um Peter gehandelt haben. Darum mußte Stefanie Kopfweh bekommen.
Erraten. Stefanie ist darin wie behext, sie will nicht von Peter reden, aber etwas in ihr spricht immerfort von ihm, und wenn sie nicht ihre langen Phasen des Schweigens hat, die können Wochen dauern, dann redet sie unfehlbar von Peter, aber unfehlbar kommt dann auch ihr Kopfweh.
Wie war das damals, als die Männer, das heißt die Gestapo kam?
Stefanie hielt einen Augenblick inne im Spielen, dann spielte sie weiter, einen Walzer, ›An der schönen blauen Donau‹ stell dir vor, Tante Berta schrie: so hör doch auf, aber du hast weiter und weiter gespielt und Onkel Willi klatschte in die Hände und sang mit, und dann stand ich auf, ich wollte hinausgehen und nachschauen, aber vor der Tür stand ein SS-Mann und ließ mich nicht hinaus, er schob mich sogar wieder ins Zimmer zurück, und ich brachte es fertig zu schweigen und mich wieder zu setzen, und nach einer Weile ging die Tür auf und der Amtsgerichtsrat sagte: Hier, bitte, das Wohnzimmer. Die Männer schauten flüchtig herein, und einer sagte »dankeschön«, tatsächlich, dann gingen sie, der Spuk war vorbei, der Amtsgerichtsrat begleitete sie hinaus und als er wieder hereinkam, schlug er mit der Faust auf den Tisch und schrie: Haussuchung, bei mir, einem höheren Staatsbeamten, einem vereidigten Justizbeamten, einem unbescholtenen Bürger, so weit ist es gekommen, bin ich ein Verbrecher, ein Verschwörer, ich klage auf Hausfriedensbruch. Da lachte Onkel Willi ganz unflätig und schrie: Du klagst auf Hausfriedensbruch, ja, tu das, tu das, das gibt einen Spaß, da erklären sie dich für verrückt, schicken dich in die Irrenanstalt, geben dir eine kleine Spritze und weg bist du, Herzlähmung, und deine Frau bekommt deine Asche, man mußte dich ganz

rasch verbrennen, weil du eine ansteckende Krankheit gehabt hast, also los, Schwager, tu das! Ich weiß nicht, wie er auf diese Sache kam, denn damals, neunzehnhundertsiebenunddreißig gab es doch das noch nicht, was man später Euthanasie nannte, vielleicht war es eine Prophetie, vielleicht wußte er es aus seiner Astrologie, vielleicht aber gab es die Sache doch schon und wir andern wußten nur nichts davon, und darum verstanden wir auch nicht, was er eigentlich meinte, erst ein paar Jahre später erinnerten wir uns daran, und da packte uns der kalte Schrecken: davon zu sprechen war Hochverrat. Damals hörten wir nur das vergleichsweise harmlose Geschrei des Amtsgerichtsrats: Und wem habe ich diese Verdächtigung zu danken? Er ging erst einen Schritt auf Stefanie zu, dann aber auf Mama und er schaute sie an, als wollte er sie schlagen, da stellte ich mich vor sie hin und schaute ihn nur an, da ging er hinaus, einer nach dem andern ging hinaus, das Zimmer leerte sich wie eine Sanduhr ausrinnt, zuletzt blieben Mama und Stefanie und ich, und Stefanie sagte: sie haben also wieder nach Peter gesucht, ist er denn hier? Mama sagte ihr ins Ohr, wo sie ihn finden konnte, nämlich bei Dora, die wohnte bereits in der Baracke am Bahndamm unter den Korbflechtern, da suchte sie und ihn niemand. Stefanie ging sofort hin, Angst hatte sie damals keine mehr, manchmal hatte ich den Verdacht, sie legte es darauf an, mit ihm zusammen verhaftet zu werden.
Fand sie ihn damals?
Sie fand ihn immer, bis er eines Tages nicht mehr zu finden war, neunzehnhundertachtunddreißig, zwei Jahre nach Großmutters Beerdigung.
Klara hält es für richtig, das Gespräch hier abzubrechen, sie steht auf und räumt den Tisch ab und beginnt das Geschirr abzuwaschen, sie leidet es nicht, daß ich ihr helfe, sie schiebt mich mit dem Ellbogen beiseite. Du geh spazieren, sagt sie, und wenn du willst, dann hol mich um fünf in der

Stadtbücherei ab, da helfe ich für zwei Stunden aus, geh jetzt, solange die Sonne scheint.
Das ist ein Befehl, ich führe ihn aus, ich geh spazieren, das heißt ich schlendere ziellos herum in einer mittelgroßen Stadt, die nicht häßlicher ist als andere im Krieg zerbombte und wieder aufgebaute Mittelstädte, sie ist eher schöner, es steht sichtlich ein einheitlicher Plan dahinter. Es ist Nachmittag, es ist September, der einzige Monat des Jahres der wetterbeständig ist und mit seiner trockenen Klarheit eine gewisse Euphorie auslöst bei den zum Südflug sich sammelnden Schwalben, den Greisen auf den Anlagebänken im Stadtpark und den auf den Bürgersteigen verkehrswidrig Rad und Rollschuh fahrenden Kindern. Ich bin bereit, mich ebenfalls dieser Euphorie zu überlassen, ich brauche sie nach dem jähen Tauchsprung in die Familienvergangenheit, aber ich werde ihrer nicht wirklich teilhaftig, so wenig wie die anderen Erwachsenen, die Zeitgenossen mit den dunklen Sonnenbrillen vor den lichtscheuen Augen, den Filterzigaretten im Mund, in der Tasche mindestens drei Schächtelchen mit Pillen, zum Aufpeitschen, zum Beruhigen, und gegen die Schwangerschaft oder gegen die Impotenz, den Mund voll prächtiger künstlicher Gebisse, die manchmal drücken, im aufgeschnittenen und wieder zugenähten Brustkorb den Schrittmacher fürs eigene mißhandelte Herz, mit nur einem Drittel Magen, mit den geheim und eifrig wuchernden Tumoren an Prostata und Uterus, mit der Angst vor der Lues, mit den nie erkannten Neurosen, mit den geheimen und offenen Sünden gegen Wahrheit und Liebe, da gehen sie hin und her, ihren Geschäften nach, für deren Gedeihen das Wetter weit weniger von Belang ist als der Börsenbericht, angeschlagen an den sechs Banken (ich habe sie im Lauf des Spaziergangs gezählt). Erschöpft von der Teilnahme an diesem Treiben setze ich mich am Marktplatz in eine der weißgrünroten Eisdielen, dort, wo einmal das gespenstisch gemütliche

Café Kauniger war, also schätzungsweise acht oder zehn Meter über den in den Grund gebaggerten, angeblich nie gefundenen Resten Malis und Tante Bertas. Ich bestelle mir ein Eis und erkaufe mir damit das widerrufliche Recht, unter einem orangenen Sonnenschirm auf dem Bürgersteig zu sitzen, in der ersten Parkettreihe vor der Bühne, auf der man »Leben« spielt: Lieferwagen mit furzender Fehlzündung zwischen den Motorrädern mit zu hoher Phonzahl, Motorroller mit bolzengerad sitzenden langhaarigen kleinbusigen Mädchen, Personenautos mit Männern am Steuer, den linken Ellbogen lässig aus dem Fenster hängend, Fußgänger, die einander nervös und feindselig ausweichen, krampfhaft bemüht, einander nicht ins Gesicht zu schauen, woher wohin sie alle, irgendwo ausgetrieben, von irgendwoher angezogen, in den Kreisverkehr einbezogen, der immer aufs neue Abzweigungen und Ausfahrten verspricht, das Versprechen aber nicht hält, eine Ringstraße ohne Halterlaubnis, ohne Parkplatz, umstellt mit blauen Pfeilen, die den Fahrer unerbittlich weiter verweisen, eine verhexte Reise an Ort, eine Statik, welche Bewegung nur mehr vortäuscht, eine bereits leerlaufende Maschinerie, ein Mobile aus Eisenblech und Menschenmuskeln, aus Stahlbändern und lebenden Nervensträngen, eine rohe hysterische Anatomie, schrottreif und schon abgeschrieben, jedoch verdammt dazu, apokalyptische Zeitabläufe zu überdauern, ein absurder Spielautomat, an dem jeder verliert und immer wieder verliert, wozu denn das alles, laßt es abschnurren bis es mit einem Feuerknall in die Luft fliegt oder, zerfressen von chemischen Giften, zu mißfarbenem ewig unfruchtbarem Staub zerfällt, versucht keine Rettung des Verdammten, sie lohnt nicht.

Aber was für billige Gedanken, eingeflüstert von einem ortsansässigen Teufel mittlerer Verführungsmächtigkeit, einem Mittelstandsteufel, der nicht damit gerechnet hat, hier jemanden anzutreffen, der imstande ist, ihn mit einem einzigen Auf- und Rundblick in die Flucht zu schlagen, einen Blick verrückter Zärtlichkeit für dieses anonyme Durcheinander, dem Gegenblick, der diese eisern sich abarbeitende Maschinerie verwandelt in die Takelage eines erdballgroßen Segelschiffs, das, mit widrigen Wellen kämpfend, dennoch auf Kurs liegt und unfehlbar an seinem Bestimmungsort ankommen wird, unfehlbar.

Aber meine Verliebtheit ins Leben und meine Hoffnung stehen in dieser Stunde auf schwachen Beinen, sie stehen vielmehr auf Stelzen, ein einziger dummer anmaßender Passantenblick, eine einzige verlogene Schlagzeile einer Zeitung am Kiosk nebenan, eine einzige Erinnerung an die Vergangenheit dieser Stadt genügt, sie umzuwerfen. Diese Stadt ernährt sich vom Aas der Hoffnungen ihrer Einwohner heute wie damals, zu Miena Martins und Dora Lilienthals Zeit, sie erwürgt sie und frißt sie dann gleichmütig wie die Muttersau einen ihr unerwünschten Wurf Ferkel; jetzt, in dieser Nachmittagsstunde, liegt sie da und wiederkäut Jahrzehnte ganz ohne Skrupel und Reue. Ich fühle, daß ich jetzt sofort wählen muß zwischen uferloser Traurigkeit und schmerzloser Langeweile, und ich wähle aus Feigheit die Langeweile. Ich bezahle mein Eis, stehe auf, gehe weg. Gut, aber was jetzt, ich bleibe vor Schaufenstern stehen und stelle mir die ernste Aufgabe, etwas zu finden, das ich Klara mitbringen könnte, aber ich finde nichts, mir paßt nichts, besser ich gehe ins Kino, aber die früheste Vorstellung wird um sechs Uhr sein, in zwei Stunden erst, und was für ein Film läuft überhaupt, ein Italowestern, natürlich, auf den Plakaten schießen sich dumme Schauspieler mit supermännlichen Gesichtern kaltblütig tot, wieso verbietet kein Staat der Welt diese Erziehung zum Mord. Besser als zu diesem Mörderspiel wäre es, auf den Friedhof zu gehen zu denen, die das alles hinter sich haben und wissen, was es damit auf sich hat.

Plötzlich fällt mir ein, daß es doch noch jene Anna gibt, die mit Stefanie und Klara und Erich und Peter und Max und Georg an den toten Geleisen spielte, die dann Köchin beim »Herrn Kreisleiter« wurde, den faschistisch gewordenen Max Bredel heiratete, der sich in den Weiden aufgehängt hat nach dem verlorenen, dem von Peter und Herrn Niels gewonnenen Krieg. Ich greife mit beiden Händen nach diesem Einfall, und ich stelle mir die Aufgabe, diese Anna zu finden. Ich werde methodisch vorgehen: zuerst feststellen, ob ich sie unter den Lebenden oder den Toten zu suchen habe (daß Klara von einer Anna gesprochen hatte, die von der Caritas zur Erholung verschickt werden müsse, fiel mir erst später ein), ich muß also zuerst das Sterberegister des Standesamts und die Kartei des Einwohnermeldeamts befragen. Im Sterberegister stehen zwei Bredels, der eine, Hans, muß Maxens kommunistischer Vater sein, gestorben Neunzehnhundertfünfunddreißig in Dachau (daß es im Konzentrationslager war, steht nicht dabei) und Max, gestorben im Dezember Neunzehnhundertfünfundvierzig (aufgehängt in den Weiden, das steht auch nicht dabei). Eine Anna Bredel ist nicht unter den Toten. Unter den Lebenden, registriert im Einwohnermeldeamt, ist eine Anna Bredel, aber eine Neunzehnhundertfünfunddreißig geborene, das kann die gesuchte nicht sein, aber vielleicht eine Tochter, oder eine andere Verwandte, sicher eine, die hier zuhause ist und mir etwas erzählen kann aus der Vergangenheit der Stadt, der ich keine wirkliche Gegenwart noch auch eine Zukunft von Belang zubilligen kann, die aber ein beängstigend großes Maß an Vergangenheit mit sich schleppt. Diese Anna Bredel, deren Adresse ich mir geben ließ, ist nicht zuhause, ihre Wohnungsnachbarin verweist mich in einen der großen Kettenläden für Konfektionskleidung, wo Anna, in der komfortablen Abteilung »Kindermoden« als Kassiererin arbeitet, sie nimmt Geld an, große Scheine meist, ohne Stirnrunzeln ausgegeben von Müttern, ohne bekümmert abwägenden

Blick in die Brieftasche, weggegeben sozusagen ohne Hinschauen, um der kleinen Kassiererin zu zeigen, daß man es hat und nicht achtet, aber wehe, wenn die Kassiererin sich um eine Mark verrechnet, eine der einkaufenden hochnäsigen Mütter läßt sogar den Abteilungsleiter rufen und steht inzwischen da, das herausgegebene Geld noch auf der flachen Hand, hier, so gab es mir »die da«, aber es zeigt sich, daß »die da« richtig herausgegeben hat, die Dame zieht ab, ohne sich zu entschuldigen, die Kassiererin, Anna, zuckt nur die Achseln.

Ich stehe eine Weile da und mache mich damit bei einer Verkäuferin verdächtig, sie umkreist mich einige Male, dann fragt sie unfreundlich, was ich wünsche, ich sage: nichts. Das schüchtert sie ein, darauf weiß sie nichts, sie geht.

Diese Anna Bredel, Neunzehnhundertfünfunddreißig geboren, also erst achtunddreißig Jahre alt, sieht angegraut aus, verhärmt, wie abgeschabt von zu vielem Gebrauch, fadenscheinig fast zwischen den frisch lackierten jüngeren oder auch nicht jüngeren andern Verkäuferinnen. Sie interessiert mich bereits. In einer Arbeitslücke (sie lehnt müde über der Kasse und träumt ins Leere) spreche ich sie an, ich frage sie geradeheraus, ob ihre Eltern Max und Anna hießen, sie ist verblüfft und sagt, überrumpelt, sofort ja, bekommt aber gleichzeitig einen ängstlichen Blick. Ich frage weiter, ob ihre Mutter noch lebe. Ja, sie lebt. Aber wo? Auf dem Dorf, sie kommt aber jeden Freitag in die Stadt und bleibt übers Wochenende, sie arbeitet. Was denn? Als Aushilfsklofrau im Bahnhofshotel. Aber jetzt will Anna endlich wissen, wer ich denn sei, daß ich sie so ausfrage. Ich sage: eine alte Bekannte Ihrer Eltern. Mein Vater, sagt Anna, ist schon sehr lange tot. Ich weiß, er starb Neunzehnhundertfünfundvierzig.

So, das wissen Sie. Er starb an Erschöpfung, als er aus der russischen Gefangenschaft zurückkam.

Ich frage mich, ob sie nichts weiß von seinem Selbstmord

oder ob sie mir nichts davon sagen will, das wäre ihr gutes Recht, wer bin ich ihr schon, eine Fremde, sie mißtraut mir, sie mißtraut der ganzen Welt, sie ist froh, daß Kunden zur Kasse kommen, ich fühle mich verabschiedet, aber da gibt sie mir ein Zeichen zu warten, was will sie jetzt? Sie will wissen, ob ich ihren Vater gut gekannt habe, ich sage nein, aber meine Verwandten, die Martins, haben ihn gekannt. Oh, sagt sie, die Martins, die Klara hat uns so geholfen nach dem Krieg, ohne sie wären meine Mutter und ich nicht mehr am Leben, nachdem der Vater, Sie wissen ja wie, ums Leben kam, auch der Herr Niels, wissen Sie, wer das war, der hat uns geholfen. Wieder kommen Kunden zur Kasse. Ich soll warten, aber es gibt kein Gespräch mehr, der Abteilungsleiter schaut schon mißbilligend, können wir uns später treffen, um fünf, ja, am Hauptausgang.
Was hat sie so plötzlich zum Reden gebracht, zu einer Verabredung bewogen? Das Stichwort »Klara« ist es. Die Tatsache, Klaras Verwandte zu sein, gilt als Ehre und macht vertrauenswürdig. Diese Klara, sie selber hält sich für einen buckligen Niemand, sie maßt sich keine Rechte an, nicht einmal Pflichten, sie tut immer das Nötige und macht dabei keinen Unterschied zwischen ihrem Nächsten und dem Übernächsten. Klara, die nicht in die Kirche geht, seit die Kirche keinen Finger rührte, als es galt, den Juden Erich Bernheimer und alle andern Juden zu retten und seit die amerikanischen Bomber die Stadtpfarrkirche zertrümmerten und in Brand setzten und der Luftdruck der Explosion den Spielkameraden von den toten Geleisen als Stichflamme aus dem Portal und über den Marktplatz katapultierte, das verzeiht Klara Gott nicht, hier ist ihre Grenze, hier hört ihre schier unendliche Kraft zu verstehen und Geduld zu haben auf, hier stößt sie auf das schlechthin Unverständliche. Klara macht, sooft sie zur Stadtbibliothek geht, um dort auszuhelfen, einen Bogen um die neue Kirche, für Klara gibt es keine neue Kirche und überhaupt keine Kirche

mehr, ihr Verhältnis zu Gott ist das der tief und zu Unrecht Beleidigten und Beraubten, die darauf wartet, daß Gott sich bei ihr und allen Menschen feierlich entschuldigt und Wiedergutmachung leistet, so wie er selbst es von den Menschen verlangt. Die Sache zwischen Gott und Klara scheint irreparabel.
Noch eine Stunde, bis ich Anna abholen kann. Ich suche die Stadtbibliothek, um Klara zu sagen, daß ich sie nicht, wie verabredet, abholen kann. Durch das Auslagenfenster kann ich Klara beobachten, sie sitzt am Tisch und gibt Bücher aus, sie ist umgeben von jungen Leuten, Oberschülern dem Typ nach, langhaarigen Kindern reicher Leute in ausgefranster Bettlerkleidung, sie reden auf Klara ein, und Klara hört ihnen gespannt zu, von unten zu ihnen aufblickend, wenn sie spricht, hören alle gespannt zu, es ist eine Diskussion im Gange, die jungen Leute scheinen höchst interessiert an Klaras Meinung, ich möchte wohl hören, was sie ihnen sagt, spricht sie denn ihre Sprache, die neue Fremdsprache, das Soziologendeutsch, das die Jungen lernen wie die Affen das Turnen, Klara hat keine Schuldbildung außer drei Jahre »Höhere-Töchter-Schule«, dann war kein Geld mehr da, und sie mußte rasch selber verdienen, sie lernte Nähen und wurde Schneiderin in Bernheimers Fabrik, ich gäbe was darum, zuhören zu können, aber ich wäre nur eine Störung und eine Verlegenheit für Klara, also gebe ich einem Mädchen, das im Begriff einzutreten ist, einen Zettel mit: Komme erst abends heim.
Noch drei Viertelstunden. Ich komme am Kirchenportal vorbei. Zeit für die Besichtigung der Gedenktafel, die sie (wer?) dem Pfarrer Georg zu Ehren kürzlich, dreißig Jahre nach seinem Feuertod, dort angebracht haben. Die Kirche, erbaut von einem Architekten, der die in der Nachkriegszeit modernen Vorstellungen von Funktionalität der Provinz aufgedrängt hat, ist häßlich, ihre Einfachheit ist Armut an Einfällen und Glauben, sie riecht auch nicht wie

sie sollte, an diesen grauen toten Zementmauern bleibt kein Wachsduft haften, kein Weihrauch und kein Gebetshauch, es gibt nur einen dumpfen Kellergeruch nach dem feuchten Kalk, mit dem man die Gedenktafel in die Wand eingemauert hat, viel zu hoch oben, man verrenkt sich den Hals, wenn man die Inschrift entziffern will.

IM GEDENKEN
AN UNSEREN UNVERGESSLICHEN
HOCHWÜRDIGEN HERRN STADTPFARRER
GEORG MACK
AM 15. MÄRZ 1943
GETÖTET DURCH AMERIKANISCHE BOMBER
WÄHREND ER AM ALTAR
FÜR DIE RETTUNG DER STADT BETETE

Das liest man so, falls man es liest, das nimmt man als schlichte Information, sie stimmt ja wohl, wer zweifelt daran. Warum schlägt mein Lügendetektor aus, warum zieht sich mein Sonnengeflecht zusammen, stimmt da etwas doch nicht an diesem frommen Spruch, stimmt es nicht, daß er durch amerikanische Bomber getötet wurde? Oh diese amerikanischen Teufel, sie haben einen unschuldigen Menschen getötet, sie schreckten nicht zurück vor Priestermord, wieder einmal »Murder in the Cathedral«. Getötet durch amerikanische Bomber. Vergeßt es nicht, Ihr Deutschen, vergeßt die amerikanischen Kriegsverbrecher nicht! Und wo ist in dieser Kirche eine Tafel für Peter Niels, den Widerstandskämpfer, wo die Tafel für Erich Bernheimer, den Juden, wo die Tafel für die Jüdin Dora Lilienthal, wo die Tafel für alle Menschen, die von uns, den deutschen Katholiken, den deutschen protestantischen Brüdern in Christo, erschossen, ermordet, vergast, verbrannt wurden? Ich reiße ein Blatt aus meinem Notizblock und schreibe darauf:
Ihr lügt! Nicht die Amerikaner haben Euren Pfarrer getö-

tet, sondern Ihr alle, die Ihr nicht aufgestanden seid gegen die Faschisten, die den Krieg begannen, der nur mit Hilfe der amerikanischen Bomben beendet werden konnte, ehe Deutschland eine Wüste war. Und wo habt Ihr die Gedenktafel für die Antifaschisten und wo die für die Juden, aus deren Stamm Euer Jesus kam?

Das ist keine schriftstellerische und keine propagandistische Glanzleistung, aber mir fällt im Augenblick nichts Besseres ein, den Zettel klemme ich unter einen Wandleuchter, er ist deutlich sichtbar, wer wird ihn finden, wer wird ihn lesen, irgendwer wird ihn abnehmen, zerknüllen, wegwerfen und sagen: Das haben natürlich wieder junge Linke getan, diese Randalierer, denen ist nicht einmal die Kirche heilig, sogar hier machen sie ihre kommunistische Propaganda.

Ich wünschte, ich könnte den Satz mit schwarzer Farbe in riesigen Lettern über die ganze Breite der Kirchenwand malen, mit einer Farbe durch nichts abwaschbar und durch jede Übermalung dringend und die selbst wenn man die Kirche abrisse, in der Luft stehenbliebe, so eine Farbe müßte das sein, aber wie ich mein Volk kenne, erfände der nächstbeste Chemiker einen Fleckenreiniger, der selbst das MENE TEKEL UPHARSIN an der Wand des Palasts des Nebukadnezar ohne störenden Rand beseitigt. Ich habe meine Bitterkeiten und schäme mich ihrer nicht.

Ich schaue mir die Gedenktafel noch einmal an. »Während er für die Rettung der Stadt betete«. Das klingt ergreifend, aber bitte, woher weiß da jemand, wofür Georg Mack betete? Konnte er nicht dafür beten, daß die Stadt NICHT gerettet würde, daß Feuer falle vom Himmel und alle Sünden mitsamt den Sündern sauber auffräße, all die feigen Lügen seiner Pfarrkinder, all die politischen Doppelzüngigkeiten vor Blockwarten, Ortsgruppenleitern, vor dem Kreisleiter Fleckmann, vor den eigenen strammen Söhnen und Töchtern in der Uniform der Hitlerjugend, alle Denunziationen, das heißt alle Anstiftung und Beihilfe zum Mord, gestanden im Beichtstuhl, überantwortet der Schweigepflicht des Beichtvaters, ihn mitschuldig machend auf solche Art, alle Hehlerei begangen durch Wegschauen und geheimes Einverstandensein bei den Abtransporten der Juden und Linken, vor allem mit Einverständnis, wenn sie Konkurrenten waren – konnte der Pfarrer nicht dafür gebetet haben, daß das Feuer (gleich aus welcher Hand) diesen Dreck verbrenne? Konnte er nicht auch dafür gebetet haben, daß das Feuer ihn selber mitverzehre, damit er nie mehr solchen Dreck sehen müsse? Wenn also die Rettung, für die er betete, der Untergang gewesen wäre? Wen und was hätte Georg Mack denn retten wollen: einen Haufen schäbiger Mittelmäßigkeit und Niedertracht? Dafür Gott bemühen? Aber hat er nicht wenigstens einen Teil der Stadt gerettet? Aber welchen? Hat er erreicht, daß die wenigen Gerechten verschont blieben? Geschah die Rettung nicht vielmehr wie immer und überall wahllos? Waren die, die starben, alle böse? Haben nicht einfach rund hundert Leute, die zufällig anwesend waren rings um Kirch- und Marktplatz, für die andern dreißigtausend bezahlt, unfreiwillig, erschlagen vom einstürzenden Glockenturm und den sechs erzenen Glocken, erstickt in den absolut bombensicheren Luftschutzkellern durch das aus den getroffenen Röhren strömende Gas, lebendigen Leibes verbrannt auf dem Platz, als kein Fluchtweg blieb zwischen den Flammen, verbrannt wie der Beter selbst, der »wie eine brennende Fackel« (sagte Anna) aus der brennenden Kirche stürzte, Anna hat es gesehen, sie war unter den Kindern die noch gerade fliehen konnten, ihr ist nur ein glühender Holzsparren vom Gebälk des Kirchendachstuhls auf den Kopf gefallen, sie hebt ihr Haar und zeigt die Narbe, da wächst nie mehr ein Härchen, aber, sagt sie, der Pfarrer, der verbrannte aufrecht und ohne zu schreien, doch das ist eine Legende, die Wahrheit ist anders, die erfahre ich später.

Während ich also, Bitternis kauend, noch vor der Gedenktafel stehe, schlurft jemand näher, ein alter Mann, er nimmt eine Kerze vom Seitenaltar und kratzt ihr die Wachstränen ab, er ist der Messner, ich bleibe trotzig vor der Tafel mit meinem Protestzettel stehen, ich wünsche mir, daß er ihn liest. Er kommt nahe, aber er ist, das erweist sich sogleich, sehr kurzsichtig, er hält mich für eine Bekannte, spricht mich mit fremdem Namen an und muß ganz dicht vor mein Gesicht treten, damit er seinen Irrtum erkennt. Macht auch nichts, er ist mir ein möglicher Chronist. Ich frage ihn, ob er den Pfarrer Mack gekannt habe. Wie denn nicht, er war ja damals schon Pfarrmessner. Und wie war der Pfarrer Mack? Zu jung. Wieso zu jung? Für die damalige Zeit. Für welche »damalige« Zeit? Für die Nazizeit, er war so jung, daß er den Mund nicht halten konnte. Sollte er ihn denn halten? Ja und nein, wenn Sie mich recht verstehen, aber Sie können das nicht verstehen, sie sind zu jung, Sie wissen nicht, wie das war.
(Schon wieder »zu jung«!) Ich war nicht zu jung, ich weiß sehr wohl, wie es war damals.
Vielleicht, sagt er, aber Sie wissen nicht, wie es war für die Geistlichkeit.
Wie denn?
Wenn ein Geistlicher gegen die Nazis war und er hat das gesagt, dann kam er in ein Konzentrationslager, dann hatte die Gemeinde keinen Priester mehr, wenn einer aber nichts dagegen sagte, hieß es, er ist feig oder er ist für die Nazis, was also tun, reden oder schweigen, eins war so falsch wie das andre, aber für die Gemeinden war es besser, wenn der Hirt den Mund hielt, so blieb er ihr erhalten und das war ein starker Halt, wenn er aber den Mund nicht hielt, dann hieß es, er stachelt die Katholiken auf, sie sind allesamt Staatsfeinde und Volksfeinde, und dann kamen Sonntags immer ein paar Nazi in die Kirche, Spitzel, und stenographierten die Predigten mit, damals gab es noch

kein Mikrophon und kein Band zu diesem Zweck, da schrieb man mit, und nachher, beim Verhör, konnte keiner prüfen, ob das gesagt worden war oder nicht. Unser Pfarrer war zu jung und unvorsichtig, für den gab es nur ja oder nein, das ist ja schön und gut für normale Zeiten, aber für damals war es schlecht, er stachelte auch die Kapläne auf und brachte uns alle in Schwierigkeiten.

Wie denn, zum Beispiel?

Zum Beispiel mit der Predigt von den Säuen, in die der böse Geist gefahren ist, das war das Evangelium vom Sonntag: Verstumme und fahre aus, sagte Jesus zum Besessenen, und der böse Geist fuhr aus und in die Säue, und der Pfarrer Mack sagte, es gibt einen bösen Geist, der schreit, aber nicht nur aus einem einzigen Mund, und er bewohnt nicht nur einen einzigen Körper, sondern mindestens fünfzig Millionen, und aus denen schreit er, er schreit immer dasselbe, wie alle Besessenen, und da nützt keine Teufelsaustreibung mehr, hat er gesagt, aber Gott hat Zeit zum Warten, und darum müssen auch wir warten, hat er gesagt, alle haben ihn verstanden, die Spitzel natürlich auch, und nachher haben sie ihn abgeführt, aber der Kreisleiter hat ihn selbst verhört und ihn laufen lassen, er sagte »bis auf weiteres«, zur Gestapo sagte er, man wolle ihn länger beobachten, er selber übernehme diese Beobachtung, aber der Fleckmann hat ihm nichts getan. Der Pfarrer Mack hat damals gesagt: hätte ich nicht an meine Herde gedacht, ich hätte gebeten, sofort abtransportiert zu werden nach Dachau, zu meinen gefangenen Mitbrüdern.

Warum hat ihn der Kreisleiter sozusagen beschützt?

Warum, warum, der Fleckmann war unberechenbar und allmächtig, er tat, was ihm paßte, er hatte das goldene Parteiabzeichen, er war schon vor Neunzehnhundertdreiunddreißig dabei und hatte ein Wort zu sagen bei den Goldfasanen

bei wem, bitte? Goldfasane?

Die mit den vielen goldenen Litzen, die ganz hohen Nazis, die hießen die Goldfasane. Um den Fleckmann war es eigentlich schade, daß er sich umgebracht hat. Hätte er doch ein paar Jahre gewartet, wäre er untergetaucht in Südtirol oder Argentinien, und wäre er dann wiedergekommen, hätte ihm kein Mensch was getan, er wäre jetzt längst wieder ein hohes Tier wie andere alte Nazis auch, es waren ja sehr gescheite Leute darunter wie so ein früherer Bundeskanzler, ein feiner Mann und christlich, aber der Fleckmann war voreilig, nun ja, der Herr gebe auch ihm die ewige Ruhe

Amen, sage ich und beherrsche meinen Zorn, um noch mehr Informationen zu bekommen. Wie war das eigentlich mit dem Tod von Pfarrer Mack?

Wie war das? Wir waren in der Kirche, er und ich, ich habe in der Sakristei aufgeräumt, der Pfarrer hat sich vorbereitet auf den Unterricht der Erstkommunikanten, er war in der Kirche am Altar, da kam Luftalarm und schon waren die ersten Bomber zu hören, die Flak schoß, ich schrie: laufen Sie, Pfarrer! Und er schrie: lauf, Messner, lauft Kinder, und wir liefen, aber er lief nicht mit, ich sah noch, wie er sich auf die Altarstufen warf, und dann regnete es Feuer vom Himmel, und wie ich mich umschaue, läuft etwas Brennendes aus der Kirche und schreit um Hilfe, aber wer sollte helfen, dann sah und hörte ich nichts mehr, und bei den Aufräumungsarbeiten fand man auf dem Platz etwas, das mußte der Pfarrer sein, verkohlt, aber wenn Sie das alles genau wissen wollen, dann müssen Sie zu seiner Mutter gehen, die lebt noch, im Altersheim.

Aber jetzt will er doch wissen, wer ich sei und ich sage ihm, ich sei eine Verwandte von Klara Martin, die als Kind immer mit Georg Mack gespielt hat.

Die erwartete Wirkung bleibt aus, das Wort Klara ist hier kein Zauberschlüssel. So, sagt der Alte, so, von Klara Martin.

Das ist alles, was er sagt, aber wie er es sagt, ist es eine respektvolle Verurteilung. Er mag Klara nicht, und das ganze Thema mag er nicht mehr, er macht sich zu schaffen an einem Stapel liturgischer Heftchen, die nicht alle schön Kante auf Kante in einer Betbank liegen. Dann sagt er plötzlich: Die Klara Martin ist aus der Kirche ausgetreten.

Er sagt es bekümmert. Ich lasse das Thema fallen, ich greife ein anderes auf:

Herrn Niels, hat er den gekannt?

Wie nicht, er war ja Bürgermeister und Besitzer der Zeitung.

Wieder dieser Ton achtungsvoller Distanz. Was hat der Alte gegen Herrn Niels, war er kein tapferer Widerstandskämpfer, hat er nicht große Verdienste um den Wiederaufbau der Stadt, hat er nicht auch die Kirche wiederaufbauen lassen?

Schon, aber seither haben wir die Roten im Stadtrat und bringen sie nicht mehr hinaus.

Tun sie Böses?

Was heißt Böses. Linke bleiben immer Linke, denen ist nicht zu trauen und heut weniger denn je, man wird ja sehen, wohin diese Freundschaft mit den kommunistischen Ländern führt, passen Sie nur auf, über kurz oder lang marschieren die bei uns ein wie sie in die Tschechoslowakei einmarschiert sind. Und der Sohn vom alten Herrn Niels der war ja gar selber ein richtiger Kommunist, wissen Sie das? Die Nazis haben ihn erschossen.

Er sagt das ohne Bedauern, ich bin sicher, er betrachtet diesen Tod voll überpersönlicher Genugtuung, dieser Tod war eine Strafe Gottes, eine Warnung an alle Linken, die ja, das weiß man doch, allesamt Gottesleugner sind, und Gott läßt seiner nicht spotten, am wenigsten von den Kommunisten.

Aber Herr Niels war Sozialdemokrat!

Das ist wenig Unterschied!
Der junge Niels, war er nicht der einzige Sohn?
Ja, und hätte ihn sein Vater besser erzogen und hätte die Mutter gelebt, die so früh gestorben ist und eine so fromme Frau war, dann lebte der Peter heute noch.
So einfach ist das alles für den Alten. Ich greife ein neues Thema auf. Hat er die Bernheimers gekannt?
Die Juden von der Tuchfabrik? Freilich, die haben sich ja rechtzeitig abgesetzt ins Ausland, mit all ihrem Geld, solche Leute schaffen es immer.
Aber der Sohn, der Erich, der kam doch ins Konzentrationslager, den haben die Nazis umgebracht.
Kann schon sein, wer weiß denn da was Sicheres.
Auch dieses Thema mag der Alte nicht, er mag mein ganzes Gefrage nicht mehr, ich bin ihm verdächtig, er hat vielleicht schon zuviel gesagt oder auch zu wenig oder das Falsche, er will meinen Fragen entfliehen, er beginnt an Ort zu laufen, er tritt von einem Fuß auf den andern, gleich wird er wegschlurfen, ich muß ihm schnell eine Schlinge um den Hals werfen, die Schlinge, in der Max Bredel sich erhängt hat.
Der arme Kerl, sie haben gesagt, er sei nicht mehr recht im Kopf gewesen als er aus der russischen Gefangenschaft zurückkam, aber in Wirklichkeit hat er bloß die Schande nicht mehr ertragen.
Welche Schande? Daß Deutschland den Krieg verloren hat, oder daß die Partei vernichtet war?
Ach was, seine ganz private Schande: daß seine Frau eine Amihure war.
Eine was?
Eine Hure, die es mit den amerikanischen Soldaten hatte.
So, weiß man das?
Sie hat es getan für Zigaretten und Nylonstrümpfe und Schokolade und Seife. Gut, daß der Pfarrer Mack das nicht mehr erlebt hat.

Vielleicht hätte er es besser verstanden als Sie.
Was ist da zu verstehen, Hurerei bleibt Hurerei.
Ich zeige stumm auf das Kreuz, das hinter ihm hängt und sage: Der da hat den Huren vergeben, aber nicht den Heuchlern.
Der Alte schaut mich so töricht an, daß ich verstehe: der begreift nichts. Ich will mich aber nicht zum Richter aufwerfen über ihn, nicht einmal zur Geschworenen, ich reiche die Abdankung ein, ehe die Toten mich aufrufen, ich gehe schweigend weg, ich mache mich der Sünde der Unterlassung schuldig, aber jeder meiner Schritte auf dem Kirchenpflaster ist Protestgeschrei. Aber was kann eigentlich der Alte dafür, daß man ihm in seiner Kindheit die Kompaßnadel festgelötet hat in der falschen Richtung, so daß sie nie mehr ausschlagen kann, wenn der richtige Kurs verlassen wird, was kann denn so einer dafür, das ist die Frage, was kann der Mensch dafür. Die Frage, auf die es so viele Antworten gibt und die sich auf den Frager stürzen wie Radiowellen aus hundert Sendern, man kann nicht trennscharf einstellen, eine Welle überspielt die andere, es gibt nur verworrenen Lärm. Ich schalte mein Gehirn ab, denn ich weiß aus Erfahrung, daß erst in der Funkstille die Antwort kommt.
Jetzt schlägt die Uhr fünf, höchste Zeit Anna abzuholen, Anna, die Tochter des Gehängten und der Hure. Ich habe sie schon gern und sei es aus Trotz gegen die Scheinheiligkeit der Stadt. Im Lauf der nächsten Tage zeigt sich, daß außer dem alten Messner niemand sich um Annas Eltern und deren Moral kümmert. Man ist viel großzügiger geworden, man ist modern, was heißt schließlich »Hure«, die arme Anna Bredel hatte ihr Kind zu ernähren und nachher den Mann dazu, der Nazi gewesen war und nichts verdiente, bitte, was sollte sie denn sonst tun, ist man eine Hure, wenn man es aus nackter Not tut und nur vorübergehend? Ist Anna, die Tochter, der selben Meinung?

Anna kommt aus dem Tor, sie locht ihre Karte, sie geht langsamer als die andern, sie ist ein grauer Fleck inmitten der Buntheit der andern, aber auch sie hat sich schön gemacht für den Abend, mit Lippenstift und zuviel Wangenrot, aber selbst das viele Rot kann das aschene Grau der Haut nicht hinweglügen. Anna freut sich nicht auf das Treffen, sie hat bereits bereut sich darauf eingelassen zu haben, was kann schon herauskommen bei einem Gespräch mit einer wildfremden Person, die behauptet ihre Eltern gekannt zu haben, es gibt sicher nur irgendeine Ausfragerei, am besten, man schweigt oder sagt Nebensächliches. Dieser mürrische innere Monolog ist ihr ins Gesicht geschrieben und drückt sich aus im zögernd widerspenstigen Gang. Die Käfigtür, zwei Stunden zuvor durch das Schlüsselwort Klara einen Spalt weit geöffnet, ist wieder zugefallen, der Vogel hockt in der hintersten Ecke am Boden.
Anna streckt mir zwischen den Gitterstäben hindurch eine Hand entgegen, die ganz kalt ist und sofort wieder zurückgezogen wird.
Wollen wir einen Kaffee trinken, ein Eis essen?
Nein, sie will, nach dem langen Sitzen an der Kasse, lieber ein wenig laufen. Irgendwohin. Es gibt in der Nähe einen neuen kleinen Park mit einem Teich darin, dorthin führt mich Anna, absichtlich oder nicht führt sie mich pfeilgerade an eine Stelle, wo zwischen verblühten Rhododendronbüschen ein granitenes Denkmal aufgerichtet ist. Wo habe ich diesen grauen Granit kürzlich gesehen? Auf dem Denkmal steht, nicht Grau in Grau wie auf dem Friedhof, sondern Gold in Grau, eine Inschrift:

DEM STIFTER DIESES PARKS
REINHARD NIELS
BÜRGERMEISTER DER STADT
1945 BIS 1956

Was ist da unten in der rechten Ecke, eine Zeichnung, eingeritzt in den Stein, man hat aber die Vertiefungen wieder ausgefüllt mit Gips und grau übermalt, doch Witterung und Zeit sind auf Seiten des Zeichners, der Gips ist zerfressen, die alten Linien treten wieder zutage: eine Taube, die angefochtene und anfechtbare, die sich behauptet. Anna folgt meinem Blick, und sie beantwortet die Frage, die ich nicht stelle, die Antwort ist fragmentarisch:

Jetzt lassen sie sie stehen, sie haben sich daran gewöhnt.

Und Sie?

Was meinen Sie damit?

Ob Sie mit der Taube einverstanden sind.

Ach, das sind so Sachen.

Was für Sachen?

Sie schweigt, sie wittert eine Falle. Lassen wir also die Taube. Herr Niels selbst könnte einen besseren Gesprächsstoff abgeben, sie hat ihn doch gekannt, wie war er denn?

Tüchtig als Bürgermeister.

Er hat Ihnen und Ihrer Mutter geholfen?

Ja, das hat er.

Haben Sie je etwas über den Tod seines Sohnes gehört?

Davon weiß niemand Genaues.

Erinnern Sie sich an Ihren Großvater?

Wieso?

Stimmt es, daß er im Konzentrationslager Dachau umkam?

Nun ja.

Warum kam er dorthin?

Dahin kam man leicht, dazu braucht es keinen besonderen Grund.

Ihr Großvater war Kommunist.

Kann sein. Ich war damals noch nicht geboren. Ich weiß überhaupt nichts aus der Zeit.

Fräulein Anna, ich bin keine politische Agentin, und wir leben nicht in einer Diktatur, ich habe einfach als Privatperson ein Interesse daran zu erfahren, was aus den Kindern geworden ist, die damals miteinander spielten. Warum wollen Sie mir nichts darüber erzählen?

Das kann meine Mutter viel besser, die redet auch lieber als ich. Ich bin wie mein Vater.

Wenn ich mich recht erinnere, war er still und traurig.

Stimmt. Still und traurig. Aber gut war er, und wer etwas anderes behauptet, der lügt. (Sie sagt es sehr laut und drohend.)

Wer sagt denn, er sei nicht gut gewesen?

Sie zeichnet mit der Hand einen Kreis in die Luft, der Kreis bezieht die ganze Stadt ein.

Und was sagen die, Fräulein Anna?

Jetzt kämpft sie mit den Tränen und kann kaum sprechen: Sie sagten, daß er ein Gesinnungsschwein war.

Wieso.

Als er jung war, da war er Kommunist wie sein Vater, dann sind die Nazis gekommen und mein Großvater war einer der ersten, die man ins Lager schickte. Da war mein Vater fünfundzwanzig. Da hat man ihm gesagt, er käme als Nächster dran und er sollte es sich überlegen und Nazi werden, dann bestünde Aussicht, daß er seinen Vater retten könnte. Da ist er schließlich in die Partei eingetreten, aber den Großvater haben sie nicht freigelassen, der ist dann sowieso gestorben, eines natürlichen Todes, wie sie sagten, und dann ist mein Vater wieder ausgetreten aus der Partei, da haben sie ihn zum Verhör geholt und er hat es ihnen gesagt, warum er in die Partei gegangen war und warum er wieder ausgetreten ist, er hat ihnen alles ins Gesicht gesagt, es war ihm gleich, ob sie ihn verhaften würden, aber da war einer in der Partei und beim Verhör dabei, der später dann Kreisleiter war und Bürgermeister, der hat es fertiggebracht, daß ihm nichts passiert ist, aber mein Vater hat wieder in die Partei eintreten müssen, und da ist er geblieben, obwohl er immer Kommunist war und die Nazis gehaßt hat bis aufs Blut, sie haben ihm auch nie getraut, halbwegs sicher war er erst, als er meine Mutter geheiratet hatte und als die beim Kreisleiter Fleckmann Köchin wurde, da hat der Fleckmann persönlich seine Hände über uns gehalten, aber nach dem Krieg, da wollte mein Vater natürlich wieder in seine alte Partei eintreten, aber sie haben gesagt: Nazischwein, Gesinnungsschwein, geh und häng dich auf, und das hat er getan, so, und jetzt wissen Sie alles.

Ob ich alles weiß, das ist die Frage, aber ich weiß einiges Wichtige und ich werde mehr erfahren von Annas Mutter.

Anna hat jetzt Schweiß auf der Stirn, und sie riecht auch nach Schweiß, es ist ein Schweiß, den kein parfümierter Achselspray vertreiben könnte, Anna schwitzt aus ihrem Innersten, sie schwitzt vor Angst, die Angst sitzt ihr im Gedärm und im Gehirn, sie verfärbt ihr die Haut und die Haare aschengrau. Ich spüre, daß sie mir noch etwas sagen will, jetzt, wo die Käfigtür offensteht. Ich versuche sie offenzuhalten: Wie hat denn Ihre Mutter das alles überstanden?

Wie man so etwas eben übersteht: man denkt jeden Tag, daß mans nicht übersteht, und so vergeht Tag um Tag und die Zeit geht hin und man überlebt. Mutter war ja ein hartes Leben gewöhnt, sie war auch ein Arbeiterkind und aus einer Familie von Kommunisten, ihr Vater war auch im Lager, in Dachau, aber er war lungenkrank, da haben sie ihn entlassen, und er ist daheim gestorben, aber die Familie war immer verdächtigt, bis dann meine Mutter zu Fleckmann kam, das war in einer Hinsicht die Rettung, in der andern die Hölle, denken Sie: abhängig sein vom Nazikreisleiter als alte Kommunisten, wie war das wohl, einmal waren sie so weit, daß sie den Gashahn aufdrehten, aber dann habe ich sie erbarmt, ich war ein kleines Kind, sie wollten mich nicht mitnehmen in den Tod, aber dalassen auch nicht, da haben sie eben weitergelebt.

Und nach dem Krieg?

Da gings uns, wie es einem eben ging: eine Kammer in einer Baracke am Bahndamm und nichts zu essen und der Vater, der aus der Gefangenschaft kam und dasaß Tag um Tag und sagte, wäre ich nur nicht heimgekommen, warum hat mich keiner erschossen, erschießt mich doch, ich selber bin zu feig, und so schön langsam ist er verrückt geworden, wahnsinnig, und da hat er sich aufgehängt, das war ganz logisch.

Und die Mutter?

Die hat für mich gesorgt und zuerst auch für den Vater, als er noch lebte.

Gab es Arbeit?

Arbeit? Trümmer aufräumen. Aber dann hat der Herr Niels uns geholfen und uns ein anständiges Zimmer gegeben und der Mutter eine Stelle als Putzfrau besorgt bei den Amerikanern, da gabs zu essen, sie brachte immer viel mit nachhaus, die warfen ja sonst bloß weg, was sie nicht aßen. Aber damals war mein Vater schon tot. Aber alles übrige soll Ihnen meine Mutter selber erzählen, ich bring Sie zum Bahnhofshotel, da wird sie jetzt schon sein.

Der Bahnhof, vor zwanzig Jahren neu gebaut auf den Ruinen des alten, ist schon wieder zu klein. Wir schlagen uns durch das Gewimmel von Reisenden, die Koffer schleppen, und von Nichtreisenden, die nur herumstehen und in fremden Sprachen reden und Abend für Abend hier sich versammeln, die Gastarbeiter, die hartnäckig dem Traum nachhängen, der Italienexpress und der Balkanexpress, die hier für eine Minute halten, würden einmal warten, bis sie einstiegen, in ledernen Mappen das viele verdiente Geld, und sie würden heimkehren und ein großes Haus bauen und ein Geschäft aufmachen dort, wo jetzt die Familie in einer Hütte haust und auf den Mann wartet, der sie erlöst, den reichen Mann, den, der hier herumsteht, frisch rasiert,

im frischgewaschenen Hemd, und auf ein Mädchen wartet, mit dem er sein Geld ausgeben wird in dieser Nacht, nicht alles, versteht sich, aber schon zuviel für einen, von dem es abhängt, ob seine Kinder in einem kalabresischen oder kroatischen oder türkischen Dorf ein richtiges Bett haben und in eine richtige Schule gehen können und eine andere, bessere Zukunft haben.
Fräulein Anna, würden Sie einen Türken heiraten oder einen Italiener?
Ich? Nein. Denen traue ich nicht über den Weg, sie haben einen fremden Charakter, einer hat eine Verkäuferin in unserm Geschäft überfallen.
Hat nie noch ein Deutscher ein Mädchen überfallen?
Anna schweigt.
Fräulein Anna, wie denken Sie darüber, daß die jungen deutschen Sozialisten die Gastarbeiter gewerkschaftlich einigen wollen?
Was ich dazu meine? Daß die ohnehin schon viel verdienen, und daß sie bald in der Überzahl sind in unserm Land, und wenn die sich auch noch gewerkschaftlich zusammenschließen, dann können die uns übern Kamm scheren wie sie wollen, sie können wild streiken und alle Unordnung machen.
Fräulein Anna, wenn das Ihr Großvater und Ihr Vater hören würden!
Die Zeiten haben sich geändert, wir haben genug Durcheinander erlebt, wir brauchen Ruhe und Ordnung.
Das ist alles, was die Enkelin und Tochter alter Kommunisten zu sagen hat. Der Familienvorrat an politischem Verstand und an Phantasie ist verbraucht, für Anna blieb die Leere, in der nichts gedeiht als der Wunsch nach Ruhe. Ich kann sie sogar verstehen, ich kann alle verstehen, diese kleinen Geschlagenen, die sich vor neuen Katastrophen fürchten – und jede Neuerung kann eine Katastrophe sein, auch die alten Katastrophen begannen so vielversprechend.

Law and order. Im Nest hocken, sich verbergen, vegetieren. Nur keine Revolutionen, nur keine Reformen, die sich zu Revolutionen auswachsen können.
Da hinunter, sagt Anna und deutet auf die breite Treppe, die in die grünweiß gekachelte Unterwelt führt, aus der es kühl heraufweht. Männer, im Heraufsteigen sich die Hosen zuknöpfend oder die Reißverschlüsse hochziehend, bringen den Geruch von Chlor und Seife mit. Mädchen steigen auf, frisch gekämmt, parfümiert, mit lackroten Lippen, voller Appetit auf die allernächste Zukunft (wozu weiter denken, was man hat, das hat man.)
Anna stößt eine Schwingtür auf. Ein kleiner Vorraum im Neonlicht, mit zwei Türen zu den nach Geschlechtern getrennten Räumen mit den Aborten, im Vorraum zwischen den Türen zu »Damen« und »Herren« sitzt im fahlen Licht eine alte Frau neben einem Tischchen, darauf ein flacher Teller mit einer Münze, immer nur einer einzigen, aber einer, die mehr wert ist als der auf einer Papptafel gedruckte Preis für die Benützung, das ist eine schweigende und dringliche Aufforderung.
Das ist sie, sagt Anna zu mir, und ohne ihre Mutter eigens zu begrüßen, sagt sie: Ich bring dir jemand, der mit Klara verwandt ist und Vater gekannt hat.
Die Frau, Anna, die Anna von den toten Geleisen, erhebt sich langsam, sozusagen stückweise, zuletzt steht sie erschreckend groß, mager und steif da. In diesem fahllila Licht und diesem Desinfektionsgeruch hat sie etwas von einer aufgestellten Anatomieleiche. Ich bin froh, daß sie die Hände in die Schürzentaschen steckt und mir die Berührung erspart.
So, eine Verwandte von der Klara Martin, nah verwandt?
Angeheiratet. Ganz genau weiß ich das Verwandtschaftsverhältnis nicht.
Aber, sagt sie, die Klara heißt eigentlich nicht Martin, die

hat nach ihrem Vater geheißen wie die Schwester auch, die Stefanie, sie haben Berger oder sowas geheißen, aber bei der Scheidung hat die Mina, das ist die Mutter von Klara, wieder ihren Mädchennamen angenommen und die Kinder bekamen ihn auch, und dabei blieb es, auch als die Mutter nachher von Radwitz hieß.
Was habe ich Ihnen gesagt? Meine Mutter weiß alles und sagt alles, und jetzt lasse ich Euch allein.
Geh nur, sagt Anna, die Mutter. Sie holt mir einen Stuhl und wischt ihn ab, aus alter Gewohnheit, wie sie die Klosettschüsseln abwischt.
Das ist kein guter Ort für Sie, sagt sie, aber ich kann nicht weg bis Mitternacht, und morgen und übermorgen bin ich auch im Dienst, jetzt ist es verhältnismäßig ruhig, erst um acht Uhr gehts richtig los.
Sie sitzt auch jetzt nie länger als eine Minute auf ihrem nackten hölzernen Stuhl. Es ist wirklich kein guter Ort, nicht für mich, nicht für sie, aber kein schlechter Ort für ein Gespräch wie das unsere, ein Keller- und Gruftgespräch über längst Gestorbene, an die Anna ohne Unterlaß denkt, wenn sie hier sitzt und bespritzte Klosettdeckel abwischt, nicht-gezogene Spülungen zieht, Waschbecken auswischt, danebengeworfenes Klopapier aufsammelt, Geld annimmt, Kleingeld herausgibt, kopfschüttelnd resigniert wohlgekleideten Frauen nachschaut, die keinen Pfennig Trinkgeld geben, oder mit schiefem Mund automatisch lächelt, wenn ihr jemand eines gibt. Sie sagt, sie vergißt oft für lange Zeit, daß sie hier unten sitzt, das ist gar keine richtige Wirklichkeit, sagt sie. Wenn es nur nicht so stinken würde, wenn es nur mehr Luft gäbe zum Atmen, alles andere geht, sie verdient ja sehr gut dabei.
Es ist jedenfalls besser als Trümmerräumen, sage ich, vorsichtig die Erinnerung an die Jahre nach dem Krieg anpeilend.
Wieso kommen Sie grade auf Trümmerräumen?

Weil Ihre Tochter erzählte, daß sie das nach dem Krieg haben tun müssen.
So, hat sie das gesagt. Und sonst hat sie nichts gesagt?
Sie hat erzählt, wie der Pfarrer Mack verbrannt ist, und daß der Großvater in Dachau war im Lager, und daß ihr Vater es so schwer hatte.
So, das hat sie gesagt, da war sie ja sehr gesprächig. Und was hat sie noch gesagt?
Daß er ein guter Mensch war und daß er nur Nazi geworden war, um seinen Vater zu retten, und wie er nach dem Krieg von den ehemaligen Genossen nicht mehr angenommen wurde.
Hat sie gesagt, daß er sich aufgehängt hat?
Ja, das hat sie gesagt, ich wußte es aber schon vorher.
Wir werden unterbrochen, Kunden kommen. Wir werden viele Male unterbrochen im Lauf der nächsten Stunden, ich gewöhne mich an Annas stückweises langsames Aufstehen und ihr Wegschlurfen, an das Rauschen und Gurgeln der Spülungen, an das grußlose Kommen und Gehen, an das fahllila Unterweltslicht, an die schreckliche Magerkeit Annas, an den Gestank nach Chlor und Urin, an diese Art des unterbrochenen Gesprächs. Sooft es auch abgebrochen wird, Anna verliert den Faden nie, sie hat ein geübtes Gedächtnis, sie tut ja nichts als sich erinnern, sie verfährt genau dabei, sie hat keine Phantasie, nur Gedächtnis, sie ist die perfekte Chronistin, die Anti-Dichterin, sie korrigiert jede Schön- und Schwarzmalerei der andern: So, hat sie das gesagt? Aber es war anders, nämlich ...
Ich brauche nicht viele Fragen zu stellen. Anna, einmal in Gang gebracht, redet. Thema Nummer eins ist natürlich ihr eigenes Schicksal, welches das ihres Mannes ist. Sie strickt es vor mir ab, wie sie es tausendmal vor sich selber getan hat, die Maschen sind eiserne Tatsachen, durch keinen rückläufigen Wunsch zu ändern: Max, der Sohn eines kommunistischen Arbeiters, der zu wenig Geld hat, den begabten

Ältesten auf eine höhere Schule zu schicken und verzweifelt ist darüber, daß seine Familie trotz beträchtlicher Intelligenz seit Generationen an Ort tritt, wie die gefangenen und gezähmten Hamster im Rad laufend ohne Unterlaß, wie der Max schon als Kind mitverdienen mußte, er trug Zeitungen aus, das Tageblatt, das der Herr Niels, der Sozialdemokrat, druckte, der Max, der kaum je Zeit zum Spielen hatte wie die andern, der Peter Niels und der Erich Bernheimer, die Kinder reicher Bürger, den Erich haben die Nazis vergast in Auschwitz, er war ein Jud, und den Peter Niels, der war ganz links, den haben sie auch umgebracht, und ich selber konnte auch fast nie spielen gehen, ich mußte daheim mitarbeiten, mein Vater war auch Arbeiter und lungenkrank, vier Geschwister von mir waren auch lungenkrank und sind früh gestorben, das war eine schwere Kindheit, und später dann war der Max Hilfssetzer im Tageblatt, aber dann war der Herr Niels selber nicht mehr Herr im Haus, die Nazis hatten es ihm genommen, es hieß Volkswarte ab Neunzehnhundertdreiunddreißig oder -vierunddreißig, Gleichschaltung nannte man das, wenn alle gezwungen wurden, das gleiche zu schreiben, und dann war der Max arbeitslos, und sein Vater war im Lager, da hat der Max durchgedreht, sie hatten ihn ja auch lang genug bearbeitet, bis er in die Partei ging, in die Nazipartei, er hat gedacht, jetzt könnte er den Vater heraushauen, aber daraus wurde nichts, sie hatten ihn hereingelegt, und dann ist sein Vater gestorben im Lager in Dachau, verhungert oder totgeschlagen oder eines natürlichen Todes, das ist ja jetzt ganz gleich, und dann haben wir geheiratet und die Anna kam, da hat er mich und sich und das Kind in die Küche gesperrt und den Gashahn aufgemacht und gesagt: Mit meinem Tod waschen wir die Schande ab. Mir wars recht, mir war schon alles lieber als leben, Tag und Nacht einen Mann neben mir, der seinen Rosenkranz ableiert: Ich bin ein Schuft, ein Gesinnungsschwein, ein Verräter, so einer muß weg. Aber dann, als das Gas schon so schön herausströmte, da hat ihm die Kleine leidgetan und er hat das Gas wieder abgedreht, es war uns allen schlecht und wir haben uns die Seelen aus dem Leib gekotzt, und da war auch sonst einiges mit herausgekotzt, und am Tag darauf ging mein Max zum Ortsgruppenleiter und hat seinen Parteiaustritt erklärt, Begründung: beide Väter infolge Gestapo gestorben, einer im Lager, einer draußen an den Folgen, und er hat angefangen zu schreien und hat denen alles ins Gesicht gesagt, da haben sie ihn natürlich verhaftet, ich habe nicht gewußt, wo er ist, ich bin herumgelaufen mit dem Kind auf dem Arm und verrückt vor Angst, da hat mich die Klara gefunden und mit sich genommen, und sie hat gesagt, sie richtet das schon, und sie hat es gerichtet, auf einmal war mein Max wieder da und auf freiem Fuß, und wir haben nicht gewußt, wie das geschehen ist, heut weiß ich es, aber das ist eine Geschichte für sich, da hatte die Mina Martin die Hand im Spiel, die Mina hat beim Kreisleiter einfach alles erreicht, er muß ihr hörig gewesen sein, anders kann man sich das nicht erklären, sie hat ihn um den Finger gewikkelt. Wir freilich damals, wir haben nicht gewußt wo uns der Kopf steht, zuerst die Verhaftung, dann plötzlich die Befreiung, das war wie ein Unwetter gekommen und gegangen, wir haben aufgeatmet, aber da gings erst recht los, mein Max mußte zum Kreisleiter und unterschreiben, daß er in der Partei bleibt und Blockwart wird, Blockwart, das war was ganz Gemeines, wissen Sie, ein Blockwart, das war einer, der aufpassen mußte in einem bestimmten Häuserblock, das war eine Spitzelarbeit, Blockwarte, das waren staatlich angestellte Denunzianten, Schweine waren das, die dreckigsten Charakterschweine, und sowas mußte mein Max machen, das war der Preis für seine Freiheit, aber er, er hat nie jemanden denunziert, im Gegenteil, gewarnt hat er die Leute, aber wer kann so ein Doppelspiel treiben für lange Zeit, mein Max hat Magengeschwüre bekommen davon und war lange krank, und wie er aus dem Krankenhaus kam, da hat er auf einmal eine richtige Arbeit bekommen, als Setzer im Tageblatt, das hieß damals Volkswarte, aber wenn Sie meinen, jetzt sei alles gut gewesen, da irren Sie sich, mein Max mußte da ja all das politische Zeug setzen, die verlogenen Artikel über den Führer, den Hitler und über die bösen Kommunisten und wie alle Völker nichts anderes wollen als unser liebes Vaterland überfallen, und oft ist mein Max heimgekommen und hat gesagt: paß auf, der Hitler will einen Krieg und der macht ihn und er hört nicht auf, bis alles kaputt ist, aber mir solls recht sein, wenn alles kaputt ist. Daß er, der Kommunist, all das Zeug hat setzen müssen, das war die Strafe, die ihm der Kreisleiter, der Fleckmann, auferlegt hat, und dann eines Tages ist dem Fleckmann seine Köchin gegangen, sie hat weggeheiratet, da hat er mich als Köchin haben wollen, und Max hat gesagt: jetzt das auch noch, geh nur hin und mach seine Köchin und alles andre, was er will, da habe ich ihm eine heruntergehaut und dann haben wir alle zwei durchgedreht und uns geprügelt und die Kleine hat die Nachbarn zusammengeschrien, aber dann bin ich doch Fleckmanns Köchin geworden und das war schon gut, wir haben immer zu essen gehabt und meinem Max ist nichts mehr passiert, aber wenn Sie meinen, ich sei dem Fleckmann noch was andres gewesen, da irren Sie sich, obwohl ich war noch appetitlich und es war noch was auf meinen Knochen, aber nur für meinen Max, und überhaupt hatte der Fleckmann keine Augen für mich, der hatte eine andre, die Mina Martin, die war eine Schönheit, ja, das war die und das war eine große Liebe, wie hätte er da mich nehmen wollen, aber mein Max ist schier gestorben vor Eifersucht, und als der Krieg kam, da hat er sich sofort freiwillig gemeldet, und er war an allen Fronten, und er kam heil heim, und nach der Gefangenschaft, die war nur kurz, haben wir gedacht, so, jetzt fangen wir ein neues Leben an, mein Max ist zu seinen ehemaligen Genossen gegangen, aber die haben nur gesagt: Du Verräter, du Schwein, geh und häng dich auf, und da ist er gegangen und hat sich aufgehängt in den Weiden.

Annas Erzählung, oftmals kurz unterbrochen und immer genau dort wieder aufgenommen wo der Bruch war, erleidet jetzt eine längere Störung, es gibt einen Streit mit einer älteren Frau, einer Art Dame, die behauptet, einen kostbaren Ring am Waschbecken liegengelassen zu haben. Es liegt keiner mehr da. Anna hatte das Becken nicht angerührt, ich war Zeuge, es waren andere Kunden dagewesen, aber gerade an diesem Becken hatte sich niemand gewaschen, es gibt ein langes Suchen, bis Anna sagt: Sie haben den Ring ins Täschchen gesteckt, schauen Sie nach. Die Frau weist das entrüstet zurück, Anna besteht darauf, und da ist der Ring, die Frau muß es zugeben, sie wirft Anna einen bösen Blick zu und zieht ab, ohne sich zu entschuldigen, sie hat ja auch garnicht behauptet, Anna habe den Ring gestohlen, aber es geht scharf gegen Annas Berufsehre, wenn jemand meint, sie passe nicht genügend auf in ihrem Revier, sie kaut eine Weile stumm an ihrem Zorn, der sich mit allem Ärger und allen bitteren Erfahrungen ihres Lebens verbindet zu einem einzigen kurzen Satz, der, von Millionen Geschlagenen ausgesprochen, zur effektiven magischen Formel geworden ist: Diese Kapitalistenschweine, die haben immer recht.

Ich wage die Frage, ob diese Frau mit dem Ring zu den Kapitalschweinen gehöre.

Anna lacht hart. Wissen Sie, wer das war, die tut als kennte sie mich nicht, aber sie kennt mich gut, nur ich darf sie nicht mehr kennen, ihr Mann war in der Partei, bei den Nazis natürlich, Propagandaredner war der und nach dem Krieg ein Jahr im Lager bei den Amerikanern zum Umerziehen, so haben die das genannt, und dann hat er eine kleine Niederlage für Coca-Cola übernommen und dann und dann und dann, dann hatte er schließlich eine Limonadenfabrik, die wurde immer größer, und jetzt ist er reich, aber nach dem Krieg, als er im Lager war, da sind wir zwei, die und ich, arme Luder alle beide, da sind wir mit den Amis gegangen und haben alles geteilt, was die uns gegeben haben, die Zigaretten und die Seife und die Nylonstrümpfe und die Konserven, alles, natürlich auch die Arbeit, ich brauche Ihnen ja wohl nicht zu sagen, was für eine Arbeit das war, das ist jetzt ein Vierteljahrhundert her, sie ist reich, ich bin arm, ihr Mann ist Fabrikbesitzer, der meine hat sich aufgehängt, ihre Kinder studieren, meine Anna ist Kassiererin, so ist das, und jetzt frag ich Sie, wozu das alles hat sein sollen, der Hitler, die Konzentrationslager, der Krieg und die vielen Toten und daß mein Max sich aufgehängt hat und daß sie den Erich Bernheimer vergast und den Peter Niels erschossen haben und den alten Herrn Niels kreuzlahm geschlagen haben und daß sie die Polen und die Zigeuner und die vielen Juden und Franzosen und Holländer und Italiener und Russen umgebracht haben, wofür, frag ich Sie, was ist denn herausgekommen dabei, wer hat denn was gelernt, was herausgekommen ist, das ist, daß so eine die mit mir eine Amihur war aus Not, aus der gleichen Not, daß die Fabrikbesitzerin ist und mich anspucken darf, dafür sind sie gestorben, die im Widerstand und die Nazis auch, also wozu das alles, wozu die Politik, wozu überhaupt was tun für so ein Volk und so eine Menschheit.

Soviel Bitterkeit, gerecht oder nicht, ist mit Reden nicht aufzulösen, aus dieser Bitterkeit hat sich Anna einen harten Panzer gemacht, in dem hockt sie wie der Krebs in seiner Schale, hier ist sie stark und unangreifbar, hier wird selbst der Zorn über die ehemalige Mithure zuträgliche Nahrung. Vielleicht kann ich von dieser bitteren Chronistin, die selbst auf eigene Kosten haargenau ist, einiges andere erfahren, zum Beispiel über Fleckmanns Tod oder über Klaras Kind, wenn sie wirklich eines hatte. Über Fleckmanns Tod weiß sie natürlich alles, sie war bis zuletzt in seiner Nähe, sie hat miterlebt, was niemand sonst wußte: wie am 20. April Neunzehnhundertfünfundvierzig, als die Amerikaner und die Franzosen und die Russen und die Nordafrikaner längst im Land waren, drei Goldfasanen zu Fleckmann kamen (ob ich weiß, was Goldfasanen waren? Ja, ich weiß, die Parteigenossen mit den vielen Goldschnüren an der Achsel oder wo auch immer, die mit dem Goldenen Parteiabzeichen auch, aber das mußte nicht sein, man konnte auch später Goldfasan werden, jedenfalls war, wer soviel Gold tragen durfte, einer von den ganz Treuen, sagt man) also drei solche »ganz Treue« kamen in der Nacht heimlich zu Fleckmann, ich hab natürlich an der Tür gehorcht und gehört, daß sie auf Fleckmann eingeredet haben, er soll sich doch mit ihnen absetzen, sofort, der Krieg sei verloren und aus, der Führer sei wahrscheinlich tot, der Feind ganz nah, also nichts wie raus aus dem brennenden Haus, auf nach Südtirol, da gibts Verstecke bei treuen Faschisten, da kann man überleben, und so fort. Dann war eine Pause und dann hat Fleckmann laut gesagt: Meine Herren, ich kann Sie jetzt standrechtlich erschießen lassen, aber das wäre ein zu ehrenvoller Tod für Sie, gehen Sie, wohin Sie wollen, tragen Sie Ihre Schande mit sich, wohin Sie wollen, aber schneiden Sie sofort alle Abzeichen der Treue zum Führer ab, hier ist die Schere, so, und jetzt hinaus mit Ihnen, und die haben wirklich die Abzeichen abgeschnitten und dem Befehl gehorcht, obwohl sie viel ranghöher waren als der Kreisleiter, und dann sind sie abgehauen, und Fleckmann hat das Zeug in den Ofen geschoben und verbrannt, und dann ist er zu Bett gegangen, wie wenn nichts gewesen wäre, und dann hat er noch fast drei Wochen so weiter gelebt, er ist einfach auf dem Posten geblieben, es hat gar keinen Sinn mehr gehabt, mich wollte er wegschicken, aber ich bin bei ihm geblieben, man läuft nicht weg, wenn einer in Gefahr ist, und überhaupt war mir ja alles gleich, leben oder sterben, umgebracht von Nazis oder Antinazis oder von Amerikanern, ich war am Ende, von meinem Max hatte ich lang nichts gehört, ich habe ihn für tot gehalten, und dann wars der sechste Mai, und die Amerikaner waren nur mehr dreißig und zwanzig Kilometer von der Stadt weg, da ist eine Abordnung der Stadt zu Fleckmann gekommen, er war ja Bürgermeister auch, und sie haben gesagt, er muß die Stadt kampflos übergeben, sie haben ihm auch gleich die weiße Fahne mitgebracht und ihn hinausgeführt auf den Marktplatz, zwischen die Ruinen, sonst war da nichts mehr, und da stand er, man hat schon die amerikanischen Panzer rollen hören und dann waren die ersten zu sehen, und jetzt haben die Leute geschrien: Die Fahne, wir kapitulieren! Da hat Fleckmann die Fahne geschwungen und alle haben gemeint, das gilt den Amerikanern, aber dann hat er die Fahne zu Boden geworfen, hat sich draufgestellt und ganz ruhig, aber laut gesagt in die Stille hinein: Was seid Ihr doch für ein miserables Pack. Dann hat er den Revolver gezogen und sich in die Stirn geschossen, ich bin sofort hingelaufen, ich habs mit diesen meinen Augen gesehen, er ist auf die weiße Fahne gefallen, die war gleich rot vom Blut, die konnten sie nicht mehr benützen zur Übergabe, die konnten sie ihm nicht mehr nehmen, auf der lag er, da ließen sie ihn liegen und liefen den Amerikanern entgegen, ich habe die Leiche in die Fahne gewickelt und ein Unbekannter hat mir geholfen sie in den Keller tragen, ich habe Wache gehalten den Tag und die Nacht durch, aber einmal mußte ich doch weggehen, und da hat wer die Leiche geholt und an einem Fahnenmast aufgehängt, so wie sie war, eingewickelt in die Fahne, wie ein Wickelkind hing er da, aber nicht lang, auf einmal kamen Leute, ich hab sie nicht gekannt, die schnitten ihn ab und trugen ihn weg und warfen ihn hinter die Friedhofsmauer, da ließen sie ihn liegen wie ein totes Vieh, aber in der Nacht hab ich ihn eingegraben,

ich ganz allein, und da ließen sie ihn in Ruhe, und jetzt liegt er sogar in geweihter Erde zwischen lauter ganz braven frommen Katholiken, Fleckmann der Selbstmörder, jetzt hat er sogar einen richtigen Grabstein und immer frische Blumen, noch nach achtundzwanzig Jahren, zuerst haben die Leute sich die Mäuler zerrissen mit lauter Vermutungen, einige haben gesagt, die Blumen sind von mir und man sehe, daß ich doch seine Geliebte war, aber das war eine blöde Lüge, ich war nur seine Köchin, dabei hat er sich seit Jahren nichts mehr aus dem Essen gemacht, aber die Blumen, die sind nicht von mir, ich weiß, von wem sie sind, aber das ist ein Geheimnis.
Ich höre Anna reden und reden, und in den Pausen höre ich das Rauschen und Gurgeln der Spülungen und das Zuschlagen der Türen und das Schlurfen von Annas großen Schuhen, immer mehr Leute kommen und gehen, es ist acht Uhr, Annas Stoßzeit beginnt, mir ist schon lang ein wenig übel vom Chlorgeruch und vom Luftmangel, ich verabschiede mich, Anna will mich halten, es ist so schön, einmal reden zu können, wem sonst sollte sie das alles erzählen, wen interessiert das noch, sogar die eigene Tochter sagt: Ach hör doch auf mit den alten Geschichten. Aber ich gehe jetzt fort und bin nicht aufzuhalten. Anna entläßt mich resigniert aus der Unterwelt, das Gewimmel in der Bahnhofshalle ist vergleichsweise erheiternd.
Über Klaras Kind habe ich nichts erfahren, vielleicht ist es auch besser zu warten, bis sie selbst darüber spricht, vielleicht noch besser, überhaupt nicht darüber zu sprechen.

Klara und Stefanie haben mit dem Abendessen auf mich gewartet. Klara schnuppert: Wie riechst denn du, wo warst du denn, du stinkst!
Stefanie sagt: Aber Klara!
Es ist durchaus möglich, daß ich in meinen Kleider den Un-

terweltgeruch mittrug, den Anatomiegeruch nach scharf desinfizierten Leichen aus einer Zeit, die für gestorben gilt.

So, bei Anna warst du, bei Anna eins und bei Anna zwei, sagt Klara, wie hast du denn die aufgestöbert, du benimmst dich ja wie eine Reporterin oder ein Detektiv.

Sie sagt es scherzhaft, aber mit einem Unterton, der mich trifft. Ich sage verletzt: Wer hat mich denn hergerufen in dieses Nest, wer hat mich geködert mit einer Leiche, wer hat angefangen, Vergangenheit auszugraben, Ihr oder ich?

Laß gut sein, sagt Klara, es war nicht bös gemeint. Nur: Du mußt ja nicht hierbleiben.

Das ist ein rätselhafter Satz, auf den Stefanie gereizt antwortet: Du mußt auch nicht hierbleiben, du kannst jederzeit mit mir nach London gehen, du bist bei Bernheimers eingeladen so gut wie ichs bin, du willst ja nicht, du willst dich hier abquälen.

Ich? Ich quäle mich ab? Garnicht quäle ich mich, ich bin hier daheim, ich bin gern hier, und einen alten Baum kann man sowieso nicht verpflanzen, was redest du also? So, und jetzt essen wir, sonst verbrät das Fleisch noch vollends. Was haben denn die beiden Annas erzählt?

Ach Klara, sagt Stefanie, was werden sie erzählt haben. Du kennst doch Annas Leiermühle: Mein Max, mein Max, und Fleckmann, und die Amerikaner, und das Grab an der Friedhofsmauer, das ist eine Schallplatte, die einfach abläuft bei ihr, ob jemand zuhört oder nicht.

Das solltest gerade du verstehen, sagt Klara mit einiger Schärfe. Stefanie schweigt.

Nun ja, sagt Klara nach einer peinlichen Pause, nun ja. Und was hat sie von den Amerikanern erzählt, für die sie gearbeitet hat?

Alles.

Daß sie auf die Straße ging?

Klara, sagt Stefanie, darüber redet man nicht, das ist ganz allein Annas Sache.
Anna hat aber darüber geredet, wie du hörst, also?
Auch dann ist es immer noch ihre Sache allein. Wir reden überhaupt zuviel über Sachen, die nur andere angehen.
So, sagt Klara, sonst nichts.
Eine gewittrige Stimmung ist aufgekommen, noch ist nicht klar, ob die Spannung sich entladen wird und gegen wen, vielleicht gegen mich, die da auf eigene Faust alte Spuren aufstöbert und das verbotene Kellergewölbe fand, in dem sich jene Blätter der Chronik herumtreiben, die der Zensur der Schwestern entzogen sind und die sie, die Verfasser kennend, von vornherein nicht als authentisch gelten lassen, sondern für apokryph, für legendär, für anekdotisch, für krumm und schief, die aber von mir für pure Historie genommen werden könnten, an der gemessen ihr eigener Bericht den Anspruch alleiniger absoluter Treue nicht aufrecht erhalten könnte, sondern einer schmählichen Relativierung anheimfiele. Wer weiß, hat Klara, die Wahrhaftige, aber auch Schweigsame, ihre geheime Angst, daß ich ihre Geschichte von andern erfahre, eine Geschichte, die faktisch alle wissen, bei der aber die Fakten nur die dicke dumme Schale um die verletzliche kostbare Wahrheit sind. Und Stefanie, könnte sie nicht fürchten, daß ich etwas erführe auf dem Schwarzmarkt der Interpretationen, was den Glanz ihres Peter verdunkelte?
Da die beiden schweigend essen, ist es an mir, irgend etwas zu sagen, das entweder die Spannung sanft entschärft oder sie zur Entladung bringt. Ich versuche es mit dem Thema Fleckmann.
Also, dieser Doktor Fleckmann, der ist mir ein Rätsel, jeder von Euch möchte kein gutes Haar an ihm lassen, und dabei legt Ihr ihm einen ganzen Hermelinpelz um die Schultern, nachträglich.
Klara lacht ihr Kellerlachen, Stefanie ist schon wieder ab-

wesend, sie schaut aus dem Fenster, ihr Blick hängt vielleicht an den Schwanzfedern einer der Schwalben, die sich zum Südflug üben.
Ja, sagt Klara, es ist wahr, ich konnte ihn nicht leiden, von Kind an, und gar in der Nazizeit, da habe ich ihn gehaßt, aber nicht eigentlich dafür, daß er mein politischer Feind war, sondern dafür, daß er sich nicht als mein Feind benahm.
Du hast ihm, wenn ich dich recht verstehe, nicht verziehen, daß er kein Verbrecher war.
Ich habe ihm nicht verziehen, daß er uns Gutes tat. Das ist doch wohl auch der Gipfel der Frechheit, einem die Ordnung so auf den Kopf zu stellen. Wieder lacht sie, sie lacht sich hörbar selber aus, ihr Gelächter holt Stefanie aus dem Abendhimmel zurück, die Spannung ist noch nicht völlig gelöst. Sie fragt: Was hat denn die Anna von Fleckmann erzählt?
Von seinem Ende hat sie erzählt: wie die hohen Nazis kamen und ihn zur Flucht überreden wollten, wie er blieb, wie er die Stadt nicht übergeben wollte, wie er sich erschoß, wie sie ihn wegtrug und die Leichenwache hielt, bis jemand die Leiche stahl, und wie sie ihn begraben hat.
So, sie sagt, sie hat ihn begraben.
Stimmt das nicht?
Es wird schon stimmen, sagt Klara, die Anna lügt nicht.
Sie hat mir erzählt, daß man Fleckmanns Leiche an einem Fahnenmast aufgehängt hat. Drei Tage hing sie da.
Was, drei Tage, nicht eine Stunde, sagt Klara, das kann Anna nicht erzählt haben.
Ich habe das erzählt, sagt Stefanie.
Aber es stimmt nicht, sagt Klara ärgerlich.
Stefanie sagt trotzig wie ein Kind: So hat man es mir erzählt, ich selber war damals nicht hier.
Dann erzähls auch nicht, sagt Klara streng. Es hing jemand drei Tage am Fahnenmast, bis er stank in der Mai-

wärme, aber das war nicht Fleckmann, das war ein Denunziant.

Aber, sagt Stefanie, es hätte Fleckmann sein können.

Wenn es nach dir gegangen wäre, fragt Klara, wäre er dann aufgehängt worden?

Stefanie schweigt.

Na also, sagt Klara. Wenn nicht einmal ich ihm so etwas wünschte.

Was heißt: nicht einmal Du?

Stefanie sucht Streit, das ist klar, aber warum, wozu?

Ich versuche es rasch mit einem anderen Thema, einem vergleichsweise unverfänglichen: Sagt einmal, wie haben denn die Kaunigers eigentlich gelebt im Dritten Reich?

Oh, die, sagt Klara, die haben gut gelebt, bei denen verkehrten einträchtig Nazis und Nichtnazis und Halbnazis, es gab so gute Torten wie nirgends sonst, und die Töchterchen waren nett und mollig, und der Karl war tüchtig und schaffte immer irgendwoher Butter und Mehl und Eier. Der Onkel Willi hauste in seinem Kontor mit seinen Sternen und kümmerte sich um nichts, scheinbar. Aber das änderte sich, als die Sache mit dem Vaterschaftsprozeß kam und das alte Gerede vom verhungerten Kind wieder aufkam, so etwas zieht Kreise in einer kleinen Stadt, die vom Aas lebt, besonders wenn es eine Kleinkinderleiche ist. So eine Stadt, die hat ihre Moral, unsereiner lernt die nie, eine ganz strenge Moral mit dem obersten Grundsatz: gehts dir gut, ists ein Zeichen dafür, daß du gut bist, gehts dir schlecht, so weiß man, daß du nichts wert bist, dann läßt man dich fallen. Solang es dir gut geht, ist dir alles erlaubt, da drückt man die Augen zu, obwohl die schon alles gesehen haben. Damals war es, als Stefanie für ein paar Tage hierher kam, sie wollte den Onkel Willi besuchen, wann war das, Stefanie?

Neunzehnhundertzweiundvierzig, im August. Da hatten sie gerade den Prozeß verloren, da hockten sie ganz unten

im schwarzen Loch, und von dort kamen sie nicht wieder hoch.
Wißt Ihr, was ich glaube, sagt Klara, ich glaube, wenn Tante Berta nicht mit Gewalt von den Bomben umgebracht worden wäre, hätte die alles überlebt: das Gerede, die Verfemung, das Dritte Reich, den verlorenen Krieg, die Geldentwertung Achtundvierzig und einen möglichen Bankrott, und heute hätte sie das größte Café am Platz und eine Nachtbar dazu und einen Puff.
Aber Klara, sagt Stefanie, heute wäre sie ungefähr hundert, da hat man keine Nachtbar mehr, da ist man tot.
Die nicht, sagt Klara, die hätte eine gute Puffmutter abgegeben und ewig gelebt.
Klara!
Was denn? Hat es denn weit gefehlt zum Puff? Aber lassen wir die tote Tante Berta tot sein, erzähl doch, Stefanie, wie es war, als du damals ins Café kamst. Es ist ein makabres Stück, wenigstens so wie Stefanie es damals erzählt hat.
Was heißt »damals«? Ich habe erzählt, wie es war und so blieb es in meinem Gedächtnis, so etwas vergißt man nicht.
Erzähl!
Aber wenn du meinst, ich könnte dabei die tote Tante Berta tot sein lassen, so irrst du, sie spielt die Hauptrolle in diesem dunkeln Stück, es war wirklich dunkel im Café, die Jalousien waren heruntergelassen, und es gab nur einen einzigen hellen Streifen, einen Spalt in einer Jalousie, durch den abwechselnd Mali und Berthie hinausschauten, ob denn keine Gäste kämen, das Café war nämlich leer, so leer, daß die Zwillinge sogar um mich froh waren, sie stürzten sich auf mich, ich dachte, was für ein ungewohnt herzlicher Empfang, aber es stellte sich heraus, daß sie mich erst garnicht erkannt hatten, sie fragten mich: Was wünschen Sie, und ich sagte: Kaffee und Schokoladentorte. Da erkannten sie mich an der Stimme und waren enttäuscht,

aber wenigstens war jetzt ein Gast im Café, wenn es auch nur ich war. In meiner Erinnerung tragen die Zwillinge Sträflingskleidung.
Klara sagt: das kam von den Jalousien und dem hellen Spalt.
Sträflingskleidung, wiederholt Stefanie etwas ungeduldig. Klara schweigt. Und dann, sagt Stefanie, knallte eine Tür zu im Dunkeln hinter der Theke, da hatte Tante Berta gehockt und sie war es, die mit einem Knall hinausgegangen war, auch Berthie rannte hinaus, nur Mali blieb, und sie sagte, es gebe keine Schokoladentorte, man sei doch im Krieg, ob ich davon nichts merkte, es schiene nicht so, nach meinem Kostüm zu urteilen, woher ich denn den Stoff habe, vielleicht von Bernheimers, die machten ja früher solche Stoffe und vermutlich machten sie die auch in England, ich habe wohl noch gute Beziehungen zu ihnen, das war giftig, aber sie kam mir dabei vor wie ein alter Boxer, der am Ende ist und nur mehr blindlings Schläge austeilt, sie tat mir eigentlich leid, es war so jämmerlich, ich sagte darum auch ganz freundlich, daß ich das Kostüm schon viele Jahre habe, es sei mein einziges gutes, das besänftigte sie ein wenig, aber dann stellte ich eine Frage, die ich nicht stellen sollte, ich fragte, wie es ihnen gehe. Da schrie Mali: Ach laß uns doch in Ruhe, bist du deshalb gekommen, um uns zu demütigen? Sie lief hinaus und ich verstand garnichts, ich wollte gehen, da raschelte etwas hinter der Theke hervor, das war Tante Berta, sie kam daher wie auf Räder montiert, sie war so unmenschlich dick, dazu noch die weiten Röcke und Unterröcke, und sie hielt die Hände so überm Bauch gefaltet, diese weißen fetten Hände, so kam sie angefahren wie eine Riesenpuppe oder wie ein Götzenbild, und dann blieb sie stehen so plötzlich, als wäre der Mechanismus abgelaufen, der sie hereingeschoben hatte, und dann musterte sie mich von oben bis unten und sagte: Fein siehst du aus, verdienst sicher einen Haufen Geld, bist

ja sozusagen berühmt, bist du eigentlich verheiratet? Nein, sagte ich, und du weißt es, warum fragst du? So, ich weiß es, sagte sie, aber was weiß man bei so einer, die ins Ausland reist, da kann man ja einen Mann finden, einen Emigranten zum Beispiel, es sind ja gewisse Leute ausgewandert von hier, falls sie über die Grenze kamen, Juden und Antinazis, Volksfeinde eben. Ich sagte nichts, ich hätte sie schlagen mögen, aber ich hielt den Atem an, ich war wie behext von soviel Bosheit, bis plötzlich eine Tasse oder Kanne zu Boden fiel und zerbrach, und einer der Zwillinge Licht machte, es wurde für einen Augenblick hell wie von Scheinwerfern, dann schrie Tante Berta »Licht aus«, so wie damals die Blockwarte schrien, wenn irgendwo ein Fenster nicht verdunkelt war, das war schon ein Staatsverbrechen, Licht zu brennen in jenen Nächten, man konnte ja mit dem Licht die feindlichen Bomber anlocken, als hätten die nicht ohnehin genau gewußt, was sie bombardieren wollten, meistens wenigstens, aber für die Blockwarte mußte ein helles Fenster Sabotage sein, einmal, in München, gab es so ein hellerleuchtetes Fenster, der Blockwart stürzte hinauf und schrie und brach schließlich die Tür auf, da saß eine alte Frau und war schon einen Tag lang tot.
Erzähl von Kaunigers, sagt Klara.
Sie machten also das Licht aus, und Berthie sagte, oder Mali: vielleicht kommen sie nicht, weil es so dunkel ist da herinnen, das sieht aus, als sei geschlossen. Aber Tante Berta sagte: Du dumme Gans, die wissen alle, daß geöffnet ist, die kommen schon noch, wohin sollten sie sonst gehen, wo sollten die sonst Kaffee trinken und Torte kriegen. Ich fragte ganz unschuldig, auf wen sie denn warte, und sie sagte: Auf unsere Stammgäste, wir haben treue Gäste. Aber es kam keiner, solange ich da war.
Stefanie, sagt Klara, du sollst ausführlich erzählen. (Zu mir) Sie muß das schildern, sie muß das Stück für Stück aufrollen wie einen alten Gobelin mit einem Schlachtbild,

da muß jede Pferdeleiche drauf sein und jeder weggeworfene Säbel und jeder Blutstropfen im Sand.
Klara, wie bist du heut abscheulich!
Ich? Die Sachen sind abscheulich, nicht derjenige, der sie sieht, wie sie sind. Aber ein bißchen schadenfroh bin ich schon im Fall der Zuckerbäckers, das ist nämlich einer der wenigen Fälle von Gerechtigkeit, die mir der schwarze Esel vorgeführt hat.
Erzähl weiter, Stefanie. Das Ende der Geschichte ist fast so schön wie Hitlers Tod, es ist die Komödienseite dazu.
Hitlers Tod war nicht tragisch, falls du das meinst, sagt Stefanie, er war einfach armselig.
Nun gut, sagt Klara, du sollst recht haben.
Stefanie sagt zu mir: Nach Klaras Ankündigung erwartest du etwas Besonderes, aber es war so unbesonders wie nur etwas, es war nur komisch, oder grotesk, aber nicht zum Lachen, eher zum Grausen. Also: Tante Berta sagt zum Beispiel: Mali, horch, es kommt jemand, schau hinaus. Einer der Zwillinge rennt zum Fenster und schaut durch den schmalen Spalt in der Jalousie, man hört wirklich Schritte, Berthie oder Mali, wer eben hinausschaut, sagt: Mamma, die beiden Fräulein Bergmeister (ich erfinde Namen. ich weiß sie natürlich nicht mehr) also, die Fräuleins kommen. Tante Berta sagt: Aha, die kommen also doch. Wieder Pause. Dann Tante Berta ungeduldig: Was ist, wo bleiben die denn? Und Berthie oder Mali: Sie sind vorbeigegangen. Tante Berta: So, vorbeigegangen, na, die kommen dann später. Zwei Minuten danach: Horcht, es kommt jemand, Mali, Berthie, schaut nach! Der Herr Professor Soundso, Mamma. Aha, der kommt zu seinem Kaffee. Nein, Mamma, er geht vorbei. Tante Berta: der kommt schon noch, es ist ja erst vier Uhr. Wieder zwei Minuten später oder drei: Mali, Berthie, Schritte! Und wieder das Gerenne der Zwillinge an den Lichtspalt und dann: Mamma, der Herr Apotheker. Aber der geht auch vorbei und der Herr Rechts-

anwalt, und der und die und alle, alle gehen vorbei. Und plötzlich fiel Tante Berta um wie eine schrecklich große Puppe umfällt, eine Puppe aus Lehm und schwarzer Watte, und da lag sie und röchelte und ich dachte, sie stirbt, ich wollte einen Arzt holen, aber die Zwillinge ließen mich nicht weg, sie sperrten die Tür zu, dann flößten sie ihrer Mutter etwas ein gegen das Asthma, es sei ein leichter Anfall, sagten sie, und auf einmal ging die Tür hinter der Theke auf und es kam Onkel Willi, er schaute einige Augenblicke auf die Szene, dann stieg er über seine Frau wie über eine tote Kuh, und er kam zu mir und begrüßte mich, als sei alles in bester Ordnung, und ich sagte: Onkel Willi, sie stirbt! Er sagte: Die stirbt nicht. Dann sagte er mir ins Ohr: Die stirbt erst in einem Jahr und dann nicht natürlich, sondern durch Gewalt. Tante Berta erholte sich auch wirklich bald, die Zwillinge richteten sie auf bis sie saß, Onkel Willi griff ihr von hinten unter die Achseln, so zogen und stemmten sie sie hoch, bis sie aufrecht stand, und das erste, was sie sagte, war: Die kommen schon noch, alle kommen sie wieder. Aber da verlor Mali die Nerven und schrie: Niemand kommt mehr, das weißt du ganz genau, seit vier Wochen kommt kein Gast, und so bleibt es und du da bist schuld, du Hure, und sie stürzte auf Berthie zu, aber die schrie: ich bring mich um. Sie wollte auf die Straße laufen, aber Onkel Willi holte sie ein und gab ihr ein paar Ohrfeigen, das war eine wirkungsvolle Therapie, aber dann war die Reihe an Mali, verrückt zu spielen, sie rannte in die Konditorei und kam zurück mit einen Stoß Torten und Kuchen, die trug sie wie einen Turm vor sich her, aber es fiel ihr Stück für Stück herunter, und schließlich warf sie auch noch den Rest weg, ihrer Mutter vor die Füße, und trampelte darauf herum, wie man früher Sauerkraut eintrat oder Wein kelterte, und von Zeit zu Zeit holte sie ein Stück herauf und stopfte es in den Mund. Wir standen alle stumm da, aber auf einmal lachte Onkel Willi los, es war ein un-

geheures Gelächter, die Gläser klirrten davon und die Tassen tanzten.
Aber nicht vom Gelächter, Stefanie, sondern von Malis Stampfen! sagt Klara. Kurzum, fährt Stefanie fort, die Gläser klirrten und die Tassen tanzten und Onkel Willi schlug sich auf die Schenkel, und Tante Berta stand da als Götzenbild und Berthie saß auf dem Boden und weinte, und ich dachte: nichts wie hier weg, ich ging zur Tür, aber Onkel Willi hatte den Schlüssel abgezogen Berthies wegen, so mußte ich bleiben, bis alle wieder zu sich kamen, das war bald, sie waren fast auf einen Schlag nüchtern, Mali holte Besen und Abfalleimer und Putzlappen, Berthie wusch sich das von den Ohrfeigen geschwollene Gesicht, Tante Berta setzte sich als sei nichts gewesen, und Onkel Willi sagte: Jetzt einen doppelten Korn. Er bekam ihn von Berthie serviert, als sei er ein Gast, und ich fing an zu denken, ich habe das alles nur geträumt.
Nein, sagt Klara, du hast es nicht geträumt, ich traue dir solche und ärgere Träume zwar zu, aber dieses Mal war es kein Traum, ich selbst habe Berthies Gesicht am nächsten Tag gesehen, es war noch geschwollen, und sie erzählte mir eine lange Geschichte von einem Überfall, bei dem sie sich tapfer gewehrt hat. Warum sie so log, weiß ich nicht, denn sie mußte doch denken, daß Stefanie mir die Sache erzählt hat. Aber bei den Zuckerbäckers kannte man sich nie ganz aus. Doch hat Stefanie noch nicht alles erzählt.
Ach laß doch, sagt Stefanie.
Dann erzähle ich es so, wie Onkel Willi es mir erzählt hat. Tante Berta sagte zu dir: Wie gut, daß du endlich kommst um nach deiner armen Mutter zu sehen.
Ich war, sagt Stefanie erklärend, noch nicht bei ihr gewesen, weil ich mittags angekommen war und Mama um diese Stunde nicht stören wollte, ich wußte also nicht, worauf Tante Berta anspielte, ich fragte: ist sie krank?
Und die liebe Tante, fuhr Klara fort, die antwortete (Klara

imitierte Tante Bertas krächzende Stimme) krank, was heißt krank, im Kopf ist sie krank, kindisch, verrückt, schwachsinnig, wahnsinnig, was weiß ich, sie sitzt da und redet nicht mehr und spielt mit Stoffresten tagaus tagein, das ist doch nicht normal, da ist doch eine Schraube los im Gehirn, und das Fräulein Tochter reist im Ausland herum und trifft alte Freunde, die sie hier im Lande bei offenem Tageslicht nicht treffen darf. Da wollte Stefanie auffahren.
Ja, ich wollte sie ohrfeigen, aber Onkel Willi gab mir ein Zeichen, so blieb ich sitzen und sah, wie Onkel Willi geradezu amüsiert den Bosheiten seiner Frau zuhörte. Nachher sagte er mir, er habe immer gedacht: rede du nur, solang du reden kannst, in einem Jahr hast du keine Zunge mehr, die ist dann schon verfault, und dein böses kleines Gehirn ist von den Würmern ausgefressen, nütze du nur deine Zeit, sei so bös wie du kannst, sammle Sünden an, dann fährst du umso sicherer zur Hölle, und ich brauche dir im Fegefeuer nicht zu begegnen.
Ja, sagte Klara, er glaubte an Hölle und Fegfeuer, sonderbar.
Was ist daran sonderbar, fragt Stefanie, ohne eine Antwort zu erwarten, sie erzählt weiter. Ich fand Tante Bertas Reden garnicht belustigend, ich zitterte um Mama, denn wenn sie wirklich wahnsinnig geworden war, würde man sie in ein Sanatorium bringen und dort gäbe man ihr die berühmte Herzspritze, und wir bekämen die Nachricht, sie sei an einer ansteckenden Krankheit gestorben und aus hygienischen Gründen bereits verbrannt, die Asche könne abgeholt werden.
Ich weiß, Stefanie, was Euthanasie ist.
Ich zitterte also um Mama und mußte zuhören, wie Tante Berta sagte, daß es Mama recht geschähe, wenn sie verlassen sei von den eigenen Kindern.
Was für eine gemeine Lüge, sagt Klara kopfschüttelnd, ich kam jeden zweiten Tag zu ihr.

Sie sagte auch: der Apfel fällt nicht weit vom Stamm, und Bäume mit schlechten Früchten gehörten umgehauen und ins Feuer geworfen. Onkel Willi lachte laut bei dieser Predigt.
Wunderbar, sagt Klara, der schwarze Esel hat doch einmal gewirkt: ein Jahr später ist sie statt unsrer von den Balken ihres eigenen sündenzerfressenen Hauses erschlagen worden und verbrannt.
Klara, was für ein schwarzer Esel ist denn das, von dem du so oft redest?
Ach, das ist jetzt nicht wichtig. Ein andermal. Stefanie muß von damals weiter erzählen. Tante Bertas Bosheitsfaß war nämlich noch nicht leer, sie hatte noch einen ganz schönen Bodensatz drin, sie fing mit Fleckmann an: gewisse Leute (wir nämlich) täten vor gewissen Leuten (den Nichtnazis nämlich), als seien wir »dagegen«, aber man leiste es sich gleichzeitig, den Kreisleiter zum Geliebten zu haben, was denn der dazu sage, wenn man mit Leuten befreundet sei, die im Konzentrationslager waren oder mit einem Fuß drin sind, Verbrecher, Juden, Volksfeinde, solche Leute, die auf zwei Schultern trügen, die gehörten doch wohl selber ins Lager. Erzähl du weiter, Stefanie!
Als Tante Berta das gesagt hatte, stand Onkel Willi auf, nahm seine grüne Brille ab und schaute sie so an, daß sie fragte: was ist denn, was für Augen machst du denn? Er sagte nur: Und sowas habe ich geheiratet, und mit der habe ich sowas gezeugt, was habe ich mit diesen Lemuren zu tun, das sind keine Menschen, das sind Gespenster, die reden Wind, komm Stefanie, gehen wir, ihr Schicksal steht schon vor der Tür. Das war eine Anspielung auf die Astrologie, Tante Berta verstand sie halb und halb, sie schaute ängstlich, aber sagte frech: Du sei bloß still, dich habe ich in der Hand, Sterndeuterei ist vom Führer verboten, das weißt du, ich hab dich fest in der Hand, schau her, so habe ich dich zwischen den Fingern, ich brauch bloß zuzudrük-

ken. Onkel Willi sagte ganz ruhig: Was bist du doch für eine blöde Ziege. Dann brachte er mich hinaus und heim, mir war schlecht, ich konnte kaum mehr gehen.
Du bekamst Fieber, sagt Klara, und du hast drei Tage phantasiert und mit Peter gesprochen.
Ich habe nicht phantasiert, sagt Stefanie, aber jetzt habe ich Kopfweh, ich hab soviel geredet, ich geh in den Garten.
Geh nur, sagt Klara, geh nur. (Und zu mir) Geh du auch, lüfte dich aus, du riechst immer noch nach Chlor und Klo, und beim Aufräumen bin ich am liebsten allein.

Als ich zu Stefanie hinausging, hoffte ich, es sei ein günstiger Augenblick, um mit ihr über die nichtgeträumten Begegnungen mit Peter Niels zu reden. Sie saß am Bach, auf der Erde, die Knie angezogen, die Hände rückwärts aufgestützt, wie ein junges Mädchen saß sie da und schaute in den Himmel, sie rührte sich nicht, als ich näher kam, ich wagte nicht sie anzusprechen, vielleicht sah sie ihren Peter dort oben, wo dunkle mondlichtgeränderte Wolken still über die Stadt zogen. Aber sie war durchaus anwesend, sie hatte damit gerechnet, daß ich ihr folgen würde, sie wollte mir etwas erzählen, was sie vorhin ausgelassen hatte, das Allerschlimmste, die allerböseste Bosheit Tante Bertas, sie betraf Klara, Tante Berta nannte Klara »die bucklige Soldatenhure«. Aber, sagte Stefanie, ich möchte diese Geschichte nicht so nah beim Haus erzählen, Klara könnte etwas hören, das wäre gräßlich.
Wir gingen den Weg zum Altersheim, der um diese Stunde verlassen war, wir gingen zwischen Hecken und Gartenmauern mehrmals hin und her, Fledermäuse kreuzten über uns, einmal strich ein Kauz oder eine Eule über uns weg, eine der wenigen, die es noch gab, einst gab es viele in der Bahnhofsallee, aber wovon sollten sie jetzt leben in der versteinten Stadt, wo gibt es noch Mäuse, überall wird

Gift gestreut, nur hier, rund ums Altersheim, gibt es noch einige Wiesen mit Mauslöchern und Gräben mit Ratten, die alten Leute werfen die Abfälle zum Fenster hinaus statt in den Mülleimer, denn im Eimer werden sie gefunden, die Reste vom verschmähten, lieblos bereiteten Essen, die Ratten sind verschwiegen, die melden nichts der Oberin.

Klaras Geschichte, traurig und wieder nicht, wie Stefanie sagt, beginnt zwar mit Klaras Geburt und mit der Rachitis, die unerkannt und unbehandelt, ein buckliges Mädchen aus ihr machte, aber die besondere Geschichte, die ohne die Rachitis nicht hätte geschehen können, die spielt Neunzehnhundertzweiundvierzig und beginnt am Bahnhof, dort, wo Stefanie sie von Klara selbst erzählt bekam, nicht vollständig oder von Stefanie nicht genau erinnert, ich erfahre sie später von Klara direkt, und ihre Geschichte verhält sich zu der, die Stefanie erzählt, wie der Teppich zum vorgezeichneten Muster.

Stefanie hatte in Salzburg ein Konzert, sie wollte durchfahren und bei der Rückfahrt erst aussteigen, aber auf einmal hatte sie das Gefühl, jetzt schon es tun zu müssen.

Ich stieg also aus, stellte den Koffer ein und ging in die Stadt, aber Klara war nicht zuhause und eine Nachbarin sagte, Klara mache Sanitätsdienst am Bahnhof, und es sei gut, daß ich mich um sie kümmere. Das war ein sonderbarer Ausspruch, denn Klara kümmerte sich allezeit um sich selber. Die Nachbarin sagte weiter nichts, aber ich spürte, daß irgendetwas passiert sei. Ich ging also zum Bahnhof zurück. Er war halb zerbomt und auf einem Abstellgleis stand ein Lazarettzug mit Verwundeten von der Ostfront. Es war Juni und schon heiß, aber schönes Wetter, zum Heulen schön, und längs dem Bahndamm blühte der Holunder, die halbverkohlten Sträucher hatten wieder ausgeschlagen und blühten, das war auch nicht tröstlich, es war armselig und tapfer, aber trostlos, und auf einem Geleis in der Halle stand ein Güterzug mit Soldaten, keinen

Verwundeten, sondern Nachschub für die Ostfront, die Soldaten drängten sich an die offenen Türen, wer Platz fand, setzte sich aufs Bodenstroh und hängte die Beine hinaus, Aussteigen war verboten, der Zug hielt nur kurz, Offiziere gingen auf dem Bahnsteig hin und her und rauchten und sagten nichts, die Soldaten spielten Ziehharmonika und sangen »Erika Erika«, ich hab den Text vergessen, gräßlicher Kitsch, das machte alles noch trauriger, und daneben lief der Sanitätsbetrieb, die Frauen und Mädchen in einer Art Uniform mit Armbinden und Häubchen und blechernen Kaffeekannen, sie schütteten den Kaffee in die blechernen Eßnäpfe, die ihnen die Soldaten entgegenstreckten, alles war aus Blech, und alles Blech war verbeult, aber es ging laut zu, wo die Mädchen hinkamen, und die Soldaten fuhren garnicht zum Sterben, sondern zum Schützenfest, so lustig waren sie und sie flirteten mit den Schwestern, und einer, den vergesse ich nie, ein ganz junger Soldat, kletterte aus dem letzten Waggon und pflückte ein paar Mohnblumen und Hundskamille, die am Bahndamm wuchsen im Schutt, er pflückte sie ganz langsam wie im Traum, er merkte zuerst garnicht, daß ihn ein Offizier meinte, der ihn anschrie, und als er es merkte, stieg er ganz langsam wieder in den Zug mit seinen Blumen, das kann ich nie vergessen: der Offizier schrie ihn an, den Buben, und dabei fuhren sie alle beide zum Sterben.

Und Klara?

Die traf ich mitten im Gewühl, sie sah mich nicht, sie schimpfte mit zwei Mädchen, die eine Kanne trugen, sie sagte: was fällt euch ein, der Tee ist für die Verwundeten, tragt ihn sofort hinüber, aber natürlich, bei den Lebenden ists lustiger als bei den Sterbenden. Die Mädchen machten kehrt, und eine sagte: Die hats nötig, uns die Leviten zu lesen. Das klang aufsässig, aber es war noch ein Ton dabei, der mich alarmierte. Irgendwas war los mit Klara. Ich lief ihr nach. Sie sagte nur: Was willst denn du hier? Das war keine freundliche Begrüßung, aber ich sah sofort, daß Klara todmüde war, mager im Gesicht und mit Ringen unter den Augen, sie schaute mich an, wie ein Tier aus einer Höhle herausschaut, dann sagte sie noch einmal: Was willst du hier, ausgerechnet hier? Ich sagte, ich sei auf einer Konzertreise. So, sagte sie, Konzerte, das gibt es also auch noch, Konzerte! Sie sagte es so, daß es mich wie ein Vorwurf traf. Ich verteidigte mich gleich, ich sagte: Ich gebe doch Konzerte für Soldaten, fürs Rote Kreuz, sogar in Lazaretten spiele ich, bist du nun zufrieden? Sie sagte: Darum geht es doch nicht, aber ich muß zu den Verwundeten, geh du heim, der Schlüssel ist bei der Nachbarin links. Warum schickst du mich fort, laß mich hier, sagte ich, aber sie wollte es nicht leiden, sie habe keine Zeit für mich, einige lägen im Sterben. So, sagte ich, das ist nichts für mich, nur weil ich Konzerte gebe, weil ich das gelernt habe statt Krankenpflege, was kann ich dafür, nicht jeder kann Kranke pflegen und Sterbenden beistehen, und nicht jeder kann Konzerte geben, immer setzt du einen ins Unrecht, immer traust du andern nichts zu, mir schon gar nicht. Es gab und gibt immer Streit zwischen Klara und mir, aber nur kurz, wir mögen nicht streiten, wir haben uns ja gern, wir bewundern uns gegenseitig, aber das, was uns zum Streiten bringt, das sitzt tief, doch was es ist, das wissen wir nicht, der Onkel Willi sagte, das sind eben verquere astrologische Konstellationen, aber das ist auch nur ein Wort, man setzt immer ein Wort für ein anderes und so fort, bis man am Ende wieder das erste einsetzen kann, und nichts ist erklärt. Aber Klara würde jetzt sagen: zur Sache, Stefanie! Also: Zuletzt ließ Klara mich doch bleiben, es war wie eine Auszeichnung nach einer bestandenen Probe, immer hatte man bei Klara das Gefühl, man müsse eine Prüfung ablegen oder sich einem Verhör unterziehen, ehe sie einen annahm und mitnahm, aber du darfst nicht denken, Klara sei je überheblich gewesen und werfe sich zum Richter auf, das

nicht, es ist nur ihre Person selber, die macht, daß man sich auf einmal so sieht wie man ist, Klara braucht nichts zu sagen, es genügt, daß sie einen anschaut, und schon bleibt einem die Lüge im Hals stecken, aber nicht als sei Klara je moralisch entrüstet über Lügen und dergleichen, sie findet es einfach dumm und unverständlich, daß Leute lügen und sich verstellen. Das Komische ist, daß sie von sich selber meint, sie sei für uns alle durchsichtig, weil sie sich so gibt, wie sie ist. In Wirklichkeit ist sie verschleiert, ja, verschleiert, ich kann es nicht anders sagen. Mama hat einmal gesagt, sie sei darin wie Papa, der habe immer alles erzählt, auch was zu seinem eigenen Nachteil war, aber er habe dabei alle Scheinwerfer aufs Bild gerichtet, bis es so überhell war, daß es blendete und niemand mehr Einzelheiten und niemand mehr ihn selber sah. Aber er machte das absichtlich, sagte Mama, während Klara es gegen ihren Willen tut, sie möchte sich zeigen, wie sie ist, und alle sollten das gleiche tun, das ist nämlich ihre Philosophie: trag bei zur Erhellung der Welt, indem du nichts in dir und um dich im Dunkeln läßt. Aber sie vergißt dabei, daß es an einigen Stellen und zu einigen Zeiten dunkel sein muß, nachts zum Beispiel, man kann sterben wenn es immer hell ist und man nicht mehr einschlafen kann vor lauter Helligkeit, in den Konzentrationslagern macht man das so, bei den Nazis und bei den Sowjets und wo auch immer, das ist eine Todesart, im Mittelalter war es immer dunkel in den Burgverliesen, da starben die Leute am Lichtmangel, heute sterben sie an Nachtmangel. Wie möchtest du lieber sterben: im Hellen oder im Dunkeln?
Wie soll ich das jetzt wissen, wie kommst du darauf mich das zu fragen?
Sie weiß es selber nicht, muß man immer wissen, warum man etwas sagt und tut?
Sie konnte fast nie etwas erklären, sie sah plötzlich etwas, griff danach und hielt es einem vor die Augen. Wenn man

es sah so wie sie es sah, war sie zufrieden, wenn nicht, war sie enttäuscht und ließ die Sache fallen. Sie war absolut angewiesen auf das direkte, sofortige, uneingeschränkte und fraglose Verständnis. Wenn ich ihr eine Erklärung entlocken wollte, fiel sie irgendwo herunter, so wie man im Traum abstürzt, wenn man jäh geweckt wird. Jetzt straft sie mich mit Schweigen. Mit Stefanie ist es wie im Märchen: ein falsches Wort oder ein Wort zur falschen Zeit konnte die ganze Reise zum königlichen Schloß vereiteln, aber man konnte auch unversehens ein Wort finden, ein ganz gewöhnliches Wort, das sich als Zauberschlüssel erwies. Es war nicht leicht, mit der sanften und hintersinnigen Stefanie zu leben. Ich dachte, wie wohl ihre Ehe mit Peter Niels geworden wäre. Vielleicht wäre Stefanie neben Peter eine angenehme, gastfreundliche Hausherrin, Mutter, Bürgerin, Druckereibesitzersgattin geworden, hätte Hauskonzerte gegeben, Krankenhäuser besucht, Geld verschenkt, wäre mit Peter auf mehr oder weniger friedliche Parteiversammlungen gegangen, hätte weite Reisen ins Ausland gemacht ... Stefanie schaut mich plötzlich so an, als hörte sie meine Gedanken herumtasten und auf die Klinken verbotener Türen drücken. Klara machte einem mit ihren hellen Blicken nur die eigene Moral fadenscheinig, aber Stefanie zog einem den festen Boden unter den Füßen weg, so daß man auf Flugsand stand, und es schwer wurde, das Gleichgewicht zu wahren. Für dieses Mal begnadigte sie mich rasch und brachte mich mit einem Stoß auf den zerbombten Bahnhof zurück, mitten in das Gewühle zwischen Bahnsteigen, und aus dem Gewühle wieder hinaus, dorthin, wo weit draußen der Lazarettzug abgestellt war und wo es still und fast dunkel war und wo ich warten mußte oder vielmehr durfte, bis Klara die Schwerverwundeten beruhigt hatte, die schon nach ihr stöhnten: »Schwester Klara«, und die still wurden, wenn Klara sie ansprach, als sei ihre Stimme ein Sedativum und schläfere alle Schmerzen

ein, »Schwester Klara«, Klara die Unzärtliche, die Unsentimentale, die Resolute, Schamhafte, Gnadenlose, nach ihr riefen die Sterbenden, nicht nach dem Arzt und nicht nach dem Feldgeistlichen, »Schwester Klara« mit ihrem Buckel, in den ihre eigenen Leiden verpackt waren, was sagte diese Klara, wenn einer sie fragte: Muß ich sterben, Schwester? Was sagte sie, die nicht lügen konnte? Ich fragte sie später, sie sagte, das sei kein Problem, sie sage die Wahrheit, nämlich: niemand könne wissen, ob einer sterben muß, im übrigen sei Sterben schön, man fahre in einem stillen Zug über die Grenze und merke es nicht, und wenn ich das sagte, entspannten sie sich und fragten nicht mehr, manchmal freilich mußten wir mit einer Spritze nachhelfen.
Eigentlich, sagte Stefanie zu mir, habe ich erst damals, als Klara »Schwester Klara«, war, gefühlt, daß sie meine Schwester ist, und ich habe sie bewundert, so wie sie mich für andere Dinge bewundert, wir bewundern uns aufs Lächerlichste, aber wir wollen uns das weder gegenseitig noch jede sich selbst eingestehen, darum schauen wir mit Vorliebe verkehrt durchs Fernglas, sodaß jede die andere klein sieht, aber weil wir beide das selbe tun, kommts auch wieder aufs selbe hinaus, und dann streiten wir. Aber damals, am Lazarettzug, da habe ich Klara in ihrer richtigen Größe gesehen. Ich mußte lange auf sie warten, ich setzte mich auf einen Stein und wartete zuerst ungeduldig, denn immer wieder tauchte Klara auf, aber sie tauchte auch gleich wieder unter, es war ein unheimliches Kommen und Gehen, man trug Bahren hierhin und dorthin, Verwundete oder Tote, alles ging fast geräuschlos vor sich, es war wie ein Gespenstertreiben, dazu das leise Stöhnen aus dem Zug und der Geruch, es ging kein Wind, die Luft war wie laues Wasser, sie roch nach Lysol und Jod und Äther und Lindenblüte und Holunder und auf einmal roch es stark nach Heu, als wäre man auf einem Bauernhof mitten im Frieden bei der Heuernte, und es roch auch nach rostigem Eisen,

und je länger ich wartete, umso stärker rochen die Geleise, und ich saß an den toten Geleisen und wartete auf die Spielkameraden, die nicht kamen, und dann wartete ich auf garnichts mehr, nicht einmal auf Klara, und es war kein Warten mehr, aber was für eine Abschweifung, Klara würde sagen: Komm zur Sache! Endlich kam Klara dann doch, es war lang nach Mitternacht, sie war erschöpft, aber sie durfte nicht heimgehen, der Zug fuhr gegen Morgen weiter, wir setzten uns auf einen alten Gepäckwagen, dem ein Rad fehlte. Du wirst denken, das ist doch gleichgültig, wo die saßen, aber in so einer Nacht ist nichts gleichgültig, der Wagen stand nämlich schief und sooft Klara einen Verwundeten stöhnen hörte, rutschte sie nach vorn, sodaß wir am Umkippen waren, und dann sagte sie jedesmal: nein, die brauchen mich jetzt nicht. Und einmal sagte sie: ich benehme mich, als ginge überhaupt nichts ohne mich, ich bin wirklich eingebildet. Wir redeten über ihren Dienst, über Mama und alles mögliche, wir hatten uns nichts zu sagen, weil wir uns viel zu viel hätten sagen müssen, wir rauchten, und auf einmal warf Klara ihre Zigarette weg und sagte: Mit dem Rauchen sollte ich aufhören. Ich fragte: warum, bist du krank oder sowieso schon zu nervös? Und da sagte sie ganz einfach und trocken: Ich erwarte ein Kind. Da war es heraußen. Ich erschrak so, daß ich etwas Fürchterliches sagte, ich sagte: Was, Du? Das hieß natürlich soviel wie: Was, Du, die Bucklige, die schon beinah eine alte Jungfer ist, der Krüppel, den nie ein Mann haben wollte, Du ein Kind, das ist absurd, monströs, pervers. Indem ich sagte »was, Du?!« wußte ich schon, was ich Klara damit antat, aber gesagt war gesagt, wie konnte ich es gutmachen, ich versuchte es erst gar nicht, ich sagte nur: Du bist doch erschöpft, wie hältst du das aus. Das konnte nun als Erklärung gelten für meinen grausamen Ausruf, aber Klara brauchte keine Erklärung und keine Entschuldigung, sie zuckte nicht einmal zusammen, sie hatte alle möglichen Reaktionen längst durchgespielt, so daß keine sie mehr überraschen und treffen konnte, oder vielleicht war es ihr auch völlig gleichgültig, was jemand dachte und sagte, jedenfalls antwortete sie auf mein »Was, Du?!« ganz einfach mit »Ja, ich«, das klang, als lachte sie mich aus, als äffte sie mich nach, es erinnerte mich an das Kinderspiel, bei dem es darum geht, den andern zur Weißglut zu bringen, wenn man auf dessen Beschimpfung »Du Gans«, beispielsweise, ganz friedlich sagte: »Das bist Du, was bin dann ich?« und der andere nun beginnt, immer gröberen Schimpf zu finden, »Du alter Affe«, etwa, und der Beschimpfte sagt »Das bist du, was bin dann ich«, und so fort, bis der eine Spiel und Ernst durcheinander bringt und wütend wird, während der andere in Triumphgeschrei ausbricht: Ich hab gewonnen, du hast verloren! Was Du? Ja, ich. Klara hatte gewonnen und sie nahm das zur Kenntnis ohne es zu erwähnen. Aber dann beging ich die zweite böse Dummheit: um ihr die verletzte Würde wiederzugeben, sagte ich: Du wirst ja wissen, warum du es getan hast. Ich hörte mich selber sprechen, es klang so von oben herab, so als wollte ich mich distanzieren von dieser ungehörigen und unmöglichen Angelegenheit, und zum zweiten Mal gewann Klara, indem sie ganz einfach sagte: Nein, ich weiß es nicht. Mir verschlug es die Stimme: sie wußte es nicht! Ich dachte, vielleicht ist sie vergewaltigt worden, oder vielleicht ist sie so erschöpft, daß sie nervenkrank ist und sich die Sache einbildet, aber das eine wie das andre konnte ich nicht glauben. Ich weiß es nicht, hatte sie gesagt, das war ein starkes Stück, das konnte ein junges Mädchen sagen, das von der strengen Mutter gefragt wird: warum hast du das getan, und das antwortet: ich weiß es nicht, und sie hat recht, sie hat es nicht getan, es ist ihr getan worden, das Schicksal hat etwas mit ihr getan. Aber Klara, die Vernünftige, die keine Irrungen-Wirrungen gelten lassen will, Klara die ein Gehirn hat, in dem noch in der engsten Windung elektrisches

Licht brennt und die Alarmanlage funktioniert, wenn ein unkontrolliertes Gefühl sich einschleicht, diese Klara sagt: ich weiß es nicht. Du weiß es nicht, Klara? Nein, sagt sie noch einmal. Aber wie das, Klara? Ja, wie denn, sagte sie, wie wohl, du fragst aber komisch. Aber Klara, versteh mich doch, ich meine, so etwas hat doch eine Vorgeschichte. Ja, sagte sie, das hat eine Vorgeschichte, die so lang ist wie mein Leben und so kurz wie die drei Monate Schwangerschaft, die ich hinter mir habe. Das war beinahe ein Rätsel, und beinahe konnte ich es raten. So lang wie mein Leben, das hieß: so alt wie mein Buckel, so lang wie mein Schicksal, und so kurz wie die drei Monate Schwangerschaft, das heißt, daß sie den, der sie geschwängert hat, vorher nicht kannte. Und so war es. Klara erzählte es mir. Sie hatte Sanitätsdienst, es war März und Nacht, sie ging allein heim durch die Anlagen am Bach, die es damals noch gab, sie war nicht sehr müde, es eilte ihr nicht, es war eine schöne Vorfrühlingsnacht, der Mond fast voll, aber der Himmel wolkig, einmal wars hell, einmal dunkel, und Klara war einmal traurig, einmal nicht, sie hatte erfahren, daß Erich Bernheimer tot war, und da sie es sicher wußte, konnte sie es ertragen und damit leben, es war ja ohnehin eine einseitige Liebe gewesen, es machte also keinen großen Unterschied für sie, ob Erich irgendwo im Ausland lebte und dort verheiratet war, oder ob er tot war, es gab kein Grab, das sie hätte besuchen können, was von ihm blieb, das war er selber, zu ihr selbst geworden. Einmal, später, blieb sie auf einem Spaziergang plötzlich stehen, der Ostwind blies, und sie sagte: Der kommt genau aus Südpolen, er kommt aus Auschwitz. Es war ein kalter Wind im Januar. Der kommt aus Auschwitz. Ein anderes Mal sagte sie: Wen der Erich wohl geheiratet hätte? Das hieß natürlich: hätte er schon mich nicht geheiratet, konnte er auch keine andere heiraten. Das sagte sie nicht aus Eifersucht über das Grab hinaus, sondern sie wollte nur sagen, daß eine Rechnung sauber aufging. Du denkst, ich sei wie immer von der Geschichte abgekommen, aber dieses Mal bin ich mitten darin. Klara ging also heim, langsam, und war traurig und wieder nicht, aber sie dachte an Erich, an was sonst, und sie hörte Schritte hinter sich, aber sie hatte keine Angst, sie hatte ja keine Phantasie, sie ging ruhig weiter und ließ die Schritte näherkommen wie sie wollten, und auf einmal stand ein Mann neben ihr, ein Soldat, und er fing an zu reden, irgendwas, aber er redete nicht lang, er hatte keine Zeit zum Reden, er legte seinen Arm um sie und sie ließ es geschehen, nichts weiter als verwundert, es was das erste Mal, daß das ein Mann tat bei ihr, ja daß es überhaupt jemand tat, sie hatte immer alle abgeschreckt mit ihren spitzen Ellbogen, die sie einem wie Spieße entgegenstreckte, aber dieses Mal hatte sie keinen Spieß und keinen Schild, sie ließ den fremden Mann gewähren, als er sie an sich zog und küßte, das heißt, ich nehme an, daß er das tat, Klara bisse sich ja lieber die Zunge ab, als so etwas zu sagen, er tat jedenfalls etwas oder wollte etwas tun, was Klara sagen ließ: aber ich bin häßlich und bucklig. Aber er sagte: du bist nicht häßlich, und wenn du bucklig bist, was macht das? Das sind Klaras Worte, es ist die dürre Übersetzung eines Textes, der ganz sicher viel schöner war, denn als Klara davon erzählte, war ihre Stimme verändert, sie ließ jenen Mann sprechen, nicht in seinen Worten, aber mit seiner Stimmfärbung, und ich bin sicher, er hat ihr etwas gesagt über ihre schönen großen braunen Augen oder über ihre schönen langen Hände oder über ihren Mund, der immer noch hübsch ist, hast du das gesehen? Und dann, laut Klara, legte er sie ins Gras. Das war es. Ich bin sicher, daß für sie dieser Fremde ein Abgesandter war, du verstehst, es war irgendein Leib, aber in Wirklichkeit war es Erich, der endlich gekommen war und ein Kind von ihr wollte. Schau doch nicht so erschrocken, ist das denn so abwegig, wie sonst sollte es denn gewesen sein, warum sonst hätte Klara

(Klara!) sich sonst ins Gras legen lassen, und warum sollte ein fremder junger Mann ein buckliges Mädchen haben wollen?
Ich meine, ich verstehe, sage ich. Und dann, wie ging es weiter?
Stefanie ist stehengeblieben und schaut in ein dunkles Gebüsch. Ist da etwas, Stefanie? Ich muß warten, bis sie von einer ihrer Abwesenheiten zurückkehrt. Es gibt bei ihr eine langsame, milde Art der Abreise in ihr Traumland, so wie es die milde Art der Rückkehr gibt, es ist wie bei Schlittschuhläufern: einmal bremst man schroff ab, daß die Eisfunken stieben, ein anderes Mal läßt man den Schwung ausklingen bis man dasteht als sei man nie weit draußen gewesen auf der dunkelgrünen Eisfläche.
Da ist Stefanie wieder und mutet mir zu, daß ich ihren letzten Satz von vorhin noch genau im Gedächtnis habe und zwar nicht den Satz, der ihre Fußnote zum Bericht war, sondern den letzten Satz des Berichtes selbst, und sie fährt einfach fort: Dann standen sie auf, und er ging weg, der Mond schien, aber kein Mann war mehr zu sehen, kein Schritt zu hören.
Ich muß sie unterbrechen: Sagte Klara das? Sagte sie: kein Mensch war zu sehen und zu hören?
Mit dieser Frage verwirre ich Stefanie, und sie weiß keine andere Antwort als: Aber konnte es anders sein?
Ich denke mir, daß es durchaus anders sein konnte oder hätte sein können, aber ich sage das nicht, ich will den Bericht zuende hören. Und dann, sage ich, dann war Klara schwanger?
Ja natürlich!
(Wieso natürlich, so beim ersten Mal? Aber ich denke es nur, ich sage es nicht.)
Natürlich. Und wie war das für sie?
Wie? Natürlich eben.
Sagte sie es jemandem?

Natürlich, sie sagte es Mama, die brachte sofort den Koffer mit den Kleinkindersachen von der Totgeburt, und sie wusch und bügelte und nähte und war seit langem einmal wieder wach und fast heiter. Sie war dann auch diejenige, die am traurigsten war über den Tod des Kleinen.
Wir sind erst im dritten Monat der Schwangerschaft, Stefanie!
Ja ja. Die Sache sprach sich dann von selbst herum, denn ein Kind erwarten, das war damals eine wirtschaftliche Sache, man bekam Sonderzuteilungen, man wurde überall bevorzugt, man war ja eine deutsche Mutter und schenkte dem Führer ein Kind, ehelich oder nicht, das war egal, Soldat konnte man als eheliches so gut werden wie als uneheliches, darauf lief der Mutter-Kind-Kult hinaus, aber das weißt du ja selbst noch. Die Leute benahmen sich wie immer: zuerst verrissen sie sich die Mäuler, dann hatten sie anderes zu reden, nur die lieben Kaunigers konnten sich nicht beruhigen, für sie war Klara die Soldatenhure, aber in Wirklichkeit barsten sie voll Neid, denn Onkel Willi, der alte Schalk, hatte sich einen schönen Spaß ausgedacht, er hatte ihnen erzählt, er wisse, wer der Vater sei: ein General der Luftwaffe, bestes nordisches Blut, Herrenrasse, so sagte er, um Berthie an ihren SS-Mann zu erinnern, er ließ keine Gelegenheit aus, sie zu erinnern, und er hat darin Klara zur Testamentsvollstreckerin gemacht: auch sie muß Berthie erinnern, immer erinnern, bis zum Tod, Onkel Willi und Klara waren Komplizen, sie hatten eine seltsame Art von Philosophie und Theologie, verstehst du?
Ich verstehe nicht, aber ich tu, als verstünde ich, denn ich will Stefanie nicht wieder auf den Dachfirst hinaufscheuchen, wo sie dann unerreichbar schlafwandelte.
Aber ehe wir das Haus erreichen, wage ich doch noch eine Frage. Stefanie, wie war denn Klara als Mutter? Ich kann sie mir in dieser Rolle einfach nicht vorstellen.

Wie wird sie schon gewesen sein. Sie war wie alle Mütter, die noch spät ein Kind bekommen. Was soll daran Besonderes gewesen sein.
Stefanies Ton ist so betont gleichgültig, daß er schon böse ist. Ich frage dennoch weiter: Und als das Kind tot war?
Da war es eben tot. Klara hat ein Kind verloren, andere haben etwas anderes verloren, es war eben eine Zeit zum Verlieren, nicht zum Behalten.
Klara sitzt in der Wohnküche, genauso, wie ihre Großmutter ehedem dort saß und wie meine »Tante« dort saß, unter der Hängelampe mit grünem Glasschirm aufgehängt im kupfernen Ring an kupfernen Ketten, auf dem Tisch ein graugrünes Wachstuch, darauf eine Kaffeetasse, henkellos (für mich allein ist's gut genug, wer sagt das: Klara, die »Tante«, die Großmutter?). Klara sitzt da mit der Stahlbrille auf der Nase nach vorn gerutscht, lesend, aber Klara liest nicht »Die katholische Familie« oder »Monika« (Zeitschrift für die katholischen Dienstboten) sie liest die Tageszeitung, an anderen Tagen liest sie Bücher, solche, die sie aus der Stadtbücherei mitbringt und die ihr die jungen Linken zu lesen aufgeben, sie liest sie mit Anstrengung und Widerwillen, aber sie liest sie, wenn auch nur, um nachher den Jungen sagen zu können: das ist doch nichts Neues, was gackert Ihr so über dem alten Ei, das, was da steht, das hat der Herr Niels (oder Peter Niels) schon vor zwanzig und dreißig und vierzig Jahren gesagt. Sie alle wissen, wer Herr Niels ist und wer sein Sohn Peter: legendäre Gestalten, linke Helden, Märtyrer, und todsichere Fakten, mit denen sie zu rechnen hatten, da sie aus Klara sprachen, Wahrheiten waren das, die Panzerhemden trugen, an denen angelernte Phrasen einfach abrutschten, aus denen sich ihnen aber freundschaftliche Hände entgegenstreckten, wenn sie redliche Fragen stellten, solche, von deren Beantwortung Sein oder Nichtsein des Fragers für die nächsten vier Wochen abhängt. Die Jungen diskutieren

gern mit Klara, aber sie werfen ihr Unberechenbarkeit vor: einmal scheint sie linker als links und stiege für irgendetwas Anarchistisches auf die Barrikaden (sie ging einmal zum Direktor des Gymnasiums und versuchte ihm die Aufsässigkeit der Schüler zu erklären, sie hatte sogar ein wenig Erfolg), aber dann konnte sie plötzlich ihren skeptischen Blick bekommen und ihnen die schönste angelernte unerprobte Ideologie vermiesen, wortlos, oder sie sagte ganz ruhig: Ach Ihr Großsprecher, Ihr verzogenen reichen Bürgerkinder, Ihr Papageien, Ihr Pseudomarxisten, Euch ist die Arbeiterschaft wurst, Ihr wollt nur eine Rolle spielen, irgendeine, und Ihr wollt nichts riskieren, Ihr wollt ein Nest von Gleichgesinnten, so recht bequem zur Selbstbestätigung. Ihr wißt ja nicht, welche Opfer der Sozialismus verlangt, Ihr nicht. (Klara hat sich die modische Terminologie längst angewöhnt, obgleich sie sie verabscheut).

Das ist ein starkes Stück, die Geschmähten fallen über Klara her wie ein Rudel kläffender Hunde, sie schreien sie an, lachen sie aus, fuchteln ihr mit den großen Händen vor den kurzsichtigen Augen herum, aber kommen am nächsten Tag wieder, Klara hat sie gern, sie nennt sie »meine Bibliothekskinder«, ihretwegen (fast nur ihretwegen) liest sie den politischen Teil zweier Tageszeitungen, einer linken und einer konservativen.

An diesem Abend ärgert sie etwas im »Tageblatt«, sie faltet es energisch zusammen, bis es eine Fliegenklatsche ist und murmelt Anklagen und Verurteilungen.

Aber Klara, sagt Stefanie, was regst du dich denn auf, die Welt ist wie sie ist.

Das ist einer der Sätze, mit denen man Klara auf die Palme bringen kann, Stefanie weiß das und will das, und Klara weiß, daß Stefanie das möchte, aber an diesem Abend wird das Spiel nicht gespielt. Klara sagt nichts als: Spät kommt Ihr! Dann gähnt sie ohne die Hand vorzu-

halten, so ein Gähnen duldet keinen Ein- und Widerspruch, es setzt ein schwarzes Loch als absoluten Endpunkt für diesen Tag. So gehen wir befehlsgemäß schlafen.
Der nächste Vormittag bringt zunächst einmal Berthie und zwar ziemlich früh, ich schaue zufällig aus dem Fenster, ich kann ihr Anpirschmanöver beobachten, es ist lächerlich, sie schleicht sich wackelnd an, späht nach allen Seiten, als sei sie dabei, einen Raubüberfall zu machen, sie braucht auf diese Weise sehr lang vom Gartentörchen bis zur Haustür und dort bleibt sie eine Weile stehen, dann räuspert sie sich, tritt mehrmals von einem Fuß auf den andern, pumpt Luft, drückt auf die Klinke und tritt ein, atemlos, als sei sie eben raschen Laufes angekommen, und wie bei jedem ihrer Auftritte benimmt sie sich so, als habe sie eine aufregende Neuigkeit zu überbringen.
Was willst du so früh, fragt Klara, sie sagt es nicht unfreundlich, sondern sachlich. Was willst du.
Berthie will nichts außer: nicht allein sein, der Pappa hat nachts wieder geklopft, drei mal, so: (sie klopft mit dem Knöchel auf den Tisch) so hat er geklopft. Sie schaut uns triumphierend mit flackernden Augen an.
Klara schiebt ihr eine volle Kaffeetasse und das Körbchen mit den frischen Semmeln hin. Berthie greift, beißt, schluckt, schlingt, ich schaue ihr fasziniert zu, ihre Speiseröhre scheint den Durchmesser eines Wasserleitungsrohres zu haben, die großen Brocken, kaum gekaut, rutschen mühelos hinunter, Berthie frißt wie ein halbverhungerter Hund. Was für ein armseliges Altern ist das, es legt die Frage nahe, welchen Sinn es hat, auf solche Art weiterzuleben, und ob Klaras von Onkel Willi übernommene Erziehungsmethode noch irgendeinen Erfolg haben kann.
Willst du mit mir spazierengehen, Berthie, und ein Eis essen?
Sie klatscht vor Freude in die Hände wie ein mongoloides Kind.

Geht nur, sagt Klara, aber bring du mir Berthie nicht zum Mittagessen hierher, sie gewöhnt sich sonst daran, bring sie ins Altersheim.
Berthie hängt sich schwer und mit aufdringlicher Zutraulichkeit bei mir ein, sie möchte, ungeachtet des reichhaltigen Frühstücks, das schon ihr zweites war, ein Eis essen, aber plötzlich ändert sie die Richtung und sagt eigensinnig: Ich will zum Friedhof, den armen Pappa besuchen. Mir ist auch das recht. Meine Einladung war ganz und gar eigennützig, ich will von Berthie einige Geschichten aus der Stadt- und Familienchronik hören, meine Neugier korrumpiert mich, Berthies Nähe bringt einem Charakterverluste bei, man wird gerissen und berechnend, entweder um sie loszuwerden, wenn sie lästig ist, oder um ihr etwas zu entlocken.
Der Vormittag ist sommerlich warm, die Wärme macht Berthie kurzatmig und ungesprächig, ich fürchte schon, nicht auf meine Rechnung zu kommen, ich überlege, wo ich ansetzen und welche Schraube ich lockern müsse, damit sich etwas bewege in diesem kleinen vergipsten Gehirn, das böse Fakten oder böse Interpretationen konserviert. Wen fürchtete, wen haßte sie am meisten? Versuchen wir es mit Klara. Erinnert sich Berthie daran, daß wir schon über Klaras Kind geredet haben? Wie weit in die Gegenwart herein reicht ihr Gedächtnis?
Berthie, Klara hatte doch, unter uns gesagt, ein uneheliches Kind.
Woher weißt du das? (Sie hat also vergessen, daß sie es mir erzählt hat.)
Berthie, ich bin sicher, daß du mehr darüber weißt. Sag einmal: wie war das eigentlich? Hat Klara je darüber gesprochen?
Die? Als ob die ihre Zähne auseinanderbrächte.
Wer wußte es dann?
Mein Pappa.

Aber wieso, er war doch nicht dabei, als es geschah, wie konnte er es wissen, wenn Klara nicht darüber sprach?
Berthie sitzt in der Mausefalle, aber was ist eine Falle, welche von der gefangenen Maus nicht als Falle erkannt wird? Berthie stutzt einen Augenblick, dann weiß sie weiter, irgendwer sagt ihr einen vernünftigen, mit Ironie gewürzten Satz vor: Es könnte doch sein, daß es Zeugen gab, Klara und der Mann waren wohl nicht das einzige Pärchen nachts im Park, was meinst du?
Und, sage ich, diese Zeugen haben den Mann erkannt? War er von hier?
Nein.
Nun also.
Aber Berthie ist unerschüttert: Mein Pappa hat es aber gewußt. Kann ja sein, daß der Mann ein anderes Mal wiedergekommen ist und mit meinem Pappa geredet hat.
Sie schaut mich triumphierend an, ich gehe auf das Spielchen ein: Ja, das kann freilich sein. Und dein Pappa hat gesagt, der Mann habe ihm gesagt, wer er ist?
Da Berthie keine Phantasie hat, muß an der Sache etwas sein, falls Onkel Willi nicht, wie Stefanie sagte, sich wirklich einen großen Spaß geleistet hat.
Und wer war der Mann, Berthie?
Ein General der Luftwaffe, ein Adeliger, groß und blond, nordische Rasse.
Das hast du mir schon einmal erzählt, Berthie.
Warum fragst du dann?
Was hat dein Pappa noch erzählt?
Ach laß mich in Ruhe damit.
Du weißt also nichts weiter? Das ist aber wenig. (Ich packe sie bei ihrem lächerlichen und skandalösen Ehrgeiz, allen Klatsch zu wissen.)
Freilich weiß ich mehr.
Dann sag es auch.
Der Pappa hat gesagt, er hat aus Klaras Horoskop immer

schon gewußt, daß einmal ein Fürst oder Prinz kommt und Klara heiraten will, daß aber (das Folgende sagt sie in feierlichstem Hochdeutsch), daß aber das Schicksal sie trennen wird durch seinen Tod auf dem Schlachtfeld, Berthie sagt natürlich auf dem Felde der Ehre. Mehr ist nicht zu erfahren von Berthie. Ich vermute, Onkel Willi hatte seinen Heidenspaß dabei, seiner neidischen bösartigen Familie diesen enormen Bären aufzubinden: groß, blond, adelig, nordische Rasse, General der Luftwaffe, und dazu noch der Tod auf dem Schlachtfeld, das war unüberbietbares Ideal der Bürger jener Zeit. Und ausgerechnet der buckligen Klara fielen die Würfel mit der höchsten Punktzahl, ausgerechnet diese Klara gewann! Mit nichts konnte Onkel Willi die Seinen schwerer getroffen haben als mit diesem Märchen.

Was lachst du, fragt Berthie.

Komm, sage ich, gehen wir ein Eis essen.

Aber Berthie will durchaus den »armen guten Pappa« besuchen. Der große, der leuchtendrote Sterndahlienstrauß liegt noch da, ein klein wenig angewelkt in der Wärme, aber immer noch prächtig herausfordernd. Die übrigen Kränze und Sträuße, von der Beerdigung verblieben, sind bereits unansehnlich und des skandalösen roten Straußes wegen beiseite geschoben. Berthie stutzt, beugt sich über den Strauß, stochert mit den Fingern darin herum, schüttelt den Kopf, daß ihr das gelbe Strohhütchen ins Gesicht und über die Augen rutscht, so daß sie gezwungen ist, sich aufzurichten.

Ist der von dir, fragt sie mich.

Oh nein, nicht von mir.

Von wem denn?

Wie soll ich das wissen?

So, sagt sie, so, dann ist er von der Erbschleicherin, aber die soll es mir büßen.

Ich erfahre nicht, von wem sie spricht, ich sehe aber, daß

Berthie zittert, ihre Backen wabbeln vor Zorn, sie wird dunkelrot, ich fürchte, der Schlag wird sie treffen, ich ziehe sie weg von diesem höllischen Dahlienstrauß. Komm, ein Eis essen!

Es gelingt mir, sie fortzuschleppen, aber sie geht störrisch und mit rückwärts gewandtem Kopf, sie murmelt Bösartiges, das zu verstehen ich mich nicht anstrenge, ich habe genug zu tun damit, sie zu stützen, zu ziehen, zu schieben. Plötzlich bleibt sie stehen, ganz in der Art eines schwierigen Maultiers, so plötzlich, daß man, nicht darauf gefaßt, beinahe umgerissen wird. Wir stehen vor dem Grab des Herrn Niels. Haben sie es dir schon gezeigt?

Freilich, Berthie, komm jetzt!

Sie stemmt sich von mir weg, was für ein lächerliches Tauziehen, wir kommen so nicht weiter, wir hängen fest an einem unsichtbaren Drahtzaun.

Schau dir den Stein genau an, sagt Berthie, fällt dir nichts auf?

Was soll mir auffallen?

So, dir fällt nicht auf, daß auf dem ganzen Stein kein Kreuz ist?

Ja ja, komm jetzt.

Und du willst nicht wissen, warum überall ein Kreuz ist, nur am Grab von Herrn Niels nicht?

Nein, ich wills nicht wissen.

Das ist nicht wahr, du willst es wissen.

Diese Berthie mit ihrer primitiven Schläue, sie spekuliert richtig, aber ich weigere mich noch mitzuspielen, ich entziehe ihr brüsk meinen Arm, ich lasse sie stehen wie eine Kleiderpuppe, ich gehe auf und ab und tu so, als läse ich die Namen auf den Grabsteinen. Aber Berthies Stimme folgt mir: Schau nur, dort ist ein Kreuz, und dort, und überall, nur hier nicht, was sagst du dazu. Sie macht es spannend, sie reibt dazu ihre altersfleckigen dicken Hände, die rauhe Haut gibt ein schabendes Geräusch, das mich ver-

höhnt in meinem Angewiesensein auf Informationen, die gegeben oder auch verweigert werden können.
Nun? fragt sie schließlich.
Also sag es schon, ehe du daran erstickst.
Die Auskunft platzt aus ihr wie Schrot aus der Patrone: Der Herr Niels war Freimaurer.
So? Was ist das.
Du weißt das nicht? Freimaurer sind Leute, die nicht an Gott glauben, die Kirche hassen, die Priester verachten, alle Macht besitzen, mit den Juden zusammen arbeiten und eine Weltgefahr darstellen.
Eine auswendig gelernte Phrase von vor vierzig Jahren.
Aha, sage ich, der Herr Niels hat die Kirche und die Priester gehaßt, da wundert mich nur, daß er dafür gesorgt hat, daß die Pfarrkirche so rasch wieder aufgebaut wurde.
Ha, das ist es ja, die tun die guten Taten nur zum Schein und öffentlich, damit man ihnen nicht auf die Schliche kommt, im Geheimen tun sie ihr Böses, sie sitzen in allen Regierungen, ihnen gehören alle Banken und Zeitungen, und viele von ihnen sind noch dazu Juden.
Berthie, Berthie, in welcher Zeit lebst du. Du hast viel gelernt von deinem Führer und nichts vergessen, allen Respekt. Berthie, ich ertrage dich nicht mehr, geh heim.
Ich gehe weg, aber dann wird mir von neuem bewußt, daß Berthie ja krank ist, ein unter wabbeligem Fleisch verstecktes System kalkverstopfter Röhren, durch die keine neuen Informationen mehr ins Gehirn gelangen, in dieses fossile Gebilde, das nur mehr unveränderliche Abdrücke bösartiger Irrlehren zeigt. Ich kehre resigniert um. Berthie steht immer noch an derselben Stelle. Komm, gehen wir, ich bring dich ins Heim.
Ins Heim?
Sie bricht zusammen unter diesem Wort, sie will nicht ins Heim, das kein Heim ist, es ist ein Gefängnis, sagt sie, sie werfen einem das Essen auf den Tisch, als wärs Futter für

eine Kuh, es ist schlecht, und dazu nachts das Klopfen, nein, sie geht nicht zurück.
Berthie, sei vernünftig, geh jetzt mit, dann sehen wir weiter, im Augenblick können wir nichts tun, komm, sonst lasse ich dich hier stehen.
Berthie hängt sich ein bei mir, sie hängt an mir wie ein mit Lumpen und Heu gefüllter Sack, sie drängt sich an mich, sie schwitzt, sie näßt meinen Arm, sie riecht durchdringend nach Angstschweiß, sie welkt hin und verfällt in der steigenden Wärme, es ist heiß wie in den Hundstagen, wie bringe ich sie nur nachhause, ehe sie der Schlag trifft. Die Strecke, die man in zehn Minuten zurücklegen könnte, wird endlos, sie fällt aus der Zeit und aus der Wirklichkeit, die Straßen sind leer, Berthie wird immer schwerer, aber ihr Gewicht und meine Kraft, es zu tragen, werden immer hohler, mir kommen sonderbare Vorstellungen, Fieberbilder, Wahnbilder: Berthie und ich, wir sind garnicht mehr auf Erden, wir sind Tote, wir haben die Grenze unvermerkt überschritten, kommen wir nicht vom Friedhof? Vielleicht sind wir gleichzeitig gestorben durch einen Unglücksfall, einen Hitzschlag, Tote wissen nicht sogleich, daß sie gestorben sind, sagen die Okkultisten, hängt uns nicht ein Geruch nach Verwelktem und Verwestem an, hat Berthie nicht den Geruch des Todesschweißes an sich, und nun gehen wir zwei Toten, Berthie weiß nicht, daß sie tot ist, ich ahne es, und ich büße für meine Lebenssünden, darum muß ich diese unglückselige Larve an meinem Arm mitschleppen, wer weiß wie lang, Aeonen lang. Oder es ist anders: das da an meiner Seite ist nicht Berthie, es ist ein Nachtmahr, ein Dämon, ein von mir erzeugter, ich versuche es mit einem Exorzismus, ich schlage ein Kreuzzeichen, aber der Nachtmahr sagt mit Berthies Stimme ärgerlich: was tust du, warum fuchtelst du so vor meinem Gesicht herum. Oder, schlimmster aller Verdächte: das da an meinem Arm bin ich selbst, mein minderes Teil, mein Schatten.

Aber den Gedanken weise ich entschieden zurück. Oder aber (was für ein erleichternder Einfall) dieser Sack da ist das Gespenst der Stadt, ihr Ungeist, den ich leichtsinnigerweise beschworen habe, den ich aufgestört habe mit meinem Gefrage, mit dem ich mich zu tief eingelassen habe, den ich nicht mehr loswerde.

Aber es ist doch Berthie, die ich mitzerre, stütze, ziehe, schiebe, halte, antreibe, Berthie naßgeschwitzt, aufgedunsen, keuchend, armselig in ihrem Verfall, gedemütigt vom Alter, aber ein Mensch, immer noch ein Mensch, eine Frau mit einem Geschick, das sie nur halb, nur viertels, nur zum hundertsten Teil selbst verschuldet hat, ein Geschick, das sie auf die unterste Rangstufe warf, die der Abservierten, der längst Überfälligen, deren Tod nur mehr amtlich vermerkt, aber von niemandem gefühlt wird, nicht einmal als Erleichterung. So, die Berthie Kauniger ist gestorben, ich dachte, die sei schon lange tot, wer war denn das eigentlich. Dumme alte arme Berthie, aufgewachsen in dem dämmerigen Café zwischen Klatsch und Naschsucht, erdrückt zwischen der fetten geldscheffelnden ehebrecherischen Mutter, dem schnöden berechnenden Konditor Karl und dem sie alle verachtenden Vater, an den Zwilling gekettet wie ein Galeerensträfling an den andern, dann in der Schule angewiesen auf Einsagen, Abschreiben, Lügen und Bestechen der Lehrer, mit Thesen in Hitlerdeutsch programmiert, vom heimlich Angebeteten, dem Juden Erich Bernheimer, nicht einmal angesehen, dem erstbesten Verführer verfallen, der zufällig dem Ideal der »nordischen Herrenrasse« entsprach, der erste Mann, der dringend, aber flüchtig Lust hatte auf diesen langweilig molligen Leib, schwanger dann mit allen mörderischen Ängsten vor Schande und Verfemung in der scheinheiligen Gesellschaft der kleinen Stadt, keine Möglichkeit zur Abtreibung in jener Zeit (sie stand unter Todesstrafe) das heimlich geborene, auf Befehl der Mutter versteckte und von allen gehaßte Kind, der lang-

same Mord, angestiftet von der Mutter und der eigenen Hilflosigkeit, in einen Verleumdungsprozeß verwickelt, schuldig gesprochen, Strafe zahlend aus der Kasse der Mutter, der Lächerlichkeit und Verachtung preisgegeben, die Bomben überlebend, vom Schicksal einfach vergessen, so daß der lange Rest des Lebens nichts mehr ist als der blinde Gang durch Unverstandenes, die gnadenlose unaufhaltsame Versteinerung, der hinausgezögerte Tod. Mußte das so sein, wo war da Freiheit, Würde, Gnade. Ich stelle die Fragen, die Berthie nie stellte und nie stellen wird, ich frage den Gerichtshof, der ihr das Urteil spricht, ich werfe mich auf zu Berthies Verteidiger, ich werde zum Richter, ich spreche Berthie frei, meine Urteilsbegründung ist klar: Freispruch wegen Nötigung durch das Schicksal, das sie hineingeworfen hat in diese Zeit, diese Stadt, diese Familie, ohne ihr die Kraft zum Widerstand mitzugeben. Wer spricht dagegen, wer murrt? Ich zeichne im Sand, und als ich wieder aufblicke, ist kein Gerichtshof mehr da, kein Gegenzeuge, kein hämisches Publikum. Berthie Kauniger, Sie sind frei, Sie können gehen. Ich bin erleichtert: ich selbst habe mich selbst freigesprochen von der Schuld der Überheblichkeit, der Unbarmherzigkeit, des selbstgerechten Urteils. Was Berthie anlangt, so weiß ich freilich nicht, ob mein Freispruch andernorts nicht angefochten wird, doch das kann meine Sache nicht mehr sein.
Wir gehen und gehen, wir biegen um eine Hecke und stehen plötzlich vor der Rückseite des Altersheims, der Gang durch die Wüste ist zuende. Genug gebüßt. Ich will Berthie durch die Hintertür, die offensteht, schieben, aber sie sagt: Nein, das dürfen wir nicht, wir müssen immer bei der Pforte aus- und eingehen, da muß doch kontrolliert werden.
Ich schiebe sie dennoch durch diese Tür, die Müdigkeit macht sie widerstandslos, wir sind im Keller, ich finde die Treppe, ich bringe Berthie ungesehen ins Zimmer, sie fällt aufs Bett, ich ziehe ihr die Schuhe aus, öffne ihr die Bluse,

(sie hat zerrissene schmutzige Unterwäsche an) ich lege ihr feuchte Tücher auf Stirn und Brust (was für ein grauenhaft gelber Busen), ich besprenge sie mit Kölnischwasser, sie schläft ein, ich kann eigentlich gehen, aber ich setze mich auf einen der beiden Stühle, es sind Gartenstühle, eisern mit grünem Plastikgeflecht, billig und scheußlich, ich schaue mich um im Zimmer, es ist armselig: ein Tisch mit einem grauen fleckigen Wachstuch, ein Kleiderschrank, der nicht schließt, ein Nachtkästchen mit einer winzigen Stehlampe und einer Schachtel voller Medizinfläschchen und Schächtelchen, auf der Fensterbank ein kleines blechernes Tablett mit einer angestoßenen Tasse, einem Teller und einem Marmeladenglas voll Zucker, in einer abgetrennten Nische das Waschbecken, über dem Bett ein Kruzifix aus einem billigen Devotionalienladen, darunter ein rosagoldenes porzellanenes Weihwasserkesselchen, über und in allem der durchdringende Geruch nach Rheumasalbe und Franzbranntwein. Berthies Welt, das Wartezimmer vor dem Grab. Aber eines verstehe ich nicht: die Kaunigers waren doch nicht arm, vor allem nicht, wenn Onkel Willi das versteckte Geld gefunden hat, wozu diese Dürftigkeit hier, oder war die Geschichte mit der Geldkassette nur eines seiner listigen Märchen, oder hatte er zuletzt den Altersgeiz der Sklerotiker?
Ich sitze und sitze und bin eingewickelt in Spinnweben: in Sentimentalität, Mitleid, Schwermut, Ekel und Auflehnung. Ich gehe auf den Korridor. Da fällt mir ein, daß in diesem Heim auch die Mutter des Georg Mack wohnt, ich will sie besuchen, ja, jetzt gleich, ich will jemand fragen wo sie wohnt, aber niemand begegnet mir, das Haus ist wie ausgestorben zu dieser Stunde, ich gehe einen Stock tiefer, und hier, am Haupteingang, finde ich hinter dem Schiebefenster eine Nonne mit dem luftgeröteten Gesicht einer gesunden Bäuerin mittleren Alters, mit Augen, deren Blau wie gefroren ist, es könnten Glasaugen sein.

Wo kommen Sie denn her, fragt sie streng. Ich erkläre ihr kurz die Sachlage. So, sagt sie, eine Verwandte der Fräulein Kauniger, aber ich kenne Sie nicht, Sie waren nie hier, ich kenne nur Fräulein Klara.

Sie schaut mich durchdringend an wie ein Zollbeamter, gleich wird sie meinen Reisepaß sehen wollen und eine Zollerklärung verlangen und mich Strafe zahlen lassen wegen unbefugten Eindringens durch die Hintertür.

Schwester, sage ich, werde aber sofort unterbrochen: Ich bin die Mutter Oberin, ich vertrete für diesen Tag die Pfortenschwester.

Sie sagt es wie eine Großbäuerin, die man beim Stallmisten ertappt und die ihr Ansehen gefährdet sieht.

Mutter Oberin, es trifft sich gut, daß ich Sie selbst sprechen kann. Ich sah das Zimmer meiner Verwandten, es ist ärmlich, ist denn die finanzielle Lage von Fräulein Kauniger so, daß . . .

Das Zimmer ist wie alle, es enthält das Notwendige, mehr Gegenstände erschweren die Reinhaltung, wir haben wenig Personal, die meisten alten Insassen sind unordentlich und häufen Kram an, außerdem gefährden zuviele Gegenstände die Sicherheit der Insassen, die häufig von Schlaganfällen getroffen werden oder deren schlechtes Sehvermögen, das bei einigen bis zu völliger Blindheit geht, Anlaß zu Verletzungen an unnötig im Weg stehenden Dingen gibt.

Sie sagt das mit zur Decke gewandten Augen, als lese sie den Satz dort oben ab.

Ja, sage ich, das sehe ich ein (ich sehe es leider wirklich ein) danke für die Auskunft, aber meine Frage nach der finanziellen Lage meiner Verwandten ist nicht beantwortet. Ich wiederhole die Frage, ich möchte nämlich für den Fall, daß Geld fehlt, etwas hierlassen.

Der verstorbene selige Herr Kauniger hat eine Summe hinterlegt, die ausreicht, um den Unterhalt seiner Tochter für weitere zehn Jahre zu sichern. Sollte sie früher sterben, fällt der Rest ans Heim.

Zehn Jahre also hat Onkel Willi seiner Tochter noch zu leben gegeben, nach Auskunft der Sterne vermutlich, zehn Jahre hinausgezögerter Agonie, vorweggenommener Verwesung, und ohne die Möglichkeit, die Zeit zu nützen.

Und wenn sie länger lebt?

Sie lebt nicht länger.

Kurz und bündig ist über Berthies Schicksal entschieden.

Die Langlebigkeit der heutigen Menschen, sagt die Oberin, ist ein schweres Problem für Altersheime, städtische wie kirchliche.

Ich übersetze: wenn diese Berthie Kauniger nur bald stürbe, wenn nur diese alten Leute nicht so verzweifelt langsam stürben, wir brauchen die Zimmer für Nachrückende, Jüngere, wozu ist denn dieses künstlich verlängerte Leben gut, es ist doch nur graue Misere, ein unaufhaltsames Versinken im Schlamm der eigenen Zersetzung.

Die Oberin seufzt. Um dieses Seufzers willen mag ihr vergeben werden, daß sie insgeheim, ganz insgeheim manchmal denkt: der Hitler hat doch ein bißchen recht gehabt mit seiner Euthanasie, ein schmerzloser Tod ist besser als ein so schmähliches Altern. Freilich bekennt sie diesen Gedanken bei der nächsten Beichte, aber da ist er, immer wieder ist er da wie der Teufel. Die wasserblaue Härte ihrer Augen ist verständlich, sehr vieles, viel zu vieles in unserer Welt ist verständlich.

Wo, bitte, wohnt Frau Mack?

Zimmer einhundertzwei, aber sie ist taub, eine Unterhaltung nicht möglich, und zu dieser Stunde sind Besuche nicht angezeigt, das Essen wird gleich ausgefahren, die Insassen sollen nicht gestört werden.

Gut, dann sehe ich nur rasch nach Fräulein Kauniger. Das wird erlaubt. Berthie schläft friedlich, sie schnarcht, ich erneuere die feuchten Umschläge, ohne daß sie erwacht. Zehn Jahre noch wirst du die Last dieses Körpers tragen müssen, arme Berthie, wozu wozu.

In den Korridoren schieben Mädchen die Wägelchen mit dem Essen. Wie flink das geht: Halt vor der Zimmertür, Topfdeckel auf, Schöpfkelle hinein, ein Klacks Gemüse auf den Teller, der obenauf steht auf einem Stoß blecherner Tabletts, ein Stück Fleisch, Salzkartoffeln, ein gläsernes Schälchen mit Pflaumenkompott, das Tablett mit dem Teller vom Stapel genommen, die Tür mit dem Ellbogen aufgedrückt, das Tablett hineingetragen, auf den Tisch gestellt, ein beiläufiges automatisch gewordenes »guten Appetit«, Türe zu, weiter, es eilt, die Insassen warten, sie werden böse, wenn sie warten müssen, die Mädchen (viel zu schlecht bezahlt) wollen ihre Freizeit, die alten Leute brauchen ohnehin so lang zum Essen, die Mädchen müssen auch noch Geschirr abwaschen, das kostet selbst mit der Spülmaschine Zeit.

Da sitzen nun die zwei- oder dreihundert alten Menschen, jeder für sich allein im Käfig, die paar Ehepaare ausgenommen, jeder hat so einen Futternapf vor sich, jeder kann essen wie es ihm paßt, schmatzen, schlürfen, sabbern, rülpsen, furzen, das drückende oder das zu lockere Gebiß herausnehmen und neben sich auf den Tisch legen, das Ungenießbare zum Fenster hinauswerfen für Katzen, streunende Hunde und Ratten, und dann in zwei- oder dreihundert Leibern das mühsam gewordene Geschäft des Verdauens, die trägen Bewegungen des Darms, die stinkenden Gase, der bleierne Mittagsschlaf, das lustlose Erwachen, die schwache Hoffnung auf einen Besuch, der Gang zur Hauskapelle, ein bißchen Trost im Glauben an jemand, an einen Jemand, der sich um einen kümmert und den man bittet, er möge einen »bald heimholen« ohne lange Krankheit und ohne daß man jemand zur Last fallen muß, dann der abendliche Spaziergang im Garten, der gewohnte Austausch der Klage über das streikende Herz, die Krampfadern, das Wasser in den Beinen, die Blähungen, die Unfreundlichkeit der Oberin, die Lieblosigkeit der Töchter und Söhne und Enkel, die nie kommen und nur auf das bißchen Erbe warten, dann das Abendessen, ein Glas Bier vielleicht dazu oder den Kräutertee, das Schlafmittel, vom Arzt erbettelt gegen den Willen der Oberin, dann Gott sei Dank das Fernsehen, sofern man noch etwas sehen kann und will, und danach die Nacht, bei denen, die kein Schlafmittel haben schlaflos, das Auftauchen der Gespenster aus dem Spalt zwischen Wand und Bett: Hätte ich doch damals, wäre ich damals nicht, warum tat ich das, warum unterließ ich das, wieso bin ich hier, warum lassen die Kinder mich nicht bei sich, ich mache doch keine Arbeit, ich könnte noch ein bißchen helfen, hoffentlich kürzt der Staat die Rente nicht, sonst spüren wir es am Essen, niemand denkt daran, mir Obst mitzubringen, nur Blumen bringen sie die gleich welken und für die man keine passende Vase hat, die Oberin schimpft, die Oberin fürchte ich, die hat so harte Augen, mein Rheuma ist ärger, es zieht irgendwo, aber wo, die Bettdecke drückt, oder ists das Asthma, so schwer ist mir, so schwer, vielleicht sterbe ich diese Nacht, und keine Klingel, immer noch nicht haben sie die Klingeln installiert, sie haben kein Geld dafür, ich sterbe allein wie ein Hund im Wald, oh mein Gott, hilf doch du, ruft da nicht wer im Korridor, nein, nichts, meine Blase, meine Blase, ich soll doch nichts mehr trinken am Abend, ich bin zu müd zum Aufstehen, wenn ich nur einen Nachttopf hätte, sie erlauben einem keinen, wer soll ihn leeren, sagen sie, und das Herumlaufen mit vollen Nachttöpfen im Haus ist scheußlich, ist ja wahr, aber was hilfts, ach ich muß doch aufstehen, die Aborte sind so weit weg, wenn mir nur niemand begegnet, wenn ich nur sterben könnte, ach Ihr armen Seelen, helft. Das Ende eines Lebens, die Ernte: ein Seufzer, der im ganzen Haus widerhallt, aber wer hört ihn außer jenen, die ihn ausstoßen und die wissen, daß keiner ihn hört, es sei denn (und es muß so sein) der Seufzer durchstoße die Schallmauer um diese Erde und fände draußen, droben, ein Ohr.

In einer Wolke von Kohlgeruch und Bettmief, Bohnerwachs und Franzbranntwein folgt mir treppab ein trübsinniges Gespenst, das seinen Kopf in dieser Wolke versteckt, denn es will nicht zeigen, daß es ein Totenschädel ist, der, ob er will oder nicht, mit klaffenden Kiefern vor sich hingrinst und mir zu verstehen gibt, daß ich selbst es erzeugt habe mit meiner unbedachten Frage, ob mein eigenes Altern so sein werde wie das derer da drinnen.

Ich flüchte zum Ausgang, die Mutter Oberin nickt mir zu, will vielleicht etwas sagen, aber ich will nichts als hinaus, hinaus, ich laufe durch den säuberlichen Garten, daß der Wegkies stiebt, ich halte erst auf der andern Straßenseite, von der aus ich das Altersheim nicht mehr sehe, ich fühle mich gerettet, das Gespenst wagte sich nicht in den Straßenverkehr, es ist ein Hausgespenst, ein Heimgespenst.

Klara hat mich erwartet, sie sagt: Wo warst du denn so lang?

Sie betont das so, sie hält es mir entgegen auf der Spitze des Messers, mit dem sie Fleisch schneidet. Sie verlangt von mir den genauen Vormittagsbericht und hört meine Anklage gegen das Altersheim gelassen an.

Jetzt baut die Stadt ein neues, sagt sie, viel weiter draußen, im Grünen, mit mehr Bequemlichkeiten, aber teuer, wer kann das zahlen, bei denen im alten Heim reicht die Rente gerade für das, was man ihnen bietet, viele von den Alten hatten es in ihrem Leben nicht so gut wie dort, und sie sagen jetzt schon, das neue Heim läge viel zu weit draußen, im Grünen, ja, aber was ist den meisten das Grüne, sie wollen in die Stadt gehen können, Menschen sehen, in die Kirche gehen, da mach es einer den Leuten recht.

Jaja, sage ich, man sollte eben nicht alt werden in der heutigen Gesellschaft.

Man muß ja nicht, sagt sie mit einer Spur von Triumph in der Stimme, man kanns auch anders haben.

Weißt du, aber natürlich weißt du, daß Onkel Willi für Berthie zehn Jahre vorausbezahlt hat.

Ha, aber sie wird nicht mehr als fünf Jahre leben, sagte Onkel Willi, aber, sagt er, auch der beste Astrologe kann sich irren beim Todesdatum, also zahle ich für zehn Jahre, sicher ist sicher.

Sie lacht im Kellergewölbe, das ist nie eine Einladung mitzulachen, man hat immer das Gefühl, sie lache über etwas, das nur sie allein verstehen und komisch finden kann, es ist ein Lachen, das einem die Tür vor der Nase zuschlägt.

Hat der Onkel Willi auch dir einiges vorausgesagt, Klara?

Natürlich, auch meine Lebensdauer, aber, hat er gesagt, glaub mir nicht, Klara, ich lüge, ich will dich nur bald bei mir drüben haben, denn mit wem sonst soll ich reden, die andern sind mir alle zu dumm. Was hat er alles phantasiert, der Onkel Willi, sogar ich bin manchmal auf seine Geschichten hereingefallen. Ich muß dir einmal erzählen, welch gewaltigen Unsinn er seinen Lieben aufgetischt hat über den Vater meines Kindes. Ich bin zwar sicher, daß irgendjemand dich bereits informiert hat. Aber die Wahrheit, die weiß nur ich, und dir werde ich sie erzählen, weil du Sinn für Irrwitz hast. Aber jetzt wollen wir essen, Stefanie kommt gleich, sie kämmt sich nur noch, wie oft die sich kämmt, wie Mama, immerfort diese Haare, die werden gebürstet gegen den Strich, mit dem Strich, von oben nach unten und von unten nach oben, so gelegt, anders gelegt, und am Ende kommt doch immer die selbe Frisur heraus, wie bei Mama, sie haben beide das gleiche schöne Haar.

Als Stefanie schließlich die Stiege herunterkommt, trägt sie die Haare zu einem dicken Zopf geflochten über die linke Schulter nach vorn hängend.
Es ist so heiß, sagt sie erklärend, der Knoten ist so schwer und heiß im Nacken.
Jaja, sagt Klara, häng den Zopf nicht in die Suppe.
Wir waren auf dem Friedhof, Berthie und ich, am Grab von Herrn Niels auch. Berthie hat mir eine Enthüllung gemacht: Herr Niels war Freimaurer. War er das denn?
Er gehörte einer Loge an, aber ich konnte nie verstehen, was es für ihn bedeutete, er war kein Atheist und er haßte nicht die Kirche, er war kritisch, das wohl, aber er hat mit Peter gebetet, als der ein Kind war.
Aber sonderbare Gebete, sagt Klara vor sich hin.
Ja, sehr besondere, sagt Stefanie nachdrücklich, er hat sie selbst gedichtet, und später war er einmal sehr böse mit Peter, als der sagte, Religion sei nichts als Projektion der armseligen Menschheit und ihrer Wünsche nach dem allmächtigen Vater, der alles richtet, so daß die Menschen der Pflicht politischer Arbeit enthoben seien, das sei vernünftig, solange das Bewußtsein der Menschen unreif sei, aber es sei schlecht, von dem Augenblick an, an dem die Menschen zur politischen Mündigkeit erwachten, und da müsse man Gott und jegliche Religion abwerfen und bekämpfen. Als er das sagte, schaute ihn sein Vater streng an und sagte: Peter, Peter, wenn du anfängst so zu reden, bist du verloren für die Sache des Menschen, du hast deinen Marx nicht verstanden, du schwätzt daher wie der dümmste Materialist. Da stritten sich die beiden, es war das einzige Mal, daß es heiß herging zwischen ihnen. Später verstand Peter seinen Vater darin.
Ißt du nichts mehr, fragt Klara.
Stefanie sagt, sie habe keinen Hunger, aber sie hätte gern einen starken Kaffee.
Klara läßt ihren halbvollen Teller stehen und macht sich

ans Kaffeekochen. Stefanie deckt Klaras Teller mit einem andern Teller zu, damit das Essen warm bleibt. Kleine Liebesdienste. Und doch sind die Brückenstege zwischen den beiden gebrechlich, und ein unrechtes Wort, eine Anspielung auf etwas, das Tabu ist, macht die Brücke für eine Weile unbegehbar.
Willst du wirklich am Nachmittag nochmals ins Heim, fragt Stefanie.
Vielleicht.
Oder fährst du mit mir?
Mit dir? Wohin?
Zu Mamas Grab aufs Dorf. Ich habe ein Auto gemietet.
Du fährst selbst?
Am Steuer, sagt Klara, ist sie nicht zerstreut, sie fährt auch nicht schnell, sie ist von England her das vorsichtige Fahren gewöhnt.
Und du, Klara?
Ich habe meine Bibliothekskinder.

Stefanie am Steuer, einen wehenden dünnen grauseidenen Schal um den Kopf, ganz große Dame, sie müßte eigentlich einen alten Rolls Royce mit hohen Rädern fahren, sie hält das Lenkrad wie im Spiel, sie fährt ruhig und sicher, obwohl ich den Verdacht habe, daß sie so unzerstreut nicht ist, wie Klara meint. Wir haben die noch immer heiße Stadt hinter uns und fahren durch Bauernland hügelauf hügelab, Hügel mit Wiesen und weidenden Kühen, Hügel mit abgeernteten Weizenfeldern, Hügel mit bereits gepflügten Äckern, die Erdschollen auf einer Seite violett, auf der andern braun, die Straßen gesäumt mit Ebereschen über und über voller leuchtendroter Beerenbüschel, und der Septemberhimmel so blau, das alles gibt es noch, das ist geblieben aus unsrer Kindheit, mich packt ein wildes Heimweh nach etwas, das, als ich es hatte, so schön doch garnicht war, wir fahren mit offenen Fenstern, der Fahrwind macht ein

Gespräch schwierig, uns ist es auch garnicht nach einem Gespräch, mit Stefanie ist gut schweigen.
Das Dorf ist ein richtiges Bauerndorf und der Friedhof ein richtiger Bauernfriedhof mit alten windschiefen schmiedeeisernen Kreuzen und blechernen Kränzen, mit weinenden Marmorengeln auf Kindergräbern, mit verwitterten Steinen voller fast unleserlicher Namen aus dem vorigen Jahrhundert und mit neueren Grabmälern bedeckt mit den emaillenen Portraitmedaillons der Verstorbenen, bunt und schön, und überall Bauernblumen: Buschnelken, Helianthus, Astern, Pompondahlien und kleine Rosen, und über die Friedhofsmauer hängt wilder Wein, das Grün schon mit Burgunderrot vermischt, ein Bauerngarten ist das, eine heitere Insel voller Einverständnis mit dem Vergehen.
Dort liegt sie, sagt Stefanie. Eine weißgraue Marmorplatte eingelassen in die Friedhofsmauer. Stefanie muß die Ranken des wilden Weins hochheben wie einen Vorhang, damit man die Inschrift lesen kann. Wilhelmina Martin. Weiter nichts. Mina ohne Geburts- und Todesdatum, Mina ohne Zeitgrenze, das ist Stefanies Anordnung.
Aber hieß deine Mutter nicht nach ihrem Mann, müßte hier nicht stehen: Wilhelmina von Radwitz?
Das war sie nie, sagt Stefanie.
Wie, war sie nicht mit dem Amtsgerichtsrat verheiratet? Der hieß doch von Radwitz.
Stefanie ärgert sich über meine Dummheit, die sich im Gebrauch einer Sprache voll wesenloser Worte ausdrückt. Dieser von Radwitz hat nie existiert, sagt sie. Ich widerspreche nicht, aber mir kommt ein leiser Zweifel, der zunächst Stefanies Verstand, dann meinen eigenen betrifft. Wo bleiben denn die Fakten? Gelten die nichts mehr? Wie Aschenschnee fällt dieser Zweifel auf alles, was mir ins Gedächtnis kommt, ein kühler Schnee, eine sanfte graue Asche, anästhesierend, was tut es, wenn Stefanie meint, dieser von Radwitz habe nie gelebt, hat er denn für mich existiert,

für wen hat er existiert, also hat Stefanie recht. Aber etwas später muß ihm Stefanie selbst eine Art von Existenz zusprechen, aber nur die eines Gespensts, das statt seines eigenen Kopfes einen rosa Hyazinthenstock im Arm trägt und später, blind und gelähmt, langsam abstirbt, ein völlig abgemagerter Beinhausgast. Daß er seine Frau schwängerte, ist wohl auch nur Phantasie?

Warum steht der Name des Kindes nicht auf dem Stein?

Was für ein Kind? Ach so, die Totgeburt, die liegt da drüben unter den Kindern.

Die Totgeburt. Die Frucht des notzüchtigen Ehebruchs, den Mina mit dem Amtsgerichtsrat trieb, obwohl sie für Zeit und Ewigkeit niemand andern liebte als Fleckmann. Die Totgeburt, das nenne ich Schicksalslogik: das Kind, gezeugt von einem Gespenst, konnte nicht leben, es war ein Nachtmahrchen, ein Irrtum, es existierte nie in der Wirklichkeit.

Was aber war mit dem rosa Hyazinthenstock, der soviel Wirklichkeit beansprucht zwischen dem Nebel- und Zweifelhaften?

Mit diesem abscheulichen Hyazinthenstock wurden wir eines Tages unvorbereitet konfrontiert, der stand plötzlich auf unserm Tisch, in Großmutters Wohnzimmer, das nur für Feiertage war, da stand auf dem Tisch mit der Spitzendecke ein rosa Hyazinthenstock, und auf dem Sofa saß der Zimmerherr, der Amtsgerichtsassessor damals, im schwarzen Anzug, neben ihm, mit Abstand, Mama, die Großmutter brachte Weingläser, obwohl der Zimmerherr sonst Abstinenzler war, und sie goß ein, für uns auch, und der Zimmerherr sagte: Trinkt auf das Wohl der Verlobten. Die Verlobten, das waren er und Mama. Klara fragte: was soll das heißen, und das Zimmerherr sagte: Das soll heißen, daß Ihr Kinder endlich einen (er korrigierte sich und sagte: endlich wieder einen) Vater bekommt, daß Ordnung einkehrt in dieses Haus, daß Ihr eine anständige christliche

Erziehung bekommt, daß meine Frau standesgemäß leben kann. Da sagte Klara die unvergeßlichen Worte: Wir brauchen keinen Vater, Ordnung ist in diesem Haus bereits, und standesgemäß leben können wir schon lang, auch ohne Sie, ich mag Sie nicht. Damit ging sie hinaus.
Und du, Stefanie?
Ich sah Mamas Augen, die flehten mich an, sie bettelten geradezu schamlos um mein Erbarmen, da nahm ich mein Glas und sagte: Nun also, wenn es sein muß, auf das Wohl der Verlobten. Ich trank das Glas auf einen Zug leer und natürlich wurde mir schlecht, ich mußte hinausgehen. Der rosa Hyazinthenstock stand nur bis zum Abend auf dem Tisch, dann war er heruntergefallen und kaputt, Klara hatte eine Katze gefangen und sie über den Tisch springen lassen, so daß sie den Topf herunterstoßen mußte, und wir konnten dann mit gutem Gewissen sagen: Eine Katze hat es getan, ich schwöre. Der Topf war beseitigt, aber nicht Hochzeit und Ehe. Die Hochzeit feierten sie in aller Stille, wie sie sagten, sie fuhren an einen Wallfahrtsort, und als sie wiederkamen, waren sie verheiratet. Die Folge davon: es kamen neue Schlafzimmermöbel ins Haus, sie waren abscheulich, wie eine Invasion von Dinosauriern war das, sie sprengten schier das Haus, ein Türstock wurde ausgerissen, sie rochen nach frischem Holzlack, das ganze Haus roch wie ein Sarglager, Gott sei Dank zogen sie bald um in das Haus, das er von einem Onkel geerbt hatte, und dort sind sie zerbombt und verbrannt, und Berthie fand das schade, sie hätte sie gern geerbt.
Und wie hat Eure Mama diese Ehe ertragen?
Garnicht.
Wie das?
Sie hat sie ignoriert.
Wie machte sie das?
Sie war abwesend, sie nahm keine Kenntnis von dieser Ehe, aber das konnte sie nicht sofort, zuerst litt sie sehr,

das erzählte sie mir viel später, sie hatte neunzehnhundertzweiundzwanzig geheiratet, Fleckmann war für vermißt erklärt, sie glaubte es nicht, aber ihre Not war so groß, sie mußte etwas unternehmen, uns zu ernähren, unser Vater hatte keinen Pfennig, und er starb dann auch und hinterließ nichts, und da heiratete sie den Amtsgerichtsrat, aber dann kam Fleckmann zurück, und sie brannte dem Amtsgerichtsrat durch, aber Fleckmann schickte sie zurück, er war ganz arm, er hatte Sinn für Pflicht und Ehre, er liebte Mama, er heiratete nie eine andere und hatte auch keine Liebschaft, so viele man ihm auch andichten wollte, aber er nahm auch keine verheiratete Frau zu sich.

Vielleicht hatte er damals schon seine ehrgeizigen Pläne und konnte sich keinen Skandal leisten?

Stefanie hört derlei nicht. Sie fährt fort: Und nach fünf Jahren fing Großmutter an, kleine Sachen zu stricken, da wohnte Mama schon im andern Haus, und Klara sagte: Das fehlte uns gerade noch. Wir haben dann nachts die Jäckchen heimlich wieder aufgetrennt und die Wollknäuel verfilzt, aber was half es schon, Großmutter sagte kein Wort, sie strickte weiter, sie strickte und strickte, und Klara sagte: die strickt die Nabelschnur, die wird sich dem Ding schon um den Hals wickeln, so sagte sie, aber sie meinte es nicht wirklich, Klara ist nie böse gewesen, aber es ist schrecklich zu sagen: das Kind kam tot zur Welt, und Klara weinte danach wochenlang. Aber für den Amtsgerichtsrat freuten wir uns, denn die Totgeburt war die Strafe für ihn, nicht für Mama.

Wieso das?

Das fragst du? Er hat Mamas Notlage ausgenützt und sie zur Ehe gezwungen, obwohl er wußte, daß sie einen andern liebte, ist das keine Verführung zum Ehebruch?

Aber sie hätte doch nein sagen können, und sie hat nur ja gesagt, weil sie Euch ein gutes Leben erheiraten wollte, ist das nicht so?

Das hätte ich nicht sagen dürfen, und ich wußte, daß ich es nicht sagen sollte, aber ich sagte es trotzdem, darin Klara ähnlich, die auch eigensinnig auf richtigen Interpretationen bestand. Stefanie wird zornig, sie wird weiß vor stummem Zorn, und dieser Zorn gefriert sofort in der Luft wie ein Wasserfall im Eiswind, er bleibt einfach erstarrt stehen. Man muß warten, bis der Tauwind kommt.

Stefanie geht durch die Gräberreihen weiter, sie läßt mich stehen. Nun gut, so gehe auch ich meines Wegs, nach der andern Richtung, und dort finde ich nebeneinander einige andere Martins begraben. Aber wo ist die Totgeburt? Unter den Kindergräbern ist eines ohne Namen und ganz verwahrlost, ein armseliges Merkzeichen, ein zerborstener Stein, schon halb in die Erde gesunken. Ich jäte das Unkraut und pflücke auf der Wiese hinter dem Friedhof einen Strauß Lichtnelken und Kugelklee und lege ihn auf das Grab, das sicher das rechte ist. Ich fühle, daß Stefanie mich von ferne beobachtet. Es gibt Augenblicke, in denen ich sie für böse halte, für unschuldig böse wie ein kleiner Tiefseefisch, der sich vom Schatten eines Tauchers bedroht fühlt und sich verteidigt, indem er den Arglosen von unten her angreift. Es gibt auch andere Augenblicke, in denen das still Verstörte ihres Blicks mir soviel von ihrem nie und nimmer heilbaren Leid verrät, daß ich sie möchte lieben können. Aber dann flößen mir ihre lautlosen, allzu sanften Bewegungen, die Bewegungen einer adeligen Äbtissin, eine geheime Angst ein, und ich fühle, daß Stefanie mir fremd ist, daß sie überhaupt fremd ist »hier« und daß sie Verhaltensregeln unterstellt ist, die »dort« gelten, aber nicht anwendbar sind auf Ereignisse, die »hier« sich begeben und kompakter Natur sind und nur eins nach dem andern aufeinanderfolgen können, während sie »dort« gleichzeitig zu tausenden stattfinden, ohne sich durch eine schmale Pforte ins Bewußtsein drängeln zu müssen, und dabei ihre schönsten Farben verlieren. Stefanie überfordert uns

alle, aber vielleicht überfordern wir sie. Jedenfalls ist sie mir fremd, und vermutlich wäre mir auch die einst so angeschwärmte Mina fremd gewesen, hätte ich sie so angetroffen an ihrem Tisch, mit den zerschnittenen Kleidern spielend, wie Klara es mir sagte und wie Stefanie es eine Weile später, mich begnadigend und das Gespräch wieder aufnehmend, ausführlich und auf ihre Weise schildert.
Sie hat offenbar, während sie mit mir zürnt, das Gespräch mit mir fortgeführt und spricht jetzt einfach weiter: Du mußt nämlich wissen, er hat sie geschlagen, immer wenn sie ausging ohne ihn und dann heimkam, schlug er sie, aber sie war nicht zu halten, er war damals noch im Amt und darum nahm er ein Dienstmädchen ins Haus, von dem lange niemand wußte, daß sie eine Verwandte von ihm war, die er bezahlte, damit sie auf Mama aufpaßte wie ein Spitzel, das war eine Weile Mamas einziges Vergnügen.
Vergnügen?
Dieser Person zu entwischen. Mama wurde erfinderisch und sehr schlau, sie lernte Haken schlagen wie ein Hase, und sie lachte die Spionin einfach aus.
Aber ich verstehe nicht: warum durfte Eure Mutter denn nicht aus dem Haus?
Ich bitte dich: Fleckmann war doch in der Stadt.
Ging sie denn zu ihm?
Aber was denkst du. Das war einmal und nie wieder. Aber sie begegneten sich täglich, das konnte Zufall sein, aber das war es nicht, sie begegneten sich am hellichten Tag und auf der Straße und unter den Augen aller Neugierigen, sie gingen eine Weile spazieren und sagten sich ihre Liebe, das war alles, aber natürlich war es gerade so wie es war, und weil es Jahr um Jahr so blieb auch während der Nazizeit und im Krieg, eine Herausforderung an die ganze Stadt, ein stiller und dauernder Skandal, aber eigentlich wagte bald niemand, außer den Kaunigers, ein Wort darüber zu sagen, Mama und Fleckmann waren ein schönes Paar, er

war schlank geworden und trug sich elegant, und sogar die abscheuliche Uniform war bei ihm weniger abscheulich als bei andern, und sie hatten eine so romantische Liebesgeschichte und so keusch, das imponiert den Spießern, so etwas können sie nicht, aber zugleich fühlen sie sich einem so unglücklichen Paar überlegen und wollen es beschützen, kurzum, die Geschichte beschäftigte sie für zwei Jahrzehnte. Aber was wollte ich eigentlich sagen?

Daß der Amtsgerichtsrat Eure Mutter schlug.

Ja, er schlug sie, wir sahen die grün und blauen Flecken auf ihren Armen und Schultern, er schlug sie mit den Fäusten.

Und sie ließ es einfach geschehen?

Sie war abwesend.

Und du und Klara?

Wir lebten nicht mit ihr zusammen, Klara war volljährig und konnte wohnen, wo sie wollte, und sie verdiente schon sehr gut als Zuschneiderin der Bernheimers, und um mich gab es einen Kampf, aber Klara ging zum Vormundschaftsgericht und schilderte die Zustände in jenem Haus, das wurde eine große Schande für den Amtsgerichtsrat, aber natürlich hat man die Sache mit den Schlägen totgeschwiegen, doch ich durfte bei der Großmutter und bei Klara bleiben, und Mama war darüber froh.

Warum aber ließ Eure Mutter sich nicht scheiden? Sie wäre nach alledem doch für schuldlos erklärt und geschieden worden.

Warum, warum, es gibt nicht für alles ein Warum-Darum.

Es ist schwer zu verstehen.

Du mußt es ja nicht verstehen, niemand muß es verstehen, es war, wie es war.

Damit ist wieder einmal das Tor zugefallen, Stefanie wird unerreichbar, obgleich sie sich dieses Mal nicht örtlich von mir entfernt. Sie will jetzt die kleine alte Dorfkirche

besuchen, aber wir kommen nicht weiter als bis zu dem kleinen Kapellchen, das vorgebaut ist. Dort, in einer Nische, hinter einem Gitter, sind Totenschädel ausgestellt, jeder Schädel schön ordentlich auf einem Paar gekreuzter Schenkel- oder Armknochen, den eigenen oder fremden, die Schädel sehen künstlich aus, wie aus altem Elfenbein, man hat sie poliert (womit poliert man Totenschädel und wer tut das) es sind auch Kinderschädel darunter, ein sehr kleiner auch, unsere Blicke bleiben daran hängen, dann sagt Stefanie trotzig: Das da ist eher ein Katzenschädel. Komm, gehen wir, es ist spät.
Es ist keineswegs spät, aber wenn Stefanie es sagt, muß es so sein. Wir fahren also zur Stadt zurück, aber an der Stadtgrenze wendet Stefanie plötzlich und fährt nach Süden. Wohin fahren wir?
An diese Gegend erinnere ich mich nicht. Viele Stellen der Stadt sind in diesen Tagen mir wieder auferstanden, aber diese Gegend nicht, und doch muß es gerade sie damals schon gegeben haben, dieses Ödland mit dem alten Rangierbahnhof, der außerhalb der Stadt liegt, immer noch außerhalb, denn die Stadt hat sich nach allen Seiten ausgebreitet, nur nach dieser nicht, es ist auch eine allzu trostlose Gegend. Der Rangierbahnhof wird bald abgerissen, sagt Stefanie.
Plötzlich halten wir und steigen aus, an einer Stelle, die nichts Bemerkenswertes hat außer ihrer Häßlichkeit. Längs des verwucherten Bahndamms stehen verfallene Baracken.
Diese da war es, sagt Stefanie, hier hat Dora Lilienthal gewohnt, ehe man sie nach Theresienstadt deportierte, und hier war Peter versteckt.
Es sind mindestens zwanzig solcher Baracken, solcher Haufen von morschen Balken, rostigen Blechen, Glasscherben, eisernen Öfchen und Resten von Fenster- und Türrahmen, alles bewachsen von Holunder und Brennesseln, den

treuen Gefährten des Zerfalls menschlicher Behausungen, wie kann Stefanie eine davon als gerade die von Dora Lilienthal erkennen. Gleichviel: sie geht ohne Zögern auf einen bestimmten Trümmerhaufen zu. Hier war die Tür, sagt sie, hier bin ich gestanden, und Dora wollte nicht öffnen, obwohl sie meine Stimme kannte, sie traute keiner Stimme mehr, jede konnte verstellt sein, nur Klaras Stimme erkannte sie immer als echt, Klara kam jede Woche zweimal und brachte Dora etwas zu essen und was sie sonst brauchte, Dora durfte ja nicht mehr aus dem Haus, für Klara waren diese Gänge auch gefährlich, aber sie kümmerte sich um keine Gefahr. Aber Dora wollte mich nicht einlassen, weil Peter nicht wollte, daß ich etwas von seiner Flucht wußte, denn wenn ich nichts wußte, konnte ich bei einem möglichen Verhör nicht belastet werden, so dachte er. Er war aus Spanien zurück, aus dem Bürgerkrieg, dann war er untergetaucht zuerst bei seinem eigenen Vater, dann in anderen Städten, aber nun waren sie ihm auf der Spur, ich ahnte das, als Dora ihr Spiel machte und mir mit verstellter Stimme durch die geschlossene Tür sagte: Scheren Sie sich zum Teufel, ich bin krank. Sie hatte den Dialekt der Korbflechter gelernt und man glaubte ihr ihn. Ich sagte: Dora, ich bin es doch, ich weiß, daß Peter hier ist, und schließlich, aus Angst, jemand könnte mich hören, öffnete sie doch, aber sie sagte immer wieder wie ein irrer Papagei: Hier ist niemand außer mir. Sie sagte es noch, als ich Peter schon sah, er lag in ein paar Decken gewickelt auf dem Boden in der Küche und schlief, und Dora sagte immer noch: Hier ist niemand, nur ich. Peter hörte mich nicht, ich setzte mich neben ihn, dort, wo das Eisenrohr ist, da stand damals der kleine Ofen, aber es brannte kein Feuer, es war kalt, November, der dreizehnte nachts elf, und dort lag Peter mit dem Rücken zu mir, und da, wo der Stein ist, da saß Dora und betete auf Hebräisch, und es fing an zu regnen, der Regen tropfte auf das Wellblech-

dach tock tock tock, Dora sagte, so macht es seit drei Tagen, und auf einmal hörten wir Schritte, und jemand klopfte erst dreimal, dann zweimal, dann einmal, und Dora machte sofort auf, und wer da kam, das war Mama, sie steckte Dora etwas zu, als dürfte selbst ich es nicht sehen, sie nahm kaum Notiz von mir, sie ging gleich wieder fort, ohne ein Wort gesagt zu haben, auch Dora sagte nichts, es war eine abgemachte Sache, es war wie im Märchen: Alles hing davon ab, daß kein Wort gesprochen wurde, es mußte Schlag auf Schlag gehen, es war genau Mitternacht, und Dora weckte Peter, er war sofort wach, er sprang auf und sagte: Hast du ihn? Und Dora sagte: Ja, hier, und ich sah, daß es ein Paß war, was sie ihm gab, und dann sah er mich, aber er freute sich nicht, er war zornig, er sagte: geh du sofort weg. Aber ich sagte: Ich geh mit dir, wohin du auch gehst. Er sagte, ich sei verrückt. Aber dann ließ er es doch zu, daß ich ihn begleitete. Dora hängte ihm einen Sack mit Proviant um, und wir gingen, ich durfte kein Wort sagen, erst dort, weit draußen, wo damals der Sumpf anfing, blieb er stehen, es regnete und regnete und war kalt, und auf einmal schrie etwas, ein Kätzchen, es lief auf uns zu und Peter sagte: Nimm es mit. Dann ging er weiter und gleich darauf kam ein Lastauto, das hielt, es war verabredet, das war deutlich, ich sah Peter einsteigen, dann war er fort, ich nahm das Kätzchen mit, es blieb bei Klara, ich konnte es auf meine Konzertreisen nicht mitnehmen.
Stefanies Erzählung (sie sprach über Peter, ohne »ihr« Kopfweh zu bekommen) so ungewöhnlich karg, so hölzern, so geruchlos, läßt den Tag sich eintrüben, und obgleich die Sonne scheint, wird es kalt wie bei einer Sonnenfinsternis, es wird Nacht, Wind kommt auf, es regnet, Stefanie steht an der Straße weit draußen vor der Stadt, sie hält ein nasses Kätzchen im Arm, sie sieht die Schlußlichter eines Lastautos in einer Kurve entschwinden, und obgleich Peter gesagt hatte: Wir sehen uns wieder, Stefanie, weiß sie, es

gibt keine Wiederkehr. Klara erzählt später, Stefanie sei völlig naß heimgekommen, erst gegen Morgen, aber es war nicht Regennässe, Stefanie hatte Schlamm in den Schuhen und Schilfsplitter im Haar und sie roch nach Algen, und ihre Arme und Hände waren zerkratzt. Klara sagt, das Kätzchen war klug, es wollte nicht sterben, aber über all das, sagt Klara, ist nie geredet worden, kurzum, sie kam zurück, mit ihr das Kätzchen und sie lebten beide weiter.

Als Peter sagte: Wir sehen uns wieder, glaubte er daran, Klara, ich meine, konnte er daran glauben?

Vielleicht war es ein prophetisches Wort, Stefanie glaubt daran, es war ja nicht von einem bestimmten Ort und einer bestimmten Zeit für das Wiedersehen die Rede gewesen.

Dieses Gespräch mit Klara fand aber später statt. Ich sitze mit Stefanie noch immer am Bahndamm. Was war mit dem Paß, Stefanie, hörst du, mit dem Paß, den deine Mutter gebracht hatte?

Stefanie hört mich nicht, sie sitzt da wie ihr Abbild in Wachs dasitzen würde im Wachsfigurenkabinett, täuschend ähnlich, aber eiskalt, wenn man es berührt, ich berühre es, und es ist wirklich kalt, ich erschrecke, obgleich ich ja schon meine Erfahrung mit diesem Zustand habe. Er dauert Gott sei Dank nicht lange, Stefanie kommt zu sich, sie schaut sich um wie jemand, der mit dem Zug ankam und die Station nicht sofort als die richtige erkennt, aber dann steht sie auf als sei nichts gewesen,und antwortet auf meine Frage von acht oder zehn Minuten vorher: Der Paß war gefälscht, Fleckmann hatte ihn ausgestellt, Peter hatte keinen mehr, man hatte ihm längst jede Möglichkeit auszureisen genommen, der neue Paß lautete auf einen anderen Namen.

Aber, Stefanie, warum wollte Fleckmann ihm helfen, er war doch politisch sein Feind.

Politisch, politisch, was ist das schon. Du hast Fleckmann nicht gekannt.

Das ist eine unklare Auskunft. Mir liegt auf der Zunge zu sagen: Ich verstehe, und zwar verstehe ich, daß dieser Fleckmann, unselig begabt mit einem Drang nach Größe, dazu verurteilt, diese Größe immer nur als rollend enteilende Kugel zu sehen und, ewig hinter ihr zurückbleibend, nichts werden konnte als ein Provinzheld, der aber, einmal, das erste Mal, in dieser Nacht, in welcher er dem politischen Feind den falschen Paß ausstellt, sich selber einholt, mit äußerster Anstrengung, im wahnsinnigen Überschreiten aller Grenzen: der Klugheit, der Selbsterhaltung, der Ordnung, des Strafgesetzes, des Treueschwures vor Führer und Partei, der großen und elitären Idee der Selbstopferung für das Größere, das Reich; dieser Sprung aufs hohe Seil, der salto mortale ohne Netz, der ihn (ob gelungen oder nicht) dazu legitimiert, sich dem fabelhaften Heer aller heroischen Abenteurer zugehörig zu fühlen und von ihm endlich anerkannt zu werden nach diesem Meisterstück männlicher Tollkühnheit.
Aber das alles sage ich nicht, denn wie einen Kiesel im Mund spüre ich eine Warnung, und ich weiß auch sogleich, was falsch ist an meiner Interpretation: Mina Martin war im Spiel, die Liebe war im Spiel, ihre und Fleckmanns Liebe, diese in allen Wassern der Not reingewaschene Liebe.
Stefanie wartet darauf, daß ich etwas sage, sie will dringend, daß ich verstehe, was damals vor sich ging.
Ich meine, Eure Mutter ist zu Fleckmann gegangen und hat ihn um Hilfe gebeten.
Ohne ja oder nein zu sagen, antwortet Stefanie mit dem Bericht von Minas Nachtgang zu Fleckmann, mit dem Bericht von einer Hilfeleistung, die, wie Klara sagte, die moralische und die vernünftige Weltordnung ganz unverschämt auf den Kopf stellte, so daß Schwarz nicht mehr schwarz, Weiß nicht mehr weiß und das verhaßte Braun der Naziuniform Fleckmanns für einen der Zeit entrückten

Augenblick schimmerte wie die Silberrüstung des Erzengels Michael (dies die ironischen Worte Klaras).

Und wie ging es zu damals, als sich nüchterne Aktion und Wahnsinn am Kreuzweg trafen?

Sehr einfach: Mina Martin hatte bei einem der fast täglichen, so ungemein öffentlichen Begegnungen mit Fleckmann vor den Augen und Ohren der Vorübergehenden eine Warnung erhalten, Peter Niels sei in der Stadt, die Gestapo suche ihn, aber vorerst noch nicht hier, doch in den nächsten Tagen würde sie auch hier auftauchen und dann zuschlagen, Peter müsse sofort über die Grenze. Aber, sagte Mina, Du weißt doch, daß er keinen Paß mehr hat. Das war schon eine direkte Bitte, eine, die zu verstehen Fleckmann sich zuerst weigerte und die zu erfüllen ihm unmöglich schien, nicht aus Gründen der politischen Moral, sondern aus technischen, er hatte nie einen Paß ausgestellt, nie ein Paßbild eingedrückt, nie einen Paß gefälscht, er kannte keinen Fälscher, dafür hatte vorher nie eine Notwendigkeit bestanden. Du kannst es, sagte Mina. Ich tu es nicht, sagte er, aber sie schaute ihn nur an, und dann schickte er sie heim, ein Foto von Peter zu holen, sie fand keines, doch Klara, oft ausgelacht ihres Fotosammelns wegen (etwas, das so garnicht zu ihr paßte, weiß Gott, warum sie es tat), hatte eines, es war vor dem Spanienkrieg gemacht, aber es war ein richtiges Paßbild, und damit ging, lief, Mina zu Fleckmann, nachts, in die alte Bernheimervilla, Fleckmann hatte alles vorbereitet, er war wirklich unheimlich geschickt und unheimlich mutig, er hatte einfach für sich einen neuen Paß geholt, er habe den seinen verloren, und während der Beamte an der Paßstelle mit ihm plauderte, holte ihn ein Telefonanruf weg, das hatte er so arrangiert, er sagte, er komme gleich und steckte aus Versehen den Paß ein, dann kam er wieder, wo ist der Paß, er war verschwunden, wer hätte dem Kreisleiter mißtraut, man stellte ihm einen neuen aus, der, den er gestohlen hatte, war unausgefüllt geblieben, ein Husarenstück. Möglich, daß der Beamte Verdacht schöpfte, aber wer hätte Fleckmann einen geheimen Dienst verweigert, die einen liebten ihn, die andern waren ihm verpflichtet, weil er ihnen in prekären Lagen geholfen hatte, die andern fürchteten ihn seiner Unbestechlichkeit wegen. Übrigens hatte Fleckmann, während der Beamte den zweiten Paß holte, gleich Stempel und Rundklammern mitgenommen. Das alles konnte schiefgehen, natürlich, aber wenn es aufkam, und bis es aufkommen konnte, war Peter über alle Berge, weiter durfte jetzt einfach nicht gedacht werden, sonst brach der magische Bann, der Fleckmann schützte. Nun drückte er das Foto fachgerecht in den Paß, es war elf Uhr, sie hatte Dora Lilienthal (durch Klara natürlich) sagen lassen, Peter werde seinen Paß um Mitternacht haben, er hatte das Lastauto (von antifaschistischen Freunden besorgt) auf halb ein Uhr bestellt. Und alles geschah pünktlich.

Und es fiel nie ein Verdacht auf Fleckmann?

Nie. Er hatte den Paß nur mit Handschuhen angefaßt, niemand hätte seine Fingerabdrücke gefunden, so vorsichtig war er doch, aber freilich, das hätte wenig genützt, wäre man am Paßamt mißtrauisch geworden, aber dazu war kein Anlaß, und, so denke ich, man hat sich um den Paß, echt oder falsch, nicht gekümmert, als man den, bei dem man ihn fand, erschossen hatte. Für Fleckmann gehörte die kleine Vorsichtsmaßnahme einfach zum perfekten Spiel.

Was aber kein Spiel war, sagt Stefanie, das war die Szene in Bernheimers Villa, die Szene an sich. Während Mama in Fleckmanns Wohnzimmer warten mußte, bis er den Paß fertig hatte, sah sie eine alte Truhe, und, ohne Neugierde, nur aus Nervosität und um irgendetwas zu tun, öffnete sie, die Truhe war voll alter Spielsachen: Teddybären, Kasperlfiguren, Bällen. Dinge, die nur Erich gehört haben konnten. Warum bewahrte Fleckmann sie auf, als er die Villa übernahm? Wer hatte sogar Mottenkugeln hineingelegt? Als Fleckmann, den Paß in der Hand, zurückkam, warf sie den Deckel zu, und Fleckmann sagte die damals rätselhaften Worte: es ist nicht aller Tage Abend, wer kann wissen, wessen Kinder oder Enkel einmal damit spielen.

Es spielen keine Kinder damit, die Truhe ist mitsamt dem Haus zerbombt worden, die Flüchtlinge sind nie zurückgekehrt (bitte, sprich zu Klara nie über diese Truhe).

Fleckmanns Wort, es sei nicht aller Tage Abend, konnte ein prophetisches sein, nicht wahr, vielleicht hat er damals schon nicht an die Dauer des Dritten Reichs geglaubt, aber das ist schwer zu denken, damals stand Hitler auf oder vor seinem Höhepunkt, aber vielleicht hat Fleckmann immer schon gewußt, daß er für eine verlorene Sache lebt und stirbt.

Falls er dafür lebte und dafür starb, sagt Stefanie, er war ja kein Politiker, er war verrückt. Stell dir vor: er und Mama haben in dieser Stunde gelacht! Mama hat es mir viel später erzählt, kurz vor ihrem Tod, und als sie es erzählte, lachte sie wieder, es war übrigens ihr letztes Lachen vor dem Tod.

Und worüber lachten die beiden damals?

Ich muß lange warten, bis Stefanie weitererzählt.

Über ihren eigenen Wahnsinn. Der Kreisleiter der Nazis, der einem Staatsfeind einen falschen Paß ausstellt, das ist schon Wahnsinn, und dann fragte er Mama: wie soll er denn heißen, er muß einen anderen Namen haben. Wie der Geistliche fragt bei der Taufe: Wie soll das Kind heißen. Und Mama sagt ganz einfach: Erich Fleckmann. Er sagte: du bist verrückt, du könntest ja gleich meinen vollen Namen verlangen (er hieß Arthur) aber sie sagte: Fleckmann ist ein guter Name, weil es der deine ist, und der Name Erich, der liegt hier in der Luft, er liegt in der Truhe dort, er ruht im Sarg und wartet auf Auferstehung, also ruf ihn heraus. Und dann schrieb Fleckmann tatsächlich in Peters

Paß: Erich Fleckmann, und als Geburtsdatum schrieb er 12. November, warum 12. November, sagte Mama, Peter ist Anfang März geboren, und beinahe hätte er geschrieben neunzehnhundertsiebenunddreißig, und da, ganz plötzlich, rissen ihnen beiden die Nerven, und sie fingen an zu lachen und konnten nicht mehr aufhören, bis sie sich gegenseitig ohrfeigten, um sich zur Besinnung zu bringen, und dann, aber das sollte ich besser nicht erzählen, du kannst es dir ja denken, sie hatten nicht lange Zeit, es war ihre allerletzte Umarmung in diesem Leben, und es war der erste und einzige Ehebruch in der Ehe mit dem Amtsgerichtsrat, gut, daß der nicht wußte, daß sie ihm so treu war, es wäre zuviel Ehre gewesen für ihn, und dann lief sie den ganzen Weg bis hierher, allein, beim strömenden Regen, und um Mitternacht war sie da.

Ich, darin Klara gleichend, hätte gern Genaueres gewußt, wichtige Details, zum Beispiel ob der Amtsgerichtsrat nichts gemerkt hatte vom nächtlichen Ausflug seiner Frau, ob die Anna Bredel damals nicht im selben Haus mit Fleckmann wohnte und ob sie nichts gehört hatte, ob wirklich bald danach die Gestapo nach Peter fahndete, ob Peter bis zur Grenze kam, ob er irgendeine Nachricht schicken konnte, ob es später eine Nachricht über ihn gab, aber ich fühlte, daß es verbotene Fragen waren, wenigstens für den Augenblick verboten.

Wir sitzen immer noch auf dem Schutthaufen, dort, wo einmal die Schwelle von Dora Lilienthals Baracke war, die Schwelle, auf der eine wahnsinnige heroische Ehebrecherin gestanden hatte, über die ein junger politischer Flüchtling in den Tod gegangen war, über die eine alte Jüdin von SS-Männern geschleift wurde und über die ein buckliges Mädchen furchtlos zweimal die Woche, nachts, bei jeder Art von Wetter, unbegleitet, mit einem Korb voll Essen und andrer Notwendigkeiten für die Versteckte kam, bis jemand das Versteck aufspürte und verriet, freilich ohne Klara zu denunzieren, aus was immer für einem Grund.

Und das Kätzchen, Stefanie?

Ich habe es dir doch gesagt: es blieb bei Klara, zunächst.

Und dann?

Dann nahm Mama es zu sich, und dann und dann und dann starb die Katze, weil alle Katzen einmal sterben, was interessiert dich denn diese Katze.

Sie sagt es so, als sollte es ein Scherz sein, aber es klingt wie eine Drohung. Also keine Frage nach der Katze mehr. Jedoch ist Stefanie unberechenbar.

Die Katze, sagt sie plötzlich, die hat Herr Niels erschossen.

Ich weiß das, aber ich sage es nicht, ich warte, ob Stefanie mir mehr darüber erzählen wird, als Klara wissen kann. Ich hüte mich aber streng, etwas zu fragen und ihr Gelegenheit zu geben, sich das Recht zur Verweigerung der Aussage zu nehmen und, verletzt durch den bloßen Schatten einer Indiskretion, sich in Sternennebel zurückzuziehen. Ich hole sogar meinen Blick, den die Neugier vielleicht ein wenig zu scharf macht, von ihr weg und stelle ihn auf eine unverdächtige Ferne ein, auf den Himmel im Westen, den der Dunst über der Stadt mit rauchigem Grün einfärbt, das vom kupferfarbenen Licht der untergehenden Sonne, gespiegelt in hundert Fenstern, gesprenkelt ist. Erst als Stefanie meine Aufmerksamkeit schwinden sieht und meine Gegenwart kaum mehr schwerer wiegt als die der Brennesselbüsche neben uns, beginnt sie zu erzählen, aber sie erzählt nicht wirklich für mich, und das Erzählte ist nicht ein Bericht aus lang vergangener Zeit, es ist vielmehr so, daß Stefanie sich über einen Zisternenrand beugt und dort, wo jedermann nur Vergangenheit sähe, im Wasser gespiegelt, pure Gegenwart sieht, so unbezweifelbar wirklich wie dem Träumer der geträumte Apfel wirklich scheint, den er doch nicht einmal im Traum essen kann: Stefanies hartnäckige Weigerung, Vergangenheit als Vergangenheit anzuerkennen, wirkt hypnotisch, sie macht mich kurzerhand zum stillen Teilhaber ihrer Traumgeschäfte mit der Zeit, sie macht mich zum Augenzeugen, so daß ich nachher hätte schwören mögen, ich sei dabei gewesen, als sie, nach langem Aufenthalt in London zurückkommend, ihre Mama besucht, die, seit das Haus des Amtsgerichtsrats durch Bomben zerstört worden ist, bis auf die Grundmauern zerstört, »ausgetilgt« (sagt Stefanie mit ekstatischen Augen) in Klaras Haus wohnt (die Großmutter ist auch schon gestorben und ruht bei den andern Martins auf dem Dorffriedhof), der Amtsgerichtsrat lebt noch (aber nicht mehr lang), die beiden haben das Eckzimmer im ersten Stock (das jetzt mir als Gästezimmer zugeteilt ist), und dort tritt Stefanie ein, Mama sitzt am Fenster mit dem Rücken zu jenem nach zwei Schlaganfällen fast gelähmten Gerippe im schwarzen Anzug (er wollte, eigensinniger denn je, immer nur den selben schwarzen Anzug tragen und wies jeden andern mit Zornausbrüchen zurück, so daß man ihn überlisten mußte und ihm einen zweiten Anzug machte, der dem ersten haargenau glich, selbst die fadenscheinigen Stellen über den spitzen Knien, die er befühlen kann, wurden künstlich nachgeahmt, weil deren Fehlen ihn mißtrauisch machte, jetzt erst konnte man den neuen für den alten Anzug eintauschen und öfters wechseln, man mußte die Anzüge oft reinigen lassen, weil der Amtsgerichtsrat sich bekleckerte und weil auch seine Blase nicht mehr ganz dicht war, der Ammoniakgeruch schlug Stefanie bei ihrem Eintritt entgegen, Mama schien sich nichts mehr daraus zu machen, sie hat sich daran gewöhnt.) Bei Stefanies Eintritt schreckt der Amtsgerichtsrat aus seinem Dämmerschlaf auf und verlangt seine Starbrille, ohne die er blind ist, die er aber immer fallen läßt oder zwischen den Falten der über seine Knie gebreiteten Decke verliert und die Mina nie finden kann, wenn sie sie nicht finden will dann, wenn sie seinen ewig mißtrauischen Blick nicht erträgt, sie findet sie auch jetzt nicht, und sie gibt Stefanie, die sich bücken will, um sie vom Boden aufzuheben, ein Zeichen.

Es ist nur Stefanie, sagt sie zu ihm. Das »Nur« befriedigt ihn, es garantiert ihm die störungslose Fortdauer seines Vegetierens an der Seite der Frau, die er sich vor Jahrzehnten mit barem Geld gekauft hat für immer. Er schläft wieder ein. Mama sitzt am Tischchen vor dem Fenster, auf dem Tisch ausgelegt eine Menge bunter Stoffreste, gleichmäßig viereckig zugeschnitten, sie liegen da wie Patiencekarten, und auf ihrem Schoß (endlich kommen wir zur Sache) liegt eine Katze, die, als Stefanie sie streichelt, die gelben Augen öffnet und groß aber trüb aufschaut, und die ganze Büschel weißer Haare in Stefanies Hand läßt.

Sie ist alt geworden, sagt Mama.

Mehr als zwölf Jahre, sagt Stefanie.

Wie alt werden Katzen, fragt Mama.

Stefanie sagt: Das kommt darauf an.

Mama sagt: Sie geht nicht mehr aus, ich muß sie in den Garten tragen, damit sie ihr Geschäft macht, aufs Kistchen geht sie nicht, sie will nur hier sitzen, sonst nichts mehr.

Sonst nichts mehr, sagt Stefanie.

Sie und Mama schauen sich an, dann sagt Stefanie: Willst du eine neue, junge?

Aber Mama sagt: Es gibt keine andere, wie kannst du nur fragen, ob ich eine andere will.

Nun gut, sagt Stefanie.

Wieder nach einer Pause sagt Mama: Mir wäre lieber, wenn ich sie nicht leiden sehen müßte.

Sie wird nicht leiden, sagt Stefanie, gib sie mir.

Aber da ereignet sich Unvorhergesehenes: Mama fängt an zu weinen, obgleich das Weinen Stefanie zustünde in diesem Augenblick, Stefanie weint aber nicht, schon lang nicht mehr, sie wird die Katze einfach dorthin schicken, wo Peter ist und wo sie sie wiederfinden wird. Worüber weint Mama denn so. Doch nicht über den beschlossenen Tod der Katze, auch nicht über ihr eigenes bevorstehendes Ende (sie lebte noch lange danach, zehn Jahre kerngesund bis zum raschen Herztod), sie weint auch nicht über ihr Gefangenenschicksal, sie ist nicht gefangen, im Schutz der Starblindheit und Gelähmtheit des Alten macht sie weite Reisen in den Kleidern, die Fleckmann ihr schenkte und deren Reste sie jetzt vor sich liegen hat, zu Patiencekarten geschnitten, sie empfängt auch Besuche, mehrmals täglich kommt Fleckmann, der Alte schrickt dann aus dem Schlaf auf, aber er ist zu taub, um zu hören, was die Liebenden reden, sie sprechen ja auch in einer fremden Sprache, die er nie gelernt hat, sie weint nicht über sich selber, das ist überwunden, worüber also weint sie so. Arme Stefanie, sagt sie unter Tränen.

Stefanie fragt verwundert: Wieso arme.

Die Katze, sagt Mama.

Aber Mama, wir vergessen sie doch nicht.

Mit diesem Wort ist die Unsterblichkeit der Katze und aller Kreatur verbürgt, und Mama, ganz die Mutter ihrer Tochter, begreift augenblicklich den hohen Trost, der ihr gewährt wird, sie hebt die Katze behutsam hoch und legt sie Stefanie in den Arm. Aber gib acht, daß sie es nicht merkt, sie ist so klug.

Stefanie ist sicher, daß die Katze weiß, wohin der Weg führt, obgleich Stefanie selbst den Weg noch nicht sieht. Sie steht unschlüssig auf der Straße und überlegt, ob in der Nähe ein Tierarzt ist, sie beschließt, Klara zu fragen, aber dann hat sie einen Einfall: kein Fremder darf es tun, es gibt nur einen, der es tun darf, Herr Niels. Er ist Bürgermeister und im Amt, aber Stefanie riskiert es, ihn zu stören, sie wird sofort vorgelassen, sie haben sich ein Jahr lang nicht gesehen, aber die erste Frage ist natürlich: Bringst du mir eine Katze?

Ja, ich bringe sie dir, du sollst sie erlösen.

Ich?
Es ist jene Katze, du weißt.
Er versteht. Ja, sagt er, sie ist wirklich alt, sie muß älter als zwölf sein.
Ja, sagt Stefanie, damals, am 12. November Neunzehnhundertsiebenunddreißig, war sie vielleicht ein halbes Jahr alt und noch so klein und halb verhungert.
Eine Pause, in der flüchtig aber unübersehbar Peter auftaucht, den Rucksack übergeschnallt, im Regen davongehend, ins Auto steigend, abfahrend in die Dunkelheit.
Aber wie soll es geschehen? fragt Herr Niels.
Mit einer Spritze, das geht am schnellsten.
Nein, Stefanie, das kann ich nicht, das kannst du von mir nicht wollen.
Stefanie erschrickt: mit der Phenolspritze hat man die internierten Geisteskranken umgebracht damals und die Untermenschen in den Lagern, so lang die deutschen chemischen Fabriken das Gift produzierten, und das taten sie fast bis Kriegsende, denn sie waren »kriegswichtig«, so nannte man das. Gift zu produzieren, war kriegswichtig.
Mein Gott, sagt Stefanie, wie konnte ich das vergessen.
Eure Katze, sagt Herr Niels, soll einen andern Tod haben, einen angemessenen. Wart einen Augenblick hier.
Er kommt gleich wieder, er sagt einer Angestellten, er bliebe nicht lange weg, dann gehen sie fort, der Bürgermeister und die elegante Stefanie mit der alten haarenden Katze im Arm, und die Leute, denen sie begegnen auf dem Weg zum Bach, drehen sich nach ihnen um.
Herr Niels und Stefanie sprechen über London, über die verbliebenen Bernheimers, über Stefanies Konzerte im nächsten Winter, über den Wiederaufbau der Stadt, über Klaras Antrag, das Heim für Kriegswaisen, das sie nach dem Krieg gegründet hat, weiter ausbauen zu dürfen mit städtischen Mitteln (der Antrag wird genehmigt werden).

So interessant das alles ist, es ist doch nur ein Scheingespräch.
Schließlich sind sie am Bach angelangt.
Willst du sie ertränken, fragt Stefanie entsetzt.
Oh nein, sagt Herr Niels, oh nein, sie wird einen schönen Tod haben, leg sie dorthin auf den Stein, komm zu mir her und schau, was ich tu. Er zieht einen Revolver aus der Tasche. Einverstanden?
Stefanie sagt ja, ohne genau zu wissen, was sie sagt. Die Katze schläft einen ergebenen und vertrauensvollen Schlaf, sie kennt ihr Geschick.
Herr Niels drückt ab, die Katze ist tot. Aber ehe sie ins Wasser gleitet, schreit Stefanie auf, stürzt ans Bachufer, reißt die Katze an sich und hält sie fest. Herr Niels muß um sie kämpfen, dann wirft er sie weit hinaus, der Stromstrich trägt sie rasch hinweg. Stefanie zittert.
Warum so, fragt sie, warum denn so.
Warum nicht so, fragt Herr Niels.
Aber, sagt sie, hast du nicht gesehen?
Was denn?
Er hat es nicht gesehen, und es war doch so deutlich: Peter im Gebirg, eine Kugel, die ihn trifft, man sieht ihn fallen, er rollt in eine Schlucht, die Berge sind nicht die einheimischen, es könnten die Pyrenäen sein oder die Abruzzen, ein Gebirge in einem fremden Land, ein kahles großes Gebirge.
Aber sie sagt Herrn Niels nichts davon, sie läßt es lieber zu, daß er sie für hysterisch hält: sich so aufzuführen einer (wenn auch dieser) Katze wegen, da sie soviel härtere Schläge tapfer ertragen hatte.
Hatte sie nicht einen ehrenvollen Tod, fragt Herr Niels.
Jaja, einen ehrenvollen Tod, wie ihn wenige Katzen haben.
Einen raschen Tod, wie ihn nicht alle Menschen haben, sagt Herr Niels.

Stefanie kann ihm nicht sagen, was sie gesehen hat, später hält sie es selbst für eine Einbildung, das muß sie, denn: wirklich zu glauben, sie habe Peters Tod gesehen, hieße: zugeben, daß Peter tot sei. Zu denken, daß (was doch auch möglich war) auf Peter geschossen und er nicht oder nur leicht getroffen wurde, das hieße: in äußerster Unsicherheit leben, auf das Unmögliche warten, Peters Tod noch vor sich zu haben statt weit weit hinter sich, so weit, daß er schon nicht mehr wahr ist und nie wahr sein kann, weil dieser Tod nicht sein kann.
Die Katze schwimmt bachabwärts, Stefanie kann nur hoffen, daß kein Ufergebüsch sie auffängt und daran hindert, die Mündung des Baches in den Fluß und des Flusses ins Meer zu erreichen, wo sie schließlich keine Katze mehr sein wird, sondern eine Lichtboje für Nachtfischer. Das kann sie zu Herrn Niels sagen, das versteht er, er sagt: Du bist mein tapferes Mädchen. Übrigens war es damals, als Herr Niels sagte: Stefanie, du wirst eine reiche Frau sein, ich habe mein Testament gemacht für alle Fälle, aber du mußt noch eine Weile warten, ich lebe noch ein Jahrzehnt, das brauche ich, ich muß noch eine neue Volksschule bauen und ein neues Krankenhaus, Klaras Waisenhaus, eine Siedlung für die Arbeiter in der Fabrik (»die Fabrik« ist immer noch die, welche einmal Bernheimers war, sie ist wieder aufgebaut, sehr groß, sie ernährt einen beträchtlichen Teil der Stadt, sie heißt immer noch Bernheimers Tuchfabrik, obwohl Bernheimers sie verkauften, als man sie ihnen nach dem Krieg mit einer Entschädigung zurückgegeben hatte,) stell dir vor (sagt Stefanie zu mir) man gab ihnen eine Entschädigung für Erich, den sie vergast haben, eine Entschädigung dafür, fehlte nur, daß sie Herrn Niels eine Entschädigung anboten dafür, daß sie seinen Sohn erschossen haben. Stefanie sagt das ziemlich ruhig, aber ich höre den hysterischen Unterton, immer wieder steigen Blasen aus dem dunklen Wasser, immer wieder kratzt die Na-

del über der selben schadhaften Rille, und ich frage mich, ob Stefanie nicht doch ein wenig verrückt sei, ihre schönen stillen Augen können plötzlich so verstört flackern und ihre sanfte Stimme kann so schartig werden und so beunruhigende unausgesprochene Anklagen und Verdammungen enthalten, daß man sich verworren schuldig fühlt, ohne sich verteidigen zu können. Es ist nicht wahr, denke ich, daß Stefanie jene Zeit »bewältigt« hat, wie man heute sagt. Sie leidet, das Leiden ist chronisch geworden und sie ist daran gewöhnt. Klara hat dafür ein Bild gefunden: Stefanie leidet, wie der Amputierte, nicht an der Wundnarbe, sondern am abgeschnittenen Fuß, die Luft dort, wo er einmal war und wo er sein müßte, die tut weh.

Jetzt, sagt Stefanie und steht aus den Brennesseln auf, jetzt weißt du also auch die Geschichte von der Katze, bist du nun zufrieden? Aber jetzt müssen wir rasch nachhause, Klara wartet, mit ihr wartet Berthie, und Klara wartet darauf, daß jemand Berthie ins Heim zurückbringt, während sie das Abendessen richtet. Stefanie hat ihren Mietwagen noch vor dem Haus stehen, und sie will Berthie heimfahren, das würde, meinen wir, Berthie gefallen. Aber wir haben die Rechnung ohne den Wirt gemacht, Berthie klammert sich an Tisch und Stuhl, als machten wir den Versuch, sie mit Gewalt loszureißen. Was ist denn geschehen. Nichts, sie will hier zu Abend essen, sie will wieder einmal nicht ins Heim zurück, der Pappa (ein Blick Klaras bewirkt, daß sie sich duckt), die Oberin hat ihr eine Szene gemacht, weil sie am Morgen unabgemeldet entlaufen ist (die Oberin nennt es »entlaufen«, als spräche sie von einem Hund) und dann halbkrank heimkam, was denken sich die Leute in der Stadt, wenn die Heimleitung die alten und kranken Insassen bei der Hitze allein herumlaufen läßt, wer bitte hat die Verantwortung, wenn der Ruf des Heims und des Ordens ruiniert wird, wer, natürlich nicht die unvernünftigen Insassen, nein, die Oberin natürlich.

Sie hat zwar recht, sagt Klara, sie hat recht, wie solche Leute und solche Institutionen immer recht haben, und du solltest dich wirklich abmelden, wenn du fortgehst, das ist doch eine Sache, in der du nachgeben kannst, aber ich finde die Begründung der Oberin blödsinnig, wenn auch wiederum verständlich. Du solltest dich äußerlich der Hausordnung fügen, Berthie, jedermann fügt sich irgendeiner geschriebenen oder ungeschriebenen Hausordnung, und innerlich kannst du dabei denken, was du willst, meinetwegen: leck mich ... Klara, sagte Stefanie, sie wird das nicht innerlich denken, sondern es der Oberin ins Gesicht sagen. Programmier sie doch nicht mit so etwas.
Klara lacht. Und wenn sie es ihr ins Gesicht sagt?
Berthie, plötzlich klar und sachlich, sagt: wenn ich ihr das ins Gesicht sage, wird sie denken, ich sei verrückt geworden, das kann gefährlich sein, aber auch vielleicht gut, es hat den Max Bredel einmal gerettet, wißt Ihr das? Einmal, als die Amerikaner ihn verhaftet hatten, weil er keinen Ausweis bei sich hatte, da sagte er ganz einfach: Ihr könnt mich im Arsch lecken. Da war einer dabei, der verstand Deutsch, der sagte: Der Mann ist unzurechnungsfähig, ein Normaler wagte nicht, sowas zu sagen, da ließen sie den Max laufen. Berthies lichte Augenblicke sind höchst selten, sie kommen wie Blitze, erlöschen und lassen die Kalklandschaft umso dunkler zurück. Aber ich gehe nicht ins Heim, ich will nicht, ich geh nicht.
Stefanie verspricht ihr eine Autofahrt und ein Eis, da erschlafft ihr Widerstand und sie läßt sich ins Auto verfrachten, macht sich aber schwer wie ein Kartoffelsack.
Was für ein Alter, sagt Klara.
Ja, sage ich, und ich frage mich, ob ein Mensch selber schuld ist an so einem armseligen Ende.
Schuld oder Nichtschuld, wie das zusammenhängt, wer weiß das, dafür ist der schwarze Esel zuständig.

Schon wieder dieser Esel. Erklär mir endlich, wer oder was das ist.
Wer oder was? Wenn ich das wüßte. Weil ich es nicht weiß, rede ich ja vom schwarzen Esel.
Warum gerade von einem schwarzen Esel?
Ach, das ist eine Geschichte.
Erzähl sie.
Wie kann ich sie erzählen, wenn ich sie nicht kenne.
Klara, red doch vernünftig.
Dafür reicht die Vernunft nicht aus. Aber wenn du durchaus die Geschichte hören willst, bitte: ich kenne aber nur den Anfang.
Wenigstens den.
Wenig genug. Es hat einmal einen kleinen schwarzen Esel gegeben, das heißt, ob er wirklich klein war, weiß ich nicht, aber er saß in meinem Kinderstühlchen und schlief mit mir in meinem Kinderbett, also wird er klein gewesen sein, und handlich war er und umgänglich, man konnte ihn um etwas bitten und meistens half er. Aber später, da ist ihm alles übern Kopf gewachsen, da hat er sich aus dem Staub gemacht. Mit mir hat ers verdorben für immer.
Gibt es ihn noch?
Das ist mir völlig gleichgültig. Aber hör jetzt endlich auf darüber zu reden, das ist kein Gesprächsstoff. Wenn du durchaus etwas fragen mußt, dann frag etwas anderes, etwas, worüber sich reden läßt.
Nun gut, dann frag ich dich nach deinem Waisenhaus.
Mein Waisenhaus, was soll das sein.
Stefanie hat mir darüber erzählt.
Was denn?
Daß du während des Kriegs angefangen hast, die streunenden Kinder zu sammeln.
Stimmt.
Klara, laß dir doch nicht jedes Wort mit der Zange aus dem Mund ziehen, erzähl.

Was soll ich erzählen, ich hab die Kinder zusammengeholt und sie versorgt, zuerst hatte ich ein paar hier im Haus, aber das ging nicht, dann bekam ich eine Baracke, und die Caritas gab Geld, und der Herr Niels gab Geld, und die Amis gaben Lebensmittel, und Mama hat Kleider und Wäsche genäht, und das alles ist schließlich über meine Kraft gegangen, und so bauten sie das Waisenhaus mitsamt dem Kindergarten. Das ist also nicht »mein« Waisenhaus.
Klara, was für ein seltsamer Mensch du bist.
Was ist da seltsam?
Mehr ist aus Klara nicht herauszuholen. Sie nötigt mir einen Respekt ab, der zugleich verhindert, daß ich ihr ihn zeige. Sie hält meine Gefühle in beträchtlicher Distanz und hinter Gittern.
Klara, Stefanie hat mir heute die Geschichte von der Katze erzählt, und wie Herr Niels sie erschossen hat. Glaubst du, daß Peter erschossen wurde?
Sie hat dir also erzählt, was sie gesehen hat, wie sie sagt. Du kannst ihr das aufs Wort glauben. Sie hat zwar viel Phantasie, aber was ist das schon: Phantasie. Ich hab keine. Was heißt das. Ich sehe Gegenstände. Was sieht Stefanie? Auch Gegenstände. Stefanie sieht oft nicht, was ich sehe, sie fällt über einen Stuhl, weil sie ihn einfach nicht sieht, oder ich sage: hast du den So-und-so gesehen, der eben vorbeiging, und sie sagt: nein, da war doch niemand. Anders herum seh ich nicht, was sie sieht. Ich kann nicht über ihren Stuhl fallen, weil er aus einem andern Stoff gemacht ist als der meine, über den ihren fällt man nicht, aber über ihre Vorstellungen falle ich, wenn sie etwas sieht und es auch sagt (früher tat sie das): schau Klara, da geht der So-und-so (der schon lang tot ist), dann bin ich vor Schrecken auch gefallen, innerlich sozusagen. Früher dachte ich, es sei krankhaft bei ihr und ich habe sie zum Psychiater geschleppt, das hab ich dir doch schon erzählt, aber der hat sich nur in sie verliebt, das war der ganze Effekt. Alle ha-

ben sich in Stefanie verliebt, und sie hat es nicht bemerkt, sie hat wahrscheinlich nicht einmal bemerkt, daß der Herr Niels selber sie heiraten wollte, als Peter schon lang tot war.

Woher weißt du das, hat sie es gesagt?

Hast du den Ring gesehen, den sie trägt? Den mit dem Smaragd? Das ist der Verlobungsring, den Herr Niels seiner Frau geschenkt hat, die ist bald nach Peters Geburt gestorben. Ich habe, wie gesagt, keine Phantasie, aber ich kann denken, und so denke ich mir, was das für ihn bedeutet hat, den Ring neu zu vergeben. Er wird ja wohl auch etwas gesagt haben in dieser Richtung, aber sie, unsere Schlafwandlerin, hat es vermutlich ignoriert, und dabei blieb es.

Klara, habt ihr nie eine Nachricht über Peters Tod bekommen?

Nie. Er ist vom Erdboden verschwunden. Es gibt nur Vermutungen, aber wozu vermuten, was zu nichts führt. Es ist Stefanies Schicksal, keine Gewißheit zu haben, so wie es das meine ist, nichts als Gewißheiten zu haben. Die Amerikaner und die Russen haben in Auschwitz nach dem Krieg die Karteikarten der Häftlinge gefunden, die Deutschen hatten ja alles schön sauber registriert, von jedem Häftling gab es drei Fotos, eines von vorn, eins im Profil links, eins rechts, und dazu geschrieben Name, Geburtsdatum, Herkunftsort, Ankunft im Lager, Todestag, zwischen Erichs Ankunft und seinem Tod lagen zwei Monate, er hat nicht lang ausgehalten, Gott sei Dank. Ich könnte nach Auschwitz fahren, da fände ich seine Asche, man hat mir erzählt, die Deutschen –

Klara, sag nicht immer »die Deutschen«.

Nun gut: die KZ-Aufseher haben die Asche frisch aus den Verbrennungsöfen in die Moortümpel geschüttet, in Birkenau, das war das Vernichtungslager neben Auschwitz, stell dir vor »Birkenau« heißt das, das klingt so schön nach Mai-

morgen und Maitanz, da ist Erichs Asche in einem Tümpel, und wenn man mit einem Stecken den Grund aufrührt, steigt es grau an die Oberfläche, heute noch, da schwimmt dann meine Gewißheit.
Nach solchen Worten kann man kein Gespräch weiterführen.

Am nächsten Tag frage ich Stefanie, woher Klara wisse, daß Erich in Auschwitz umgekommen sei. Es war Herr Niels, der keine Ruhe gab, bis Klara »ihre Gewißheit« hatte.
Aber ich verstehe nicht, Stefanie, warum Erich nicht mit seiner Familie nach England ging. Man blieb als Jude doch nicht freiwillig in Hitlerdeutschland, vor allem nicht, wenn die ganze Familie ausgewandert ist und anderswo eine Existenz hat.
Vielleicht war es ihm zu billig wegzugehen. Oder es fehlte ihm an Selbsterhaltungstrieb.
Ich frage nicht weiter.
Auch Dora hätte fliehen können, Bernheimers wollten sie mitnehmen, sie hatten alles geregelt, aber nein, Dora blieb. Frag mich nicht, warum sie sich, wenn sie schon blieb, so unzulänglich versteckt hatte, die Korbflechterbaracken waren keine Mauslöcher, warum also dieses eigensinnige Verbleiben in einem Versteck, das über kurz oder lang durchgekämmt werden würde? Dora hatte da keine Illusionen.
Du hast mir erzählt, daß Dora Lilienthal nach jenem gescheiterten Vorspielen am Fenster stand und wünschte, Feuer möge regnen auf diese Stadt und auf sie selber.
Es gab mehrere Verzweifelte in dieser Stadt.
Aber Erich Bernheimer, jung und begabt und mit dem geretteten Geld seiner Eltern, hätte er nicht auch in England eine Karriere machen können?
Oh ja, er hätte es auch zum Textil-Export-Import-Kauf-

mann bringen können wie sein Vater, warum nicht, er hätte es auch bis zum Staatssekretär der Vereinigten Staaten von Nordamerika bringen können wie der Emigrant Kissinger.

Stefanies Ironie ist eine scharfe Sichel, mit einem einzigen Hieb mäht sie alle Karrieren auf dieser Erde hinweg wie dürres Gras. In diesem Augenblick begreife ich, daß sie tief einverstanden ist mit dem Tod der beiden jungen Männer. So jung gestorben, im Stande geistiger Unschuld, sind sie der allgemeinen Verderbung entzogen, ein für alle Male, ihr Ruf ist gerettet in Stefanies und der Menschheit Gedächtnis, keine Korrumpierung, keine Enttäuschung ist mehr zu befürchten, Stefanie hat Ruhe, die Toten tun ihrem Bedürfnis nach makelloser Reinheit vollkommen Genüge. Einen Augenblick lang denke ich, daß Stefanie das Gelingen einer solchen Makellosigkeit als ihr Werk betrachtet: sie hat den Preis dafür bezahlt, sie hat ihre Zustimmung gegeben, ein Wort der Empörung, ein Wunsch nach dem Nichtgeschehensein jener frühen Tode wäre Befleckung der reinen Gestalten und Rückwurf in die schmutzige Gewöhnlichkeit.

Dieses ahnend, denke ich aufrührerisch, daß Stefanie auf ungeheuerliche, auf räuberische Art selbstsüchtig sei: ihrem Kindertraum von einer Welt voller makelloser stolzer leidenschaftlicher Seelen opfert sie Fleisch und Blut und Erdenwirklichkeit. Aber freilich: was sie da opfert, das ist auch sie selbst, und ich möchte wohl wissen, ob sie nicht doch alle ihre gläsernen Träume fahren ließe, um Peter Niels im Fleisch zu umarmen, auf ganz irdische Weise, auch heute noch, wäre es möglich, ihn zurückzuholen. Jedoch es ist, wie es ist: Peter ist tot, Erich ist tot (daß auch Erich sie geliebt hatte, ist mir längst klar) die schönen jungen Toten bleiben tot und schön, und Stefanie trägt Trauer noch nach Jahrzehnten, und diese Trauer ist ein Triumph, aber einer, der wehtut, und auch die geheimnisvollen Aus-

flüge dorthin, wo sie vielleicht Peter und Erich und Mina und Herrn Niels trifft, mindern nicht die unstillbaren Schmerzen, die sich in jeder Zelle ihres Leibes und ihrer Seele eingenistet haben.
Stefanie, wie war das eigentlich, als man Dora fand? Hatte das mit der Suche nach Peter zu tun?
Stefanies Antwort ist überaus schroff, so als wäre meine Frage eine offene und willentliche Beleidigung oder gar Beschuldigung: Nein, das hatte garnichts damit zu tun.
Damit läßt sie mich wieder einmal stehen.
Von Klara erfahre ich nachher, daß drei Tage nach Peters Flucht die Stadt von der Gestapo durchkämmt wurde, auch die Korbflechterbaracken am Bahndamm kamen diesmal dran, aber es war purer Zufall, daß man Dora fand, man suchte ja einen Mann, man suchte Peter Niels, sonst niemand, und kein Mensch hatte Dora in Zusammenhang mit Peter Niels gebracht, denn obwohl die Korbflechter einiges ahnen oder wissen mochten, hatten sie ganz gewiß geschwiegen. Diese Leute, selber nur scheinbar störungslos eingeordnet ins Staatsgefüge (»Reich« nannte man den Staat damals, was für ein aufwendig prunkvolles, was für ein magisches Wort für etwas, das doch nur ein Verwaltungsapparat ist) in Wirklichkeit waren die Leute am Bahndamm allesamt Anarchisten, sie hatten sich der armen alten rechtlos gewordenen Jüdin angenommen ohne je zu fragen, was sie, die Dame (eine Dame auch noch in zerrissenen Kleidern) an den Bahndamm getrieben hatte, sie lehrten sie Körbe flechten, Dora lernte es und tat es wie alle übrigen, sie hatte so geschickte Hände. Und als dieses Mal die Gestapo kam, saß Dora in ihrer Mitte, flocht den Boden eines Korbes, sie zeigte ihren Personalausweis, auch er gefälscht, schon verließen zwei der Gestapomänner die Baracke, da sagte einer, der schon vorher Doras Gesicht fixiert hatte: Das ist doch eine Judenvisage, die kenn ich doch, die hab ich doch früher schon anderswo gesehen, die

nehmen wir vorsorglich einmal mit, so eine Visage lasse ich mir nicht durch die Lappen gehen. Aber ein andrer sagte (die Korbflechter haben das alles Klara berichtet): Wenn die da eine Jüdin wäre, dann hätte sie im Ausweis den Judenstern und sie hieße Sara Anna Gerber und nicht bloß Anna Gerber, das »J« fehlt auch, also was willst du, laß sie stehen, das ist auch garnicht unser Auftrag. Aber der eine, der noch immer in Doras Gesicht starrte, rief: Ich schwörs, daß ich die Judenvisage kenne, jawohl, ich kenn dich, du Judensau, so sprach man damals die Juden an (aber ja, Stefanie, ich weiß doch!) und jetzt ist mirs klar: Du bist die Lilienthal, du hast Klavierstunden gegeben, du bist wirklich eine Judensau. Dora sei zu Stein geworden, eine Korbflechterin sagte: Laßt sie doch, sie ist taub und sie spinnt im Kopf, die versteht Euch garnicht, aber da schlug ihr der SS-Mann ins Gesicht, sprang auf Dora zu und wollte sie packen, aber Dora warf sich wie eine Tigerin auf ihn, die Korbflechter erzählten, sie sei plötzlich aufgeschnellt und habe sich buchstäblich auf ihn geworfen, so daß er, den unerwarteten Stoß nicht parierend, zu Boden stürzte, und Dora wollte sich schon auf den zweiten werfen, aber da war sie überwältigt und gefesselt, mit Weidenzweigen, die da herumlagen, es war das Nächstbeste, und schon wurde sie abgeführt, sie schrie auf Hebräisch, es klang so furchtbar, daß einer der SS-Männer sich die Ohren zuhielt. Die beiden andern schleiften sie über die Schwelle und über den Bahndamm und warfen sie ins Polizei-Auto, da hämmerte sie an die geschlossene Tür und die eisernen Wände, und sie schrie auf der ganzen Fahrt in die Stadt, und als man den Wagen vor dem Rathaus stehen ließ, schrie sie so, daß die Leute zusammenliefen und jetzt schrie sie auf Deutsch: Gott der Gerechte, Herr, Gott der Rache, erscheine, erhebe dich, Richter der Erde, zermalme die Frevler, die dein Volk zertreten und dein Erbe bedrücken, und denken, der Herr siehts nicht, der Gott Jakobs bemerkt es nicht, wie lang noch läßt du die Sünder leben, Herr, schick Feuer auf die Erde, vernichte die Nazibrut, räche mich, räche dein Volk. Und so fort. So schrie sie die Stadt zusammen, der ganze Marktplatz war voller Menschen, und alle standen still, keiner spottete, keiner stellte sich auf die Seite der Nazis, es war eine geschlossene Front, wenigstens dieses eine Mal zeigte die Stadt Haltung, Dora zwang sie ihr auf, aber freilich: es war auch niemand, der gewagt hätte, gegen Hitler und die Gestapo zu murren, und keiner war da, der geschrien hätte: Wenn die da abtransportiert wird wie eine Verbrecherin, dann will ich mit ihr gehen, das sagte keiner, ich war nicht in der Stadt an diesem Tag, aber wäre ich dagewesen, ich bin nicht sicher, ob ich es gewesen wäre, die geschrien hätte, da nicht einmal Georg Mack, der Pfarrer, der Antifaschist, etwas gesagt hat, es hat ihn niemand gesehen unter den Leuten am Auto. Dann kamen die SS-Leute wieder und trieben die Menschen auseinander, und so verschwand einer nach dem andern vom Platz, bis schließlich das vergitterte Auto mit Dora Lilienthal ganz allein dastand, und Dora schrie nicht mehr, und da kam der Kreisleiter, der Fleckmann nämlich, in Person und blieb beim Auto stehen, und kein Mensch weiß, was er ihr gesagt hat, freilassen konnte er sie nicht in diesem Augenblick. Vielleicht hat er ihr gesagt, sie käme in eins der Aussiedlerlager im Osten, man hat das damals den Deportierten gesagt, den Juden und Zigeunern und Homosexuellen, die Politischen hätten es nicht geglaubt, die Kommunisten und Sozialdemokraten wußten, was mit ihnen sein würde, aber die andern, die haben es geglaubt oder glauben wollen, man hatte ihnen gesagt, sie sollten soviel von ihrer Habe mitnehmen, wie sie tragen konnten, und da nahmen sie Hausrat mit, Kochgeschirr, Eßgeschirr, Decken und auch etwas für die Kinder: Nachttöpfe und Spielsachen. Man hat das alles dann in den Lagern gefunden, ich habe den Film gesehen, den die Amerikaner gedreht haben.

Klara, ich hab es dir noch nicht gesagt: vor ein paar Jahren war ich in Auschwitz, ich habe das gesehen, die Haufen von Blechgeschirr, verbeult und verrostet jetzt, die Kinderspielsachen und die Nachttöpfchen und die Kinderschuhe, und noch etwas, die abgeschnittenen Haare der Frauen, graue und braune und rote und blonde und schwarze, einen ganzen Haufen davon habe ich gesehen, das war nur der Rest, das meiste hatte man schon weggeschickt, verkauft an eine Textilfabrik in Oberbayern, da machte man Steifleinen daraus, das trugen wir dann unter unsern Mantelkrägen.

Ich weiß. Und aus den ausgebrochenen Goldzähnen machte man Schmuck für die Nazifrauen und aus Leichenfett machte man Seife, aber nur fürs Volk, die Nazibonzen hatten französische, ich hätte das alles für Greuelmärchen gehalten, wäre nicht das herausgekommen, das von der Lagerkommandantin, die fand, man könne aus Menschenhaut Pergament machen fast so gut wie aus Schweinehaut, und aus dem Pergament machte man Lampenschirme, das Geschäft blühte. Ich habe nach dem Krieg, als man das alles erfuhr (werden es die Enkel und Urenkel derer, die jetzt leben und damals lebten, überhaupt glauben?) ich habe alles Steifleinen herausgetrennt und alle Lampenschirme verbrannt. Aber was half das. Was hilft es, daß wir drei Jahrzehnte voll nationaler Tugenden über die Gaskammern gehäuft haben. Schuld bleibt Schuld. Aber frag einmal die braven Christgläubigen, ob sie auch an das glauben, was sie in ihrem Credo sagen: Ich glaube an Jesus Christus, der einst kommen wird zu richten die Lebenden und die Toten. Frag sie doch, ob sie meinen, daß ausgerechnet sie nicht gerichtet werden, und frag sie, ob sie wissen, wie die Frage heißt, die man an sie stellen wird: Kain, wo ist dein Bruder Abel? Ach geh mir zu mit deinen Christen, die glauben kein Wort von ihrem Credo. Hätten sie sonst damals geschwiegen? Hätten sie wenn schon nicht aus simpler menschlicher Anständigkeit so doch aus Furcht vor dem Gottesgericht schreien müssen? Hätten nicht wenigstens die Priester schreien müssen, alle, nicht nur ein paar wenige? Hätte nicht der Papst selber ... Aber lassen wir das. Manchmal wünsche ich mit aller Kraft, es möchte über die Christen das kommen, was über die Juden kam. Aber so leicht es war, eine Judenvisage herauszufinden, so schwer ist es, eine Christenvisage zu erkennen. Ein Kreuz müßte man jedem einbrennen bei der Taufe, so wie man die Kühe brennt mit dem glühenden Stempel, damit man weiß, wem sie gehören, und wehe, wenn einer meineidig wird. Aber was rede ich da alles. Was ist gepredigt worden nach dem Krieg, wie war man bußfertig und voll guter Vorsätze. Und was ist herausgekommen?

Klara schlägt mit dem rechten Arm einen weiten Bogen, der das umfaßt, was von der Stadt wir sehen können, von der neugebauten, blitzsauberen, desinfizierten, christgläubigen, reichen, fleißigen, freundlichen, der von einer netten scharfen Polizei beschützten Stadt.

Wenn die, sagt Klara, noch soviel entgiften in Luft und Wasser, das Leichengift in ihren Schrumpfgewissen bleibt, und daran werden sie langsam und leise eingehen und das nicht einmal gewahr werden, weil auch ihre Gehirne verseucht sind. Am Krebs stirbt man, sagen sie, oder am Herzinfarkt, aber das stimmt nicht, sie sterben an ihren Neurosen, und das will sagen: an ihren unbereuten Sünden. Aber sag ihnen das, sag es von der Kanzel oder im Beichtstuhl oder in Büchern oder in der Arztsprechstunde und beim Psychotherapeuten, dahin laufen sie ja auch hier schon, drei solche haben wir in der Stadt, stell dir vor, und die machen ihr Geschäft, die Krankenkassen zahlen auch noch dafür, daß man das Gewissen der Leute auf die falsche Spur lenkt, da müssen jetzt die Eltern und die Schullehrer schuld sein an der Krankheit, oder der Ehemann oder die Frau, frustriert ist man, immer sind die andern schuld, aber wer sagt ihnen, wie es wirklich ist, daß Sünde etwas ist, so wirklich wie ein Virus und so gefährlich auch für den Leib, aber wer sollte es ihnen sagen, da die Ärzte und die Pfarrer ja selber nichts verstehen von der Sünde, sie sind ja allesamt Ungläubige. Was starrst du mich so an? Weil ich, Atheistin, wie du meinst, predige wie ein Pfarrer? Weißt du, was ich oft denke: eine Bombe, eine riesige Bombe, ein riesiges Feuer, das Fegfeuer für die ganze verseuchte Menschheit, die Reinigung. Und dann die Erde kahl und kalt und sauber wie ein Wintermorgen, oder wie der Mond. Keine Menschenknochen mehr, keine Spur von einer Lüge in der Luft, stell dir das vor, wie herrlich!

Klara, Klara, Kassandra!

Wie auf dem kalten sauberen Mond, wiederholt sie ekstatisch.

Wie auf dem Mond, ehe der erste Amerikaner seinen Fuß auf ihn setzte, sagt jemand.

Wir haben Stefanie nicht über die Stiege herunterkommen hören. Klara benimmt sich wie ertappt bei einer Unwahrhaftigkeit, einem fahrlässig begangenen Delikt, einer leicht lasterhaften Abirrung vom Weg.

Ich geh einkaufen, sagt sie kleinlaut, setzt ihr Hütchen auf, hängt sich die Tasche um und schickt sich an fortzugehen. Ich geh einkaufen, wiederholt sie, bereits an der Tür und schon mit festerer Stimme.

Ja, geh nur, sagt Stefanie, als warte Klara auf diese ihre ausdrückliche Ausgeherlaubnis.

Ich geh auf den Markt, sagt Klara, und schon ist in ihrer Stimme eine deutliche Spur von Trotz. »Ich geh auf den Markt«, das heißt in diesem Augenblick: Wir sind Kinder, des Todes und der Schuld, gewiß gewiß, aber was bedeutet das schon angesichts der Herrlichkeit dieses Septembertags, dessen still fließendes Licht, Licht vom Licht, uns reinwäscht und uns mit barmherzigen Verheißungen überschüttet.

Stefanie schaut der davongehenden Klara kopfschüttelnd nach. Diese Klara. Ab und zu kommt es so über sie, dann kann sie nicht anders, sie muß mit ihren eigenen Zähnen die Fäden aus den Wundnähten ziehen, und wenn es noch so wehtut. Und dann klaffen die Wundränder wieder auseinander. Da gibt es keine Verjährungen. Aber worüber habt Ihr eigentlich gesprochen?
Über die Stadt, mit der Klara auf dem Kriegsfuß steht.
Klara steht mit der ganzen Welt auf dem Kriegsfuß. Aber du darfst ihr nicht wörtlich glauben, wenn sie sich so pessimistisch gibt. In Wirklichkeit ist sie verliebt ins Leben. Ihre Kraft und Hoffnung möchte ich haben. Aber worüber habt Ihr geredet, war es nicht über Dora, mir scheint, ich habe den Namen mehrmals gehört, mein Gehör ist überscharf, weißt du.
Ja, wir haben über Dora geredet. Wenn du das weißt, dann bitte sag mir du, was hat Fleckmann geredet, als er bei Dora am Polizeiwagen stand. Aber vermutlich weißt du das nicht. (Das ist eine unschuldige, aber wirkungsvolle Herausforderung.)
Doch doch, das weiß ich wohl, Mama hat es mir erzählt, aber bisher hat, außer dir jetzt, niemand gefragt, was da geredet worden ist. Aber es ist garnichts geredet worden außer einem einzigen Satz, zuerst haben die beiden sich nur angeschaut durch die Gitterstäbe hindurch, dann hat Fleckmann ein Röhrchen aus der Tasche gezogen und es ihr gegeben, sie hat es angesehen und es ihm zurückgegeben, und da hat sie einen Satz gesagt: Das werden Sie brauchen können, Sie sollen einen leichtern Tod haben als ich, Gott stehe Ihnen bei. Dann kam die Gestapo, und der Wagen fuhr ab, Richtung München, da gab es einen Zug nach Theresienstadt.
Habt Ihr je Nachricht bekommen?
Wüßten wir sonst, daß sie dort angekommen ist? Wir erhielten die Todesnachricht. Doras Segenswunsch für Fleck-

mann ist auf sie selber zurückgefallen, sie hatte einen ganz leichten schönen Tod, das erzählten drei, die lebend von dort wiederkamen, das gab es nämlich auch, daß jemand überlebte, und sie erzählten, daß Dora den jüdischen Mädchen im Lager wie eine Mutter war, und als sie starb, Neunzehnhunderteinundvierzig, da war es ein sanfter Tod inmitten einer trauernden Familie, ein Tod, der jedenfalls sanfter war als der von Fleckmann, aber jeder hat eben seinen eigenen angemessenen Tod. Aber wolltest du nicht heute zu Berthie gehen und die alte Frau Mack besuchen?

Wollte ich das, hatte ich das zu Stefanie gesagt, ich erinnere mich nicht, aber gleichwohl, vielleicht ist es das, was ich wirklich tun will, obgleich es mir scheint, als brächte ich es nicht übers Herz, dieses Septemberlicht auch nur für eine Stunde zu verlassen, dieses Licht, das die Haut streichelt und sich als warmer Tau auf die Augen legt. Wie kann man es vertauschen mit dem grauen Mief, der jenes Aschenhaus erfüllt, in dem der Tod umgeht wie ein alter müder Hund, der appetitlos an Abfällen schnuppert.

Gehst du mit, Stefanie?

Sie geht nicht mit.

Ich habe keine Eile, ich trödle herum, bis ich überhaupt aus dem Haus komme, dann mache ich einen Umweg und sage mir vor, daß mich ja nichts zwingen könne, ins Heim zu gehen. Aber ich weiß doch, daß ich es tun werde, wenn auch nicht gleich. Was ist das aber, das mich nicht vergessen läßt, daß alle meine Umwege nirgendwohin anders führen als ins Altersheim. Was ist das, das mich, eigentlich zufällig in diese Stadt gekommen, jetzt in seinen Krallen hält wie der Sperber die Drossel? Wieso habe ich meine Freiheit verloren und an wen? Habe ich jetzt noch eine andere Freiheit als die, mich nicht zu sträuben? Ich versuche die Angelegenheit zu bagatellisieren: was ist schon dabei, einen kurzen Besuch bei Berthie zu machen und dann einen

noch kürzeren bei Georgs Mutter, ein paar unverbindliche Gespräche vor der Sanduhr, vielleicht erfahre ich von Georgs Mutter einiges, was ich noch nicht weiß, ich bin neugierig, ich bin immer neugierig auf Menschen, auf den Menschen, nur: wie soll ich mich unterhalten mit einer tauben Frau?
Schließlich stehe ich doch vor der Pforte zum Altersheim, eine junge Schwester hat Dienst, sie sagt, Fräulein Kauniger sei ausgegangen, sie lacht über mein verdutztes Gesicht, das verrät, wie wenig gut ich Berthie kenne, da ich nicht einmal weiß, wie rasch sie sich von ihren Zusammenbrüchen erholt. Aber Frau Mack ist zuhause, die geht niemals aus, nur: sie ist taub, sie sträubt sich den Hörapparat zu benutzen, den ihr die Pfarrgemeinde gestiftet hat zum Andenken an ihren Sohn (was für ein generöses Geschenk, was für eine billige Art von versuchtem Loskauf, denke ich, aber ich sage nichts). Übrigens: Sie brauchen nicht an ihrer Tür zu klopfen, sie hört es ja nicht, treten Sie einfach ein, sie sitzt immer mit dem Gesicht zur Tür, damit man sie nicht überraschen kann.
Es ist garnicht so einfach, eine fremde Tür zu einem fremden Menschen zu öffnen ohne anzuklopfen, es ist ein Akt von Indiskretion und Präpotenz, unfreiwillig, zugegeben, aber so etwas darf nur der Arzt sich erlauben oder der Gefängniswärter.
Frau Mack sitzt in ihrem Lehnstuhl, den Oberkörper so aufrecht wie die Lehne, die Beine so streng nebeneinander wie die Holzbeine des Sessels. Sie sitzt, als wäre sie an den Stuhl genagelt. Nach Art alter Bäuerinnen hat sie ein Kopftuch umgebunden, denn, das sagt und zeigt sie mir nachher, sie hat kein Haar mehr, seit dem Kirchenbrand, es ist nicht mehr nachgewachsen seitdem es damals teils verbrannte, teils ausfiel. Sie hält die Hände im Schoß und versteckt rasch etwas in der Tasche, es ist ein Rosenkranz, warum versteckt sie ihn, vielleicht um wenigstens dieses

eine als Geheimnis und ureignen Besitz zu haben, alles andere läßt man einem ja nicht in diesem Haus. Sie hat Eulenaugen, die sie bei meinem Eintritt weit öffnet, als könne sie dann mit ihnen auch hören, aber es sind verschleierte Augen, sie haben etwas von blinden Augen, es könnten auch Glasaugen sein, sie bewegt sie kaum, auch der Lidschlag ist kaum zu bemerken, wer weiß, was diese Augen sehen, die keine Spur von Erstaunen oder Neugier zeigen, sondern nur die erwartungslose weite Leere einer Wüstenlandschaft.
Ich hoffe, Sie nicht zu stören, Frau Mack.
Keine Antwort. Ich gehe noch näher und wiederhole meinen törichten Satz.
Mir scheint, jetzt wache die Wüste hinter diesen Augen auf wie unter einer sanften Brise, die den Flugsand wellt. Aber kein Wort.
Ich lasse mich nicht beirren: die Frau versteht mich sehr wohl, wenn nicht mit den Ohren, so doch mit den Augen oder mit inneren Sinnen. Ich nehme einen Zettel aus der Tasche und schreibe darauf: Ich bin eine Verwandte von Klara Martin und habe als Kind mit Ihrem Sohn Georg gespielt.
Ich halte ihr den Zettel vor die Augen, sie liest ihn, ohne Zweifel, dann sagt sie weder freundlich noch unfreundlich: Und was wollen Sie?
Ich beuge mich zu ihrem Ohr und sage: Ich wüßte so gern mehr von Ihrem Sohn.
Hat sie mich verstanden? Sie schaut mich aufmerksam an, dann sagte sie: Setzen Sie sich, Sie brauchen nicht zu schreien, wenn Sie deutlich reden, kann ich die Worte von Ihrem Mund ablesen.
Ich bin also geprüft und vorläufig angenommen. Vielleicht war es wieder das Wort »Klara«, das mich vertrauenswürdig machte.
Hat Klara Sie geschickt?

Nein.
Erinnern Sie sich an meinen Georg?
Kaum.
Warum wollen Sie dann etwas über ihn wissen?
Ich war in der Pfarrkirche und sah die Gedenktafel.
Auf die hätten wir gern verzichtet, sagt sie mit Härte.
Das kann ich mir denken, Frau Mack, ich habe darum auch einen Zettel daruntergesteckt, auf den ich schrieb, daß nicht die amerikanischen Bomber den Pfarrer getötet haben, sondern die Faschisten, indem sie einen Krieg begannen, der nur mit Hilfe der amerikanischen Bomber beendet werden konnte.
Sie hört mir aufmerksam zu, aber in ihren Augen steht jetzt Mißtrauen. Ganz sicher überlegt sie, worauf meine Rede und mein Besuch hinauslaufen können, sie wittert eine Falle, jede Frage kann eine Falle sein. Auf eine Frage antworten heißt sich in Gefahr begeben, sich ausliefern, jedermann kann aus einer noch so richtigen und wahrhaftigen Antwort eine Lüge drehen. Sie hat darin Erfahrung. Ich lasse ihr Zeit zu erkennen, daß daß, was sie für eine Falle hält, nichts ist als ein Korb zum Sammeln kleiner Wahrheiten.
Ja, sagt sie schließlich und offenbar als Abschluß einer langen Kette von vorsichtigen Erwägungen, ja mein Georg.
Dann zieht sie aus dem Halsausschnitt ein schwarz oxydiertes silbernes Kettchen, an dem ein zugeschnürtes Beutelchen hängt. Sie öffnet es und zieht etwas heraus, eine Art formloses Medaillon, schwarz und nichtssagend und nicht recht appetitlich. Sie bietet es mir dar zum Anschauen, nicht zum Anfassen, ich weiß nicht, was es eigentlich ist.
Das, sagt sie, ist alles, was mir von meinem Georg blieb, das habe ich auf dem Kirchplatz gefunden an der Stelle, an der er verbrannt ist, ich bin hingelaufen noch während des Angriffs, aber dann fielen mir Funken ins Haar und je-

mand, es war der Messner, hat mich weggezogen, seither... (Sie bindet das Kopftuch ab, ihr Schädel ist kahl, das Feuer hat ganze Arbeit getan, bis auf die Wurzeln zerstört ist das Haar, auf diesem roten Narbenfeld wächst nie mehr eins, sie bindet das Tuch wieder um).
Ich schaue mir jetzt genauer an, was sie da als Amulett um den Hals gehängt trägt: ein Klümpchen Metall zusammengeschmolzen mit etwas, das, wie Frau Mack mir sagt, ein Knochensplitter ist. Eine Reliquie. Sie steckt sie wieder ins Beutelchen, schließt es, läßt es wieder im Halsausschnitt verschwinden. Mir hat es die Stimme verschlagen, sie merkt das und notiert es mit Befriedigung. Jemand, der bei diesem Anblick auf diese Art schweigt, dem kann man vielleicht vertrauen.
Sie sind an einer Zeitung? fragt sie.
Nein.
Beim Rundfunk oder Fernsehen aber.
Auch das nicht, warum?
Im Lauf der nächsten Stunde erfahre ich, daß nach dem Krieg viele Reporter kamen, deutsche und ausländische, die alle etwas erfahren wollten über ihren Sohn, den Antifaschisten, den Priestermärtyrer. Sie gab allen Auskunft, teils weil sie damals noch gesprächiger war, teils weil es schön war, über ihren Sohn reden zu können und vor allem weil das Reden über ihn den Schmerz mit mütterlichem Stolz betäubte. So gab sie also unermüdlich Auskunft, immer die gleiche, denn es änderte sich ja in alle Ewigkeit nichts mehr an dem, was geschehen war und wie es geschehen war. Aber als sie dann in den Zeitungen und Zeitschriften las, was sie alles gesagt haben sollte (eine Lehrerin vom Gymnasium übersetzte ihr sogar die Berichte aus fremdsprachlichen Zeitungen) da war sie entsetzt. Was hatte man da aus ihrem einfachen harten Bericht gemacht, wie falsch war das geworden, wie weihrauch-parfümiert. Habe ich das gesagt, das habe ich nicht gesagt, das ist ja garnicht wahr, so

war mein Sohn doch nicht, er war kein Opernheld, er war überhaupt kein Held, so einer nicht, über den man schreiben durfte: »Als lebende Fackel betend in den Tod«, »In heroischer Pflichterfüllung gefallener deutscher Priester«, »Vom Bombenfeuer im Gebet auf den Altarstufen verbrannt« (nicht einmal die Fakten berichtete man richtig) »Ein Glaubensheld«, »Ein priesterlicher Widerstandskämpfer«, »Ein flammendes Vorbild für die junge Generation« (der Verfasser war sicher sehr stolz gewesen, die schlagende Doppeldeutigkeit des Wortes »flammend« gefunden zu haben).

Frau Mack hat, ohne aufzustehen, die Schieblade des Tischchens neben sich aufgezogen und ein Bündel Zeitungsblätter herausgeholt, vergilbt und zerlesen (sie stammen aus den Jahren neunzehnhundertfünfundvierzig und sechsundvierzig). Lesen Sie das, sagt Frau Mack. Es ist ein Aufsatz des »Tageblatt«, das wieder so hieß, nachdem es vierzehn Jahre lang »Volkswarte« geheißen hatte. Der Aufsatz ist schwarz umrandet wie eine Todesanzeige. Ich lese:

Am 3. April 1943 starb Stadtpfarrer Georg Mack. Dieses ist eine Todesanzeige, obgleich der, dessen Tod sie anzeigt, schon vor drei Jahren eines Todes starb, der weit über die Grenze unseres Landes bekannt ist. Warum also diese neue Anzeige? Weil wir nie aufhören dürfen, einen solchen Tod anzuzeigen. Inmitten eines Volks, das sich von der nationalsozialistischen Ideologie betören ließ, inmitten eines Volks von Verbrechern und zumindest feigen Mitläufern auch innerhalb der katholischen Kirche, inmitten der allgemeinen geistigen Verdorbenheit gab es in unserer Stadt einen Mann, der dem Bösen ins Angesicht hinein widerstand. Zehn Jahre lang war er Pfarrer in unserer Stadt, zehn Jahre lang hat er, sich täglich aufs neue gefährdend, die Stimme erhoben gegen den Faschismus, und dort, wo er schweigen mußte, schwieg er auf eine Art, die von den

Machthabern deutlich genug verstanden wurde. Seine Predigten stärkten uns, brachten ihn aber dreimal vor die Geheime Staatspolizei. Nur dem besonderen Schutz eines Mannes, dessen an dieser Stelle ebenfalls zu gedenken wir nicht zögern, verdankte er seine Rettung: Herrn Dr. Artur Fleckmann, Bürgermeister unserer Stadt.
Als Stadtpfarrer Mack starb, im Dienst und im Gebet von den Bomben überrascht, verzehrt vom Feuer, das vom Himmel gefallen war, da stieg der Rauch dieses reinen Opfers gewiß kerzengerade zum Himmel auf. Wir aber werden gefragt werden: Kain, wo ist dein Bruder Abel?

Der Aufsatz ist mit einem »N« gezeichnet, ich denke, es heißt Niels. Ich denke auch, was für ein seltsamer Nachruf eines Atheisten und Logenbruders für einen katholischen Pfarrer. So einfach, wie Berthie meinte, ist das wohl nicht gewesen.
Sehr schön, sage ich und gebe Frau Mack die Zeitung zurück.
Jaja, sehr schön, sagt sie trocken. Und nun lesen Sie das da. Das Blatt stammt von neunzehnhundertdreiundfünfzig und ist ebenfalls eine Seite aus dem »Tageblatt«.
Überschrift: Beginnen wir zu vergessen?
Zum zehnten Mal jährt sich der Tod unseres Stadtpfarrers Georg Mack, der am 3. April 1943 bei einem amerikanischen Bombenangriff ums Leben kam. Er war einer der wenigen aufrechten Männer unserer Stadt, die dem Regime des Bösen, den Nazimachthabern, widerstanden. Sich selbst schonungslos der Todesgefahr aussetzend, predigte er zwölf Jahre lang, als Kaplan, dann als Pfarrer, den Geist der Freiheit und Menschlichkeit gegen den Ungeist des Faschismus. Wenn in unserer Stadt damals die Fackel des Geistes nicht erlosch, so verdanken wir es diesem stillen ernsten Mann, der, bei zarter körperlicher Konstitution, die Leistung vollbrachte, einer Übermacht zu trotzen, der sich

Millionen deutscher Männer feige unterwarfen. Es scheint jedoch, als seien wir dabei, diesen Mann mitsamt der ganzen Katastrophe des Faschismus zu vergessen, schon sind wir soweit, daß weder Stadt noch Pfarrgemeinde das Interesse, die Zeit und das Geld aufbringen kann, um dem Widerstandskämpfer ein Denkmal zu setzen.

Jaja, sagt Frau Mack, ein Denkmal, das war geplant, es sollte auf dem Marktplatz stehen, da wo jetzt das Pferd steht oder was es sein soll, es soll modern sein, wir sagen Pferd, aber es ist was anderes, sagt man, aber das ist ja gleich, jedenfalls steht das Denkmal für meinen Georg nicht dort, soviel der Herr Niels dafür geredet und geschrieben hat, aber er starb und hatte nichts erreicht. Und jetzt lesen Sie das da:
3. April 1963.
Vor zwanzig Jahren starb unser Stadtpfarrer Georg Mack bei einem Angriff amerikanischer Bomber auf unsere Stadt. Die Kirche ging in Flammen auf. Der Pfarrer, in der Kirche vom Angriff überrascht, verbrannte lebendigen Leibes auf dem Kirchplatz. Er war einer der wenigen Widerstandskämpfer gegen das Dritte Reich, die unsere Stadt aufzuweisen hat. Vor mehr als zehn Jahren wurde beschlossen, ihm ein Denkmal zu setzen. Es ist bis heute nicht geschehen. Nicht einmal eine bescheidene Gedenktafel wurde angebracht. Helden jener Zeit sind nicht mehr gefragt. Opfer des Faschismus sind heute offenbar nichts anderes mehr als Störungen unseres gesellschaftlichen Bewußtseins, das in der Euphorie des Wirtschaftswunders die eigene Vergangenheit negiert, als gäbe es keine Geschichte. Aber wenn wir unsere eigene Geschichte vergessen, so vergißt doch sie uns nicht. Eine Gesellschaft, die ihre Vergangenheit fürchtet und sie »vergißt«, befindet sich in der Rolle des Menschen, der seine Schuld verdrängt, aber um den Preis seiner Gesundheit: der verleugnete Schatten tritt über kurz

oder lang als Neurose zutage. Unsere Wirtschaftswundergesellschaft ist eine Gesellschaft von Neurotikern. Die Weigerung, sich des antifaschistischen Pfarrers zu erinnern, ist das deutliche Symptom für eine schwere kollektive Neurose. Welche neue Katastrophe wird nötig sein, um diese Gesellschaft mit einer Schocktherapie zu heilen?

Auch dieser Artikel ist nicht gezeichnet, Herr Niels kann der Verfasser nicht mehr sein. Frau Mack weiß nichts darüber. Sie hat die Zeitungen wieder gebündelt (es sind noch viele andere, aber sie sagt, es stehe mehr oder minder überall das gleiche) und in die Schieblade geräumt.
Und danach, sagt sie, hat es weitere zehn Jahre gedauert, bis man meinem Georg wenigstens in der Stadtpfarrkirche eine Erinnerung gönnte, aber das Denkmal ist zu einer kleinen Tafel zusammengeschrumpft, es war auch eine armselige Feier, nicht einmal der Bischof ist gekommen, der Bürgermeister war dienstlich verreist, aber jedermann weiß warum, er war ja einmal Nazi gewesen, ein Mitläufer, jung noch, aber er sagt heute, wir brauchen wieder eine starke Hand, wir brauchen Ruhe und Ordnung im Land, er ist, sagen die Leute, ein Neofaschist, aber ich weiß das nicht sicher, und man weiß ja heute nie, was die einzelnen Parteien wirklich wollen. Den älteren Leuten ist der Bürgermeister schon recht, weil er nichts ändert, aber die Jungen sind kritisch, sogar die katholische Jugend ist gegen ihn, es gab schon ein paar Demonstrationen, sein Stuhl wakkelt. Es gab dann auch einen Krach bei der Einweihung der Tafel: Es war eine Abordnung von Kommunisten gekommen mit einem großen Kranz und roter Schleife, und der jetzige Stadtpfarrer wollte sie nicht in die Kirche lassen, da gab es Sprechchöre, die ganze Jugend war da, übrigens die Klara Martin auch und ganz vorne dran, und alle schrien:

Der Geist ist vergessen
Wir wollen nur fressen
Wer stirbt für den Geist
Seine Blödheit beweist.

Da rief der Pfarrer die Polizei, die kam mit Knüppeln, das war die einfachste Lösung, da platzte die Feier. In der Zeitung stand nichts weiter, als daß die Gedenktafel angebracht wurde. Und jetzt, jetzt kann man meinen Georg ruhig vergessen, man hat seine Pflicht getan, man braucht kein schlechtes Gewissen mehr zu haben, man hat Geld gespendet für die Tafel, und die ist jetzt da droben, hoch genug, daß keiner sie liest, wer verrenkt sich schon den Hals deswegen. So ist das eben, so ist der Mensch, er will vergessen. Aber ich, für mich ist das, was auf der Tafel steht, mein langsamer Tod. So wie die Erinnerung der Stadt an meinen Georg hinstirbt, so sterbe auch ich hin, wir sterben miteinander. Bei meiner Beerdigung wird ein Geistlicher sagen: Sie war die Mutter eines Priesters, der bei einem Bombenangriff verbrannt ist. Und dann ist alles vorbei, tot ist der Pfarrer und tot seine Mutter, und manchmal denke ich, Gott verzeih mir die Rede, es ist aus für immer und alles war umsonst, das ganze Leben und Sterben und überhaupt alles, was geschieht, das fällt einfach in ein tiefes schwarzes Loch hinunter und man hört nicht, ob es unten irgendwo ankommt. Jetzt frage ich Sie, bitte schön, wozu das gut ist, daß mein Mann starb mit fünfunddreißig, er war Lehrer und ein guter Mann, und wozu mußte mein Georg, mein Ein-und-Alles, verbrennen. Ja, wenn man sehen könnte, daß es zu etwas gut ist, dann ja, aber so.
Plötzlich beginnen aus diesen weit aufgerissenen Augen Tränen zu fließen, zuerst eine aus dem linken Augenwinkel, sie sucht sich eine der vielen Furchen aus, die der strengen Nase entlang am Mund vorbei bis zum faltigen Hals

führen, dann folgt Träne auf Träne und versickert im Halsausschnitt, dann wird es eine ganze Flut, die Frau weint offenen und unbewegten Gesichts, sie bietet diesen Tränenfall der Welt dar, mag ihn sehen, wer da will, nur versuche keiner, ihn zu stillen, er muß sein. Es ist die Zeit zum Weinen nach der langen Zeit der bittern Dürre.
Schon höre ich im Korridor das Surren des Aufzugs und das Schlagen der Schwingtür, das Essen wird ausgefahren; das wird ausgefahren und jedem auf den Tisch gestellt, ob er will oder nicht, ob er es noch sieht oder nur mehr riecht und ertastet, ob er schläft oder weint, und selbst dem, der es zurückweist, wird es hingestellt und dort belassen. Da ist es, das heiter-grämliche frische Mädchen mit dem Blechtablett. Guten Appetit. Dann mit einem Blick auf das nasse Gesicht: Ja was ist denn, was haben wir denn heut, Frau Mack, gehts uns nicht gut?
Doch doch, mir gehts gut, danke.
Das Mädchen, heilfroh, in keine traurige Szene verwickelt zu werden, geht rasch hinaus. Nur keine zusätzlichen Sorgen, die Arbeit im Altersheim ist ohnehin kein Honiglekken, und dazu der niedrige Lohn, dafür das Versprechen auf Gotteslohn, nun ja, weshalb tut mans sonst, aber jetzt weiter, zum Nächsten, was wohl die Frau Mack hat, die hat noch nie geweint seit ich im Haus bin, die sitzt doch immer wie angenagelt und aufgespießt und sagt kein Wort mehr als unbedingt nötig und stellt sich taub, aber heut zum Beispiel hat sie mich gleich verstanden, wie die geweint hat, man muß sich wundern, wo die überhaupt aus dem vertrockneten Leib soviel Wasser hernimmt zum Weinen.
Nächste Tür auf: So, Herr So-und-so, da ist ein gutes Süppchen, wenigstens einer der lacht, guten Appetit.
Jetzt wischt Frau Mack ihre Tränen ab, langsam, mit dem Ärmel der Bluse. Ich reiche ihr mein frisches Taschentuch, sie weist es zurück, diese Tränen sind einzig ihre Sache, ihr rechtmäßiges Eigentum.

Aber, sagt sie, plötzlich äußerst förmlich, ich belästige Sie nur. Bitte, lassen Sie sich nicht aufhalten, Sie haben Wichtigeres zu tun als das Geflenne einer alten Frau anzuhören.
Das klingt abschließend, aber ich spüre, daß es nur eine Zäsur zwischen zwei Kapiteln ist. Sie findet den Übergang nicht, ich muß ihr helfen.
Frau Mack, auch ich habe in jener Zeit vieles verloren, ich rede also vom Kummer nicht wie der Blinde vom Licht, darum darf ich Ihnen vielleicht doch etwas sagen: was einem so sinnlos scheint, hat dennoch einen Sinn, Sie wissen das doch selbst, nicht wahr?
Dieser Satz, nur als Gesprächsbrücke gedacht, ohne Anspruch auf Geist- und Trostqualität, erweist sich als Schlüssel zu einer schwarzen, sehr schwarzen Kammer voller Folterwerkzeuge. Frau Mack öffnet einen Spalt weit:
Es ist ja nicht nur das Sterben und Vergessenwerden, sagt sie. Das Schlimmste, das wirklich Schlimme, das sind die Gedanken. Da sitzt man so, Tag für Tag und Jahr für Jahr, und was tut man: man denkt. Man will irgendetwas lesen, aber man liest nicht, man will beten, aber man betet nicht, man denkt und denkt.
Sie macht eine Pause und schaut mich erstaunt an wie einer, der aus einer Hypnose erwacht. Wie komme ich dazu, Ihnen, einem wildfremden Menschen, solche Sachen zu sagen, was ist denn in mich gefahren, entschuldigen Sie, das gehört sich nicht, was ich tu.
Ich sage nichts, ich schaue sie nur still wartend an, ich weiß, jetzt kann sie nicht mehr zurück, und sie weiß das auch, sie will ja reden, sie muß das alles einmal aussprechen, und daß ich »wildfremd« bin, das ist gerade gut, mit mir zu reden ist fast wie ein Selbstgespräch. Nun steht also das schwarze Tor offen, sperrangelweit.
Das Schlimme ist, ach, es ist so schlimm, ich kann es niemand sagen, wie schlimm. Ich weiß bis heute nämlich nicht,

ob mein Georg wirklich Priester werden wollte. Er war so ein stilles Kind, so folgsam und so fromm, ein vaterloses Kind, mein Ein-und-alles, ich habe immer gemeint, ich sei für ihn die beste Mutter, ich habe nur für ihn gelebt und gearbeitet, ich habe seinetwegen nicht mehr geheiratet, ich wollte mich nicht teilen, mein Sohn sollte mich ganz haben, aber das war schon ein Fehler, ich hätte nämlich den Apotheker heiraten können, und ich hätte mir sagen müssen, daß das für meinen Georg gut wäre, ich selber mit meiner kleinen Witwenpension hätte ihm ja nie ein normales Universitätsstudium zahlen können, und das hätte ich gekonnt, wenn ich wieder geheiratet hätte, aber es war mir einfach nicht möglich, einen andern Mann neben mir zu haben, ich hab einfach die Augen zugemacht vor der Zukunft, ich habe meinen kleinen Georg an der Hand geführt, wir sind miteinander zur Kirche gegangen und ans Grab von Georgs Vater, und wenn ich die kleine Hand in der meinen hielt, dann war alles gut, und wenn er sein Gesichtlein an das meine legte, dann war ich glücklich, und ich habe gedacht, auch mein Georg sei glücklich, und einmal habe ich ihn gefragt, was willst du werden, er hat gesagt, ich weiß nicht, Mamma, da hab ich gesagt, willst du nicht Priester werden, und er hat gesagt, wenn du es willst, Mamma, gern. Und dann ist er ins Priesterseminar eingetreten, da kostete das Studium keinen Pfennig, er war so ein guter Schüler und so ein guter Sohn, immer ein bißchen zart, aber so tüchtig, und dann haben wir Primiz gefeiert, und am Abend habe ich ihn gefragt: Bist du glücklich, Georg? Und er hat gesagt: Mutter, ich bin nicht auf Erden um glücklich zu sein. Damals, mein Gott, wie war ich taub und blind, ich meinte, so spricht ein künftiger Heiliger. Aber jetzt weiß ich, daß das, was er damals sagte, hieß: Wie soll ich glücklich sein in einem Beruf, in den du mich gedrängt hast mit deiner falschen selbstsüchtigen Liebe. Aber wie sollte ich es damals verstehen. Ich sah, daß er nicht glücklich war, aber ich dachte: er ist so ernst, das hat er von mir, er nimmt sein Amt so ernst, das hat er von seinem Vater, und die Zeit ist ja auch nicht so, daß man heiter sein könnte, schon gar nicht als Priester, da muß man ernst sein und opfern. Aber ich, ich war dabei ganz fabelhaft glücklich, ich habe mich gemästet an seinem Unglück, ich habe mein eigenes Kind langsam aufgefressen, damit ich, die Priestermutter, glücklich sein konnte, ich hab nicht sehen wollen, daß mein Georg sich für mich geopfert hat, und er, er hat nicht geredet, kein einziges Mal hat er darüber geredet in all diesen Jahren, er war ganz zugeschlossen, da kam nichts heraus, aber wenn da einer in ihn hineingestochen hätte, da wäre Blut und Wasser herausgeflossen wie bei der Seitenwunde, aber das hat keiner getan, und so haben wir nebeneinander gelebt Jahr um Jahr, ich habe ihm so gute Speisen gekocht und die Zimmer blitzblank gehalten und die Altäre geschmückt, und zu den Armen bin ich gegangen, oh was für eine gute Priestermutter war ich doch, so gut war ich, soviel Güte hab ich auf meinen Georg gehäuft, daß er darunter erstickt ist, der Tod war die Erlösung von mir, er hätte ja noch davonlaufen können vor den Bomben wie die andern auch, die bei ihm waren, er wollte nicht, er wollte verbrennen, und das, was ihn nachher doch zu laufen zwang, das waren einfach die körperlichen Schmerzen, er hat Gott sei Dank nicht lang leiden müssen. Verstehen Sie jetzt, was das ist: hier sitzen und denken müssen, immer dasselbe: der Widerstandsheld, der die Gefahr sucht, weil er unglücklich ist, so unglücklich, daß er sterben will, und dem das Feuer vom Himmel nichts als willkommen ist. Aber dann freilich denke ich auch, daß er doch ein Widerstandsheld war in einem ganz andern Widerstand, gegen den der politische ein Kinderspiel war. Und dann denke ich auch: glücklich oder nicht, er war ein so guter Priester, und darauf kommt es an. Aber dann wieder: Was weiß man denn, was das ist, ein guter Priester und obs nicht auf etwas anderes ankommt. Ach, diese Gedanken, sie gehen immer im Kreis.

Schon während der letzten Sätze höre ich vor der Tür ein leises Schlurfen und Schnaufen, und jetzt, ohne anzuklopfen, öffnet jemand: Berthie. Sie tritt ein, eine stupide schnaubende rotgefleckte Kuh.

So, da bist du, wieso kommst du nicht zu mir, was tust du hier herinnen, wissen möchte ich, was du mit der Frau Mack zu reden hast.

Berthie, geh sofort in dein Zimmer, hörst du.

Warum denn.

Berthies Blick bleibt an dem kleinen Tablett auf dem Tisch hängen.

Essen Sie's nicht, Frau Mack? schreit sie.

Ich schiebe Berthie zur Tür hinaus wie einen Gegenstand, ich schließe die Tür hinter ihr, aber sie öffnet noch einmal und sagt kläglich: Kommst du nicht zu mir, ich bin doch so allein.

Doch, ich komme, aber nur, wenn du sofort gehst.

Die arme Berthie, sagt Frau Mack, die arme Berthie, so sage ich heute, aber einmal, da sagte ich anders.

Frau Mack, wollen Sie nicht doch ein paar Bissen essen?

Dieses Mal hört sie mich wirklich nicht, sie ist mit etwas beschäftigt, es arbeitet in ihr, ihre weit aufgerissenen Augen suchen im Zimmer und auf der Erde einen Halt, sie finden keinen andern als das Amulett, das die gichtigen Hände plötzlich zitternd aus dem Halsausschnitt ziehen und umklammern, der magere faltige Hals bläht sich auf, die Halsschlagader pulst wie bei hohem Fieber, unter der Haut des Gesichts winden sich Schlangen, die keinen Ausgang finden. Was geht da vor, was will da ans Licht, ich möchte weggehen oder doch wegschauen, ich will nicht Zeuge sein bei solchen Erschütterungen, aber ich muß sie anstarren, ich bin fasziniert gegen meinen Willen und Geschmack. Endlich ist die geheimnisvolle Arbeit getan, eine Uhr schlägt, ein einziges Mal, sehr laut, es ist nicht die Kirchenuhr, auch im Zimmer ist keine, es ist auch mehr wie das Anschlagen eines großen Gongs, aber im Haus gibt es keinen Gong, nie werde ich wissen, was da so schlug, aber es war wie das erlösende Signal, Frau Mack konnte sprechen, der Bann ist gelöst.

Einmal, sagt sie nun ganz ruhig und einfach, einmal habe ich über Berthie gesagt: diese SS-Hure, diese Kindsmörderin. Mein Georg hat es gehört, er hat nicht ja nicht nein gesagt, er hat mich angeschaut, dann hat er gesagt: weiter. Was weiter? Weiter, sprich dich aus. Nun gut: diese Kindsmörderin und ihre Mutter, die Ehebrecherin, und die Schwester, diese Mina Martin, die ausgehaltene Fleckmannhure, und der scheinheilige Buckel Klara mit ihrem Balg wer weiß von wem, und der Fleckmann, dieser Teufel, der uns alle hereinlegt mit seiner Tour vom guten Nazi, und diese ganze verhurte verlogene Stadt. Mein Georg hat das alles angehört, dann hat er gesagt: Knie dich hin. Was, hinknien, warum? Knie dich hin. Er hat es noch einmal gesagt. Knie dich hin. Ich war so erschrocken vor seinem Blick, daß ich es tat. So, sagt er, und jetzt wiederhole alles, was du zuerst gesagt hast, los! Was denn, um Gotteswillen, bist du verrückt geworden? Du sagst jetzt: Ich habe Berthie Kauniger eine Hure und Kindsmörderin genannt, los, wirds bald, du bleibst auf den Knien, du legst jetzt eine Beichte ab, verstehst du. Ich wollte auf und hinaus, aber er hat mir den Weg versperrt und nur stumm auf den Boden gezeigt, da habe ich mich hingekniet und getan, was er wollte, ich habe ihm gebeichtet, und als ich fertig war, sagte er: Du hast eine Sünde vergessen. Er hat nicht mehr Mama oder Mutter gesagt. Was für eine Sünde denn, mein Georg. Klag dich an des Stolzes, der Heuchelei, der Überheblichkeit, los! Ich habs getan. Und noch eine Sünde! Welche denn, Georg, welche denn. Da hat er mich schrecklich angesehen und hat gesagt: Die brauchst du nicht mir zu beichten, sag sie deinem Richter, aber sofort. Ich hab gesagt, ich bekenne mich schuldig aller Sünden, die mein Sohn, der Priester, an mir findet. Aber er hat immer noch gewartet. Da habe ich angefangen zu wimmern vor Angst, und endlich hat er gesagt: Du weißt sie also nicht, aber du wirst sie einmal wissen und dann wirst du sie büßen. Absolvo te. Geh hin, aber für deinen Frieden garantiere ich nicht. Wir haben dann nie mehr über diese Stunde geredet, doch am nächsten Tag, als er mir die Hostie gab, da hat er einen Augenblick gewartet und mich angesehen, ich wäre am liebsten aufgestanden und von der Kommunionbank weggegangen, aber was für ein Skandal wäre das gewesen. Hernach, als ich ihm das Frühstück brachte, hat er mich beim Handgelenk gefaßt und gesagt: Arme Mutter, es gibt soviele unnütze Opfer. So haben wir eben weitergelebt bis zum dritten April Neunzehnhundertdreiundvierzig.

Wieder öffnet sich die Tür, dieses Mal ist es das mürrisch-freundliche Mädchen, das kommt, um das Tablett abzuholen.

Aber aber, Frau Mack, was sehen meine alten Augen, nichts gegessen haben wir, das darf aber nicht mehr vorkommen, sonst muß ichs der Mutter Oberin und dem Onkel Doktor melden.

Aber selbst diesem töricht frischen Kind verschlägt etwas die Stimme, etwas ist anwesend im Raum, das sie mit einem Schwingenschlag hinausweht und die Tür hinter ihr zudrückt und sie ausschließt von etwas, wofür sie zu klein ist.

Auch ich habe hier nichts mehr zu tun, alles weitere ist Frau Macks Sache. Ich stehe auf, aber sie hält mich zurück, sie nimmt meine Hand in ihre beiden harten gichtigen Hände, die feucht sind vom Schweiß, den ihr das Bekenntnis erpreßt hat, sie drückt meine Hand solange, bis ich verlegen werde, denn der Dank, den sie mir stumm sagt, gilt doch nicht mir, dem zufälligen und eher widerwilligen Besuch. Wie immer, wenn ich Anlaß oder Zeuge einer Konfession bin, habe ich plötzlich das unwiderstehliche Bedürfnis nach viel frischer Luft und einer kalten Dusche, denn auch ich bin feige, auf meine Weise. Ich mache mich also von Frau Mack los, sobald der Druck ihrer Hände nachläßt und eile hinaus, ehe sie mit unsichtbaren Luftwurzeln wieder nach mir greifen kann.

Auf dem Korridor erwartet mich das Verhängnis Berthie. Da steht »die arme Berthie«, die SS-Hure und Kindsmörderin, da steht sie wie eine ungeheure dicke Kuh, sie ißt etwas, jemand muß ihr etwas zugesteckt haben, vielleicht gab ihr das grämlich frische Mädchen den Kuchen, den Frau Mack unberührt hatte zurückgehen lassen, Berthie stopft den Rest rasch in den Mund und kaut, und da der Kuchen offenbar zäh ist und Rosinen enthält, das sah ich vorhin (so schwer zu bewältigen für die lockeren Gebisse der Alten, aber wer kümmert sich darum, der Kuchen wird so geliefert, er ist, wie er ist) kann sie ihn nicht sogleich hinunterschlucken, sie kaut und kaut und sie ist wirklich wie eine wiederkäuende Kuh, und da diese Anstrengung alle ihre Kräfte beansprucht, kann sie nicht auch noch den Augen eine Arbeit zumuten, die Augen glotzen vor sich hin. Die »arme Berthie«. Ich bleibe vor ihr stehen als trennte uns ein Viehgatter. So, jetzt hat sie den letzten Bissen drunten.
Ich geh mit dir, sagt sie zuversichtlich und hängt sich bei mir ein. Ich versuche mich loszumachen. Diese Freiheitsberaubungen, dieses Umschlungenwerden von Algen und Luftwurzeln macht mich allmählich ungeduldig, ich mag nicht mehr, ich schüttle Berthie ab.
Du könntest ja schließlich fragen, ob es mir recht ist, wenn du mitgehst.
Ihr Blick ist voller Unverstand und Angst.

Nun gut, so komm.
Sie strahlt.
Wohin gehen wir. Klara hat mir verboten, Berthie mitzubringen. Die junge Schwester an der Pforte rettet die Lage. Wohin denn, Fräulein Kauniger, jetzt können wir nicht fortgehen, der Doktor kommt zur Visite. Höchstens in den Garten können Sie gehen, aber nur so weit, daß ich Sie rufen kann, wenn Sie an der Reihe sind.
Berthie ist auch das recht, nur hinaus, nur nicht allein sein. Arme Berthie. Da watschelt und trippelt sie neben mir her, natürlich hat sie sich wieder eingehängt, und wie sie das tut, muß man es schon schamlos nennen, es ist wie ein Versuch des Hineindrängens in den andern, ein schleichender Einbruch ist das, eine knochenerweichende Erpressung. Berthies stumpfe Verzweiflung, wie ein maligner Tumor in ihr wachsend, von ihr nicht begriffen, nicht anders gefühlt als eine unersättliche Gier nach Essen und Menschen, zum Ausstopfen der schon ausgefressenen Höhlen ihrer Existenz, diese Art von Verzweiflung, der nicht mehr beizukommen ist, mit nichts mehr, sie verstört mich, sie steckt an, ich stelle mir plötzlich Fragen wie diese: warum ich nicht auch gleich hierbliebe, wenn ich alle Anstrengungen aufgäbe, mich fallen ließe, mich einem sanften Wahnsinn anheimgäbe, der mich jeder Verantwortung enthöbe ein für alle Male.
Berthie redet auf mich ein. Was du bloß bei dieser Frau Mack gewollt hast, die ist doch nicht mehr recht im Kopf, die redet mit keinem Menschen, sie geht nie aus, nicht einmal in die Messe geht sie, was hat die Mutter Oberin schon auf sie eingeredet deshalb, aber sie ist ja taub, und sie nimmt den Hörapparat nicht, sie nimmt ihn einfach nicht, und sie geht nicht in die Kirche, stell dir vor, sie als Priestermutter.
Berthie, häng dich nicht so schwer ein, ich kann dich nicht mehr tragen.

Vergebliche Bitte, Berthie nimmt sie nicht zur Kenntnis. Ich fühle, wie allmählich in mir Gereiztheit aufsteigt. Was habe ich mit dieser Berthie zu schaffen, mit welchem Recht macht sie mich zu ihrem Besitz, den sie nach Belieben aufzehren oder aufsparen kann wie die Spinne die Fliege im Netz, und mit welchem Recht belädt mich die Priestermutter mit ihrer Beichte, und mit welchem Recht hängen all diese Leute ihre Vergangenheiten an mich wie Eisenkugeln, muß ich sie jetzt fortan mit mir schleppen, was geht das alles mich an. (Daß ich selber all diese Berichte und Beichten herausforderte, das fällt mir nicht ein.) Wie bei einem der Zoo-Elefanten, deren Seelenruhe unerschöpflich scheint, ganz plötzlich der jahrzehntelang in den tiefen Magengruben und dem langen Rückenmarkskanal angesammelte Groll seinen Ausbruch ankündigt in wildem Rüsselschwenken und Ohrenschlagen, ehe er, ausgelöst durch eine Fliege oder einen winzigen Dorn in der Haut, sich mit einem schrecklichen Trompetenstoß Luft macht, der die törichten Zoobesucher in die Flucht wirbelt, so drängt bei mir ein ungeheurer Zorn langsam durch die vielen Schichten des Verstehens an die Oberfläche. Ich habe Lust, Berthie zu ohrfeigen, zu erdrosseln vielleicht, denn diese Berthie, das ist nicht Berthie, das ist die zu törichtem Fett geronnene Dummheit dieser Stadt, diese himmelschreiende öde stumpfe bösartige Dummheit, die wie eine vom Gehirnwurm befallene Kuh sich immerfort nach ihrem eigenen Schweif dreht, immer im Kreis, ohne je irgendwo anzukommen, ohne je etwas zu lernen, ohne je zu ahnen, was ein Mensch ist und was er werden kann, und ohne zu ahnen, was das ist, wenn der Gott, geschüttelt von Grauen und Mitleid, sich herunterbeugt zu uns Lemuren.
Heut nacht, sagt Berthie, hat der Pappa wieder geklopft.
So, sage ich ärgerlich, und warum klopft er?
Er will mich holen, sagt Berthie ganz schlicht, und schon bin ich entwaffnet, Berthie hat leichtes Spiel mit mir, weil

mein Mordgelüst mir Schuldgefühle schuf, die gesühnt werden wollen durch viel Freundlichkeit.

Wohin holen, Berthie?

In den Tod.

Hast du Angst vor dem Sterben, Berthie?

Vor dem Sterben? Nein, davor nicht, aber vor dem Leben, vor den vielen Jahren. Ich weiß doch selber, daß ich verkalke, meinst du, das wüßte ich nicht. Wenns nur erst soweit wäre, daß ichs gar nicht mehr merken würde. Ich bete ja jeden Tag: Pappa, hol mich doch. Er klopft immer drei Mal, zuerst habe ich gedacht: drei Stunden, dann drei Tage, dann drei Wochen, jetzt denke ich: drei Monate, oder drei Jahre. Aber jetzt habe ich Durst, du hast mir ein Eis versprochen, oder nicht, ich will ein Eis.

Der Strom ist wieder unterbrochen. Berthie, für Augenblicke in der Gnade des klaren Bewußtseins, fällt zurück in die Finsternis. Das Beste, was ihr noch geschehen kann: das schmerzfreie Dahinsterben.

Gehst du schnell mit mir ein Eis essen? Sie bettelt wie ein Kind, wie ein Hund.

Aber jetzt kommt doch der Doktor.

Jaja, aber erst das Eis.

Jetzt ist sie es, die zieht und schiebt. Wir sind ein seltsames Gespann, die Leute auf der Straße schauen uns nach. Auf der andern Straßenseite ist ein Eiskarren, Gott sei Dank, so brauchen wir nicht in die Stadt zu laufen. Ich kaufe Berthie ein Eis in der Tüte, sie schleckt es mit langer Zunge auf und ißt auch die Waffel, die andere sonst wegwerfen.

Noch eins.

Sie hat es im Handumdrehen geschleckt.

Aber jetzt, Berthie, müssen wir ins Heim, der Doktor kommt.

Der Doktor, sagt sie, der kommt, ja, der kommt, und der sagt: na, wie gehts uns denn heut, Zunge zeigen, tadellos,

und der Blutdruck paff paff, ganz normal, alles in Ordnung, und draußen ist er, das nennen sie Arztvisite. Nur daß die Heimleitung ein gutes Gewissen hat, man tut ja alles für die Alten, und der Doktor steckt das Geld ein für nichts. Scheiße alles. Aber was du bloß bei der Frau Mack gewollt hast. Weißt, wie die mir vorkommt: wie die schwarze Wetterkerze, die deine Tante immer angezündet hat, wenn ein Gewitter war. Du hast die schwarze Kerze mehr gefürchtet als das Gewitter.
Das weißt du noch?
Alles weiß ich von damals. Stefanie ist beim ärgsten Gewitter vors Haus gelaufen und hat in die Hände geklatscht, wenns recht geblitzt hat.
Wirklich?
Wenn ich dir sage: die hat schon immer einen Stich gehabt, und jetzt mit ihrem toten Peter, das ist auch nicht normal.
Ach Berthie, fang nicht damit an.
Jaja, du hast gut reden, du hast es gut, du sitzt nicht im Karussell.
In was für einem Karussell?
Sie beschreibt mit dem Zeigefinger einen mehrfachen, immer enger werdenden Kreis um ihren eigenen Kopf und macht dazu das Geräusch einer summenden Wespe.
Das bin ich, sagt sie mit einer demütigen Selbsterkenntnis, die mich ergreift.
Dennoch bin ich froh, als jetzt die Stimme der jungen Schwester erschallt:
Fräulein Kauniger, Arztvisite!
Leb wohl, Berthie, sage ich, und auf Wiedersehen.
Ja, leb wohl, aber warum sagst du »auf Wiedersehen«? Du kommst nie mehr zu mir.
Das ist ihr letztes Wort, ihr letzter Blick ist ganz klar, sie macht kehrt, schaut nicht mehr um und schließt die Tür mit einem Knall, der Endgültigkeit ausdrückt. Jetzt bin ich

es, die sich alleingelassen fühlt. Berthie hat zu guter Letzt Haltung und Würde gezeigt. Es gibt unvermutbare Siege und überraschende Niederlagen. Ich lege den Weg vom Altersheim zu Klaras Haus langsam zurück, und der Septemberhimmel hat viel von seinem Glanz eingebüßt.

Klara hat das Essen bereit, Stefanie sitzt schon am gedeckten Tisch, sie ist ausnahmsweise pünktlich zur Stelle.

Heut abend reise ich ab, sage ich, und bin selber überrascht und bestürzt. Die Schwestern machen keinen Einwand, das ist fast kränkend. Was habe ich getan, was unterlassen, daß sie mich so mir-nichts-dir-nichts ziehen lassen.

Ich war im Altersheim, sage ich, Berthie geht es wieder ganz gut.

Die Nachricht macht keinerlei Eindruck.

Ich war auch bei Frau Mack.

So?

Kennt Ihr sie eigentlich näher?

Ich nicht, sagt Stefanie.

Natürlich kenne ich sie, sagt Klara, die hat sich auch ihr Alter anders vorgestellt. Pfarrermütter haben meist einen ruhigen Lebensabend.

Hat sie den nicht? Ruhiger als sie kann man kaum leben.

Meinst du. Klaras Stimme ist voll milder Nachsicht, aber ihre Augen stoßen eine Sonde in die meinen.

Nun ja, sage ich, sie wird auch ihren Kummer haben wie alle Leute, sie kann ihren Sohn nicht vergessen.

Klara sagt: Also darüber hat sie gesprochen.

Sie betont »darüber« und ich bin sicher, daß sie damit nur eines meinen kann.

Ich frage: Hat sie auch mit dir »darüber« gesprochen?

Sie nicht.

Wer denn?

Ihr Ein-und-alles, vor ungefähr fünfzig Jahren.

Aber Klara, wie erinnert man sich an etwas, das vor einem halben Jahrhundert gesagt worden ist.
Als ob die Zeit etwas ausmachte, sagt Klara und wischt dieses halbe Jahrhundert hinweg wie ein dürres Blatt. Damals, als wir noch Kinder waren, hat Georg zu mir gesagt, daß seine Mutter einen Geistlichen aus ihm machen wolle, aber er wolle das nicht, er wollte nur seine Mutter nicht kränken, er wollte ihr den Lebenswunsch nicht versagen. Das war das eine, das war die Klage. Aber das andere war: er wollte etwas ganz Großes tun, er wollte ein Märtyrer werden, ein Heiliger und darum wollte er Priester werden, das bot sich ihm so an. Es war also nicht nur der Mutter wegen, daß er ja sagte zu ihrem Wunsch. Das soll die sich nur nicht einbilden. Er wußte schon, was er wollte. Der Mutter wegen wäre der nicht Priester geworden, der ists sich selber zum Trotz geworden, und er hat durchgehalten, aber vielleicht war es Neunzehnhundertdreiundvierzig höchste Zeit, daß die Prüfung abgelaufen war, die er über sich verhängt hat, ich habe immer darauf gewartet, daß es eine Katastrophe gibt, ich hatte nur keine rechte Vorstellung, wie sie aussehen würde.
Klara, wenn du das weißt, daß er nicht nur auf Befehl seiner Mutter Priester wurde, so geh, bitte, zu Frau Mack und sag es ihr.
Nein. Was ändert es an ihrer Sache, das eine ist Georgs Opfer, sein eigenes. Das andere ist, daß das Mütterchen seelenruhig zusah, wie er sich opferte, sie irrt nur darin, wenn sie denkt, er habe sich für sie geopfert, er hat sich auf einen ganz andern Opferstein gelegt, den sieht sie garnicht, dazu ist sie viel zu wenig fromm.
Klara lacht wieder einmal ihr Kellerlachen. Viel zu wenig fromm, wiederholt sie. Wenn das Mütterchen das hören würde, sie sei zu wenig fromm! Sie hält sich für die frömmste aller alten Priestermütter.
Nein, Klara, hierin irrst du, einmal irrst selbst du dich, sie

lebt nicht zufrieden und selbstgerecht, sie lebt im Zustand der Reue und Buße, ich könnte auch sagen: im Fegefeuer.
Klara ist ungerührt. Sie sagt: Da lassen wir sie am besten drinnen.
Was hast du gegen sie, Klara?
Ich mag so etwas nicht.
Was meinst du mit »so etwas«?
Wenn jemand sich selber so dramatisiert, wie die es tut.
Aber ...
Stefanie sagt plötzlich sich ins Gespräch mischend: Georg war viel zu schön für einen Priester.
Klara schaut sie verblüfft an. Wieder einmal geht zwischen den beiden etwas vor, das ich nicht verstehe, Klingen werden stumm gekreuzt und wieder fallen gelassen, eine kurze Pause der Erschöpfung, und das Kapitel Georg Mack und seine Mutter scheint ein für alle Male abgeschlossen. Nie mehr werde ich etwas darüber hören. Vieles werde ich nicht erfahren, wenn ich schon abreise. Wer, zum Beispiel, hat den herausfordernd roten Sterndahlienstrauß auf Onkel Willis Grab gelegt, wer ist die »Erbschleicherin«, von Berthie so genannt, die es getan hat, wieso war Georg Mack viel zu schön für einen Priester, wie ist das wirklich, wenn Stefanie ins Totenreich geht, wer war wirklich der Vater von Klaras Kind, war Mina Martin nicht doch zuletzt wahnsinnig, was ist mit Klaras »schwarzem Esel«. Schon bereue ich mein Wort von der Abreise. Kann ich es rückgängig machen? Wann fahren Züge am Abend?
Klara, die selbst nie verreist, hat einen Fahrplan zur Hand, Stefanies Reisen wegen. Sie setzt die Stahlbrille auf und schaut nach.
Elf Uhr zwanzig, ein D-Zug.
Immerhin hat sie den spätesten aller möglichen Züge gewählt und läßt keine Diskussion über eine frühere Abfahrt aufkommen.

Hast du etwas vor für heute nachmittag, fragt Stefanie.
Ich wüßte nicht.
Dann also wirst du mit mir vorlieb nehmen müssen, denn Klara hat Bibliotheksdienst. Wenn du willst, gehen wir spazieren.
Sie dehnt das Wort zu einem langen schmalen staubigen Weg, der zum Ausgangspunkt zurückführt, ehe er begangen wurde.
Du mußt nicht, wenn du nicht willst, sagt Stefanie.
Ich sage: du auch nicht, wenn du etwas Besseres vorhast.
Mein Gott, sagt Klara, macht doch nicht so chinesische Verbeugungen voreinander, geht schon, solang die Sonne scheint. Es wird immer früher Nacht, als man denkt.
Diese Klara, sagt Stefanie, wie sie es versteht, einem das Gruseln beizubringen. »Es wird immer früher Nacht als man denkt« sagt sie, und schon sieht man ihr die Fledermäuse aus der Mundhöhle flattern.
Klara lacht kurz. Und vergiß die Septembernebel nicht, die ich Punkt fünf Uhr aus dem Bach aufsteigen lasse, sie machen Euch eine Erkältung, wenn Ihr nicht gehorsam seid. Und jetzt geht schon, ich hab zu tun.
Wir gehen, wie zwei Kinder, denen man gesagt hat: Geht schön spazieren. Doch die Kinder sind einander fremd und haben sich nichts zu sagen. Ich könnte jetzt alle Fragen stellen, die mir offen blieben, aber ich habe keine Lust mehr, meine Neugierde ist erschöpft, ich bin müde.
Schließlich aber beginnt Stefanie ungefragt zu reden. Sie sagt: Ich weiß nicht, ob wir uns je wiedersehen, darum möchte ich dich daran erinnern, daß du mir ein Versprechen gegeben hast.
Du meinst das Datum auf dem Grabstein.
Ich dachte, du hättest es schon vergessen. Menschen vergessen immer alles so schnell. Sie sind so gemacht. Ich beneide die, die vergessen können. Mein Gedächtnis ist so

fürchterlich gut. Klara sagt, ich erfinde Vergangenheit. Aber sie hat keine Ahnung. Ich erinnere mich nur an andere Dinge als sie. Ich bin wie Mama. Einmal mußte sie ein Formular ausfüllen und ihren Geburtsort angeben, aber sie wußte ihn nicht, sie sagte, er ist doch gleichgültig, aber ich weiß, daß es dort einen Apfelbaum gab, der zweierlei Äpfel trug, mein Vater hat eine Goldparmäne auf einen Boskop okuliert. Das stimmte, sagte die Großmutter. Der Amtsgerichtsrat hielt das für beginnenden Schwachsinn, und schon begriff sie ihren Vorteil: wenn er sie für schwachsinnig hielte, könnte sie sich in ihre Wirklichkeit zurückziehen und die seine, die so armselig war, ganz außer acht lassen. Sie fing also an, auf seine Fragen lauter verkehrte und sonderbare Antworten zu geben. Er fragte zum Beispiel: Was gibt es heute mittag zu essen, und sie sagte: Wann ist abnehmende Sonne. Er sagte: Du meinst: abnehmender Mond. Sie sagte: Nein, abnehmende Sonne, es muß doch Vollsonne, Halbsonne, Sonnensichel geben. Als sie anfing, solche Sachen daherzureden, erklärte er ihr wie ein alter Schulmeister, was sein konnte und was nicht und warum, aber allmählich merkte er, das sie nicht zuhörte, dann dachte er, sie verspotte ihn, und das tat sie ja auch, aber als ihre Reden immer konfuser wurden, und sie entwickelte darin eine rechte Meisterschaft, sie wurde beinahe eine Dichterin, da kam ihm der Verdacht, sie sei echt wahnsinnig, davor hatte er eine Heidenangst, denn dann würde man sie in eine Heilanstalt bringen müssen, und das hieß damals im Dritten Reich, daß man sie umbringen würde, das wollte er um keinen Preis, er konnte sie nicht entbehren, auf seine Weise hat er sie geliebt so wie er sein Haus liebte und die alten scheußlichen Möbel und sein allmählich angehäuftes Geld und seine Gewohnheiten und seine eigene Nase, und aus Angst Mama zu verlieren, auf irgendeine Weise, an Fleckmann oder an den Nazistaat, hat er sie buchstäblich eingesperrt, sie durfte nur mit ihm zusammen das Haus verlassen, sonntags zum Kirchgang, sie hatten dort ihre Plätze mit Namensschild an der Betbank, und als die mitsamt der Kirche verbrannt war, lachte sie, und sie sagte ihm, warum sie lachte, da schlug er sie, er hat sie überhaupt geschlagen, das hat sie mir erst vor ihrem Tod gesagt, und ich hätte ihn gern aus dem Grab geschaufelt um ihn nochmals totzuschlagen, aber Mama sagt: Ich habs ja nicht gespürt, es war ohne Bedeutung. Sie sagte: Wenn man das, was einem geschieht, nicht für wirklich nimmt, dann ist es das auch nicht, du mußt einfach aus der Wirklichkeit, die dir nicht paßt, hinausgehen in eine andere, die du dir selber machst. Und einmal sagte sie: Als er anfing, mich zu schlagen, da wußte ich, daß ich ganz unten angekommen war, von da an konnte mir nichts mehr passieren, denn da war ich auch schon ganz oben angekommen. Sie sagte: Stefanie, wenn dich das Leben so demütigt, daß du selbst zu glauben beginnst, du seist nichts mehr als ein Schandfleck auf dieser Erde, dann bist du frei und hast Frieden, du ahnst nicht, wie schön das ist, frei zu sein von allem. So redete sie, und er, der Dummkopf, hielt sie für verrückt. Aber so war sie nicht immer gewesen, so friedlich, früher hat sie noch rebelliert, auf ihre Art natürlich, auf eine sanfte Art, aber es war schon doch kühn, was sie da tat mit ihren Stoffresten, und wenn der Amtsgerichtsrat nicht so hanebüchen eitel und borniert und phantasielos gewesen wäre, dann hätte ihm der Verdacht kommen müssen, daß diese Stoffreste etwas bedeuteten und daß Mama ihn vor seinen Augen mit Fleckmann betrog. Diese Stoffmuster waren ja alle Reste von den Kleidern und Tüchern, die Fleckmann ihr geschenkt hatte im Lauf der Jahrzehnte, und wenn sie vor ihnen saß und so tat, als spielte sie Patience mit ihnen statt mit Karten, so war sie bei Fleckmann und bekam noch einmal dieses Kleid und jenes Tuch und zog sich schön an für ihn und reiste weit weg mit ihm und liebte ihn, und das alles dicht vor den dummen Augen des hochmoralischen Amtsgerichtsrats. Als er dann blind war und gelähmt, war es besser für sie, aber es blieb ein Martyrium, denn er ließ sie nicht von sich, sie mußte immer in seiner Nähe sitzen und dies und das tun, und er quälte sie vor allem damit, daß er immer fragte: Wieviel Uhr ist es. Da ließ sie alle Uhren stehen und sagte irgendetwas, wenn er fragte, sie selber wußte keine Zeit mehr, die ihre war Neunzehnhundertfünfundvierzig abgelaufen und eine neue wurde nicht hergestellt. Mama sagte, ich sollte das auch tun und ohne Zeit leben, dann hätte ich Frieden, sie sagte, das ist, als lebte man auf dem Meeresgrund und sähe von unten hinauf, wie oben die Schiffe kreuzen, und es geht einen rein garnichts mehr an. Aber ich kann das nicht, es ist schwer, viel schwerer als man denkt, es ist eine ganze Revolution. Am Anfang der Klavierstunden bei Dora stand auf dem Flügel ein Metronom, aber nicht lange, ich konnte nicht spielen wenn es tickte, und noch heut träume ich manchmal davon, es erscheint mir in verschiedenen Formen, aber ich erkenne es immer gleich, manchmal ist es ein Sarg, der aufrecht steht und der Deckel klappt auf und zu, ein andermal ist es eine Standuhr, wie deine Tante eine hatte, der Perpendikel holt weit aus, über das Gehäuse hinaus und schlägt alles kaputt, was in der Nähe ist und wird immer größer und schlägt immer weiter aus, und ein anderes Mal ist es zuerst eine Uhr, dann sehe ich, daß der Perpendikel ein Stock ist, eher ein Beil oder so etwas, und die Uhr ist ein Mensch, der mit dem Beil ausschlägt, und auf einmal ist die Uhr eine Guillotine, und jemand sagt: Sie köpft die Zeit. Im Traum sogar sage ich, das sei Unsinn, die Zeit kann man nicht messen und nicht köpfen, die ist garnichts, und ich versuche das Perpendikel oder das Beil oder den Stock aufzuhalten, aber es schlägt mir auf die Hand, und ich weiß, die Zeit ist doch etwas, oh ja, sie ist etwas, etwas sehr Langes, etwas, das nicht vergehen will.

Stefanie hat das alles nicht zusammenhängend gesagt, sondern in hundert Bruchstückchen zerlegt, und sie sprach so leise, daß ich an jenen Wegstellen, wo der Stromstrich das Wasser des Baches lauter rauschen ließ, manches nicht recht hörte, bisweilen trug der Wind einen ganzen Satz hinweg, und einmal flog ein Hubschrauber tief über uns. Aber im großen Ganzen behielt ich den Bericht in meinem Gedächtnis, das sehr genau und treu ist, wenn ich einer Sache erlaube, sich dort einzunisten. Aber das angestrengte Zuhören hat mich ebenso ermüdet wie Stefanie das Erzählen, und so sind wir beide froh, wieder zu Klara zurückkehren zu können.

Klara, das ist, nach Stefanies langem leisem Monolog, die deutliche Antwortstimme, die kompakte Wirklichkeit dieser Erde. Ich habe garnichts dagegen, daß Stefanie »ihr Kopfweh« hat und der letzte Abend Klara und mir allein gehören wird. Es ist kein Zweifel: Klara und ich sind Verwandte in unserm eigensinnigen Bestehen auf Genauigkeit und Wahrheit, und wir riskieren beide, dafür uns Finger und Zunge zu verbrennen.

Während ich meine Reisetasche packe und das Zimmer aufräume, bereitet Klara ein Abendessen vor, sie baut ein kleines Zelt von Gemütlichkeit inmitten aller Fragwürdigkeiten, und als wir dann beim Kaffee zusammensitzen, sage ich, was ich denke: Klara, mit dir könnte ich leben, willst du nicht zu mir ziehen.

Sie lächelt ein wenig schief. Du kennst mich nicht, sagt sie, ich bin eine Störung, wohin ich komme. Schon als Kind war ich das. Einmal sagte Mama: so klein du bist, machst du doch einen langen spitzen Schatten. Mama konnte einem wehtun. Nun, recht hatte sie, ich mache einen langen spitzen Schatten, was kann ich dafür. Du würdest mich auf die Dauer nicht ertragen, täusche dich nicht in mir, wenn du mich so brav kochen siehst und Geschirr abwaschen, das ist nichts als Tarnung, ich plane Umstürze, du hast keine Ahnung, welche Revolutionen ich hier aushecke. Ich bin schlimmer als meine Bibliothekskinder, die von Links programmierten und braven, ich bin das wahre subversive Element, das nicht die Zustände, sondern die Menschen verändern will.

Sie lacht tief in der Kehle. Aber, sagt sie, es ist schon gut, daß du hergekommen bist, ich meine gut auch für dich, so ein Museum verschrobener Leute und verschrobener Erinnerungen findest du sonst nicht leicht. Aber vielleicht hat es für dich gar nichts Amüsantes, sondern ist nur schaurig wie ein Gang durch einen unterirdischen Friedhof.

Das nicht, Klara, ich traf ja keine Skelette, ich traf lebendige Menschen mit lebendigen Erinnerungen. Ihr habt sie mir auferstehen lassen in Fleisch und Blut.

Nicht alle, sagt Klara, meine Toten lassen wir schlafen, es sind Aschentote.

Sie sieht an meinem Blick, daß ich sie nicht verstehe, denn wen anders noch als Erich Bernheimer kann sie meinen, wenn sie im Plural spricht. Sie sagt: Das Kind, ich habe es auch verbrennen lassen. Übrigens ist auch sein Vater tot.

Da sie so freimütig darüber spricht, wage ich die Frage, die ich mir so lang und streng verboten hatte: Du kennst ihn?

Ja, wie denn nicht. Oder meinst auch du, es sei ein Märchenprinz gewesen oder der Verkündigungsengel? Du hättest sicher auch dem Onkel Willi seine phantastische Erzählung geglaubt. Er hat sich so einen Spaß daraus gemacht, die Seinen zu ärgern, ganze Folterungen hat er erfunden, um ihre Neugier zu überreizen. Stück für Stück nur gab er seine Erfindungen preis, die jedermann für Enthüllungen hielt: ein General der Luftwaffe war der Mann, ein Graf, steinreich, Witwer, ein Kriegsheld mit dem Eisernen Kreuz samt Eichenlaub und Schwertern und Brillanten und was weiß ich was er hinzudichtete, und er wollte mich heiraten aus Liebe, weil ich ihn an seine verstorbene Mutter erinnerte, die auch bucklig war, aber ich, ich wollte nicht heiraten, und dann fiel er im Krieg, unerhört heldenhaft natürlich im Kugelregen an der Ostfront, er habe aber für das Kind ein enormes Erbe hinterlassen und die Bestimmung, daß der Sohn den Grafentitel tragen dürfe. Das alles haben die geglaubt, stell dir vor, und eine Weile machten sich allerlei Leute, die vorher »Soldatenhur« hinter mir her gezischelt hatten, an mich heran, und als ich sie schließlich auslachte, und ihnen die Wahrheit sagte, da meinten sie, ich wolle nur die Sache von dem vielen Geld verheimlichen, damit ich ihnen nichts davon geben müßte.

Und die Wahrheit, Klara, wie ist die?

Die Wahrheit, die ganze Wahrheit, die weiß vielleicht der schwarze Esel. Was ich weiß, das ist: der Vater meines Kindes war Unteroffizier, den Abzeichen nach, soviel ich sah in jener Nacht, und im Zivilberuf war er Metzger. Warum zuckst du so zusammen, siehst du, wie Ihr alle seid, das ist mein Test: ein Metzger, ein Unteroffizier, was für ein Unglück. Ein Graf, ein General, ein reicher Mann, das wäre eine andre Sache gewesen. Aber dem Metzger, dem machte es nichts aus, daß ich bucklig war, und mir machte es nichts aus, daß er Metzger war, der schwarze Esel hatte ihn geschickt, und der Metzger war ein braver junger Mann, der gab mir seine Adresse für alle Fälle, ich habe den Zettel zerrissen und vor seinen Augen in den Bach geworfen, aber er war böse und schrieb nochmals zwei neue Zettel mit der Adresse, und er sagte, er meine es ernst und er käme wieder, aber er kam nicht wieder, weil er gleich darauf gefallen ist, ich weiß das, weil der Onkel Willi nachforschte, ob Name und Regiment und Heimatadresse stimmten, alles stimmte, ganz einfach und unromantisch. Wie hätte es anders sein können bei mir.

Ich könnte ihr widersprechen, mit Fug und Recht, ich finde

ihre Geschichte ganz und gar nicht einfach und auch nicht unromantisch, wenn sie damit sagen will, sie sei ohne Geheimnis. Wäre es nicht Klara, die es sagt, müßte ich annehmen, die Person, die es behauptet, fordere mich absichtlich zum Widerspruch heraus, damit ich ihr ihre hintersinnige Wichtigkeit bestätige. Aber Klara meint immer, was sie sagt, und kennt keine Winkelzüge. Sie hält sich nun einmal für nichts Besonderes, und das, was ihr geschieht, für nichts Bemerkenswertes. Sie meint auf offener Bühne zu spielen, so daß alle Welt sie sehen und verstehen kann, Rätsel mag sie weder lösen noch aufgeben. Alles, was sie nicht versteht an ihrem eigenen Geschick und dem der Menschheit, hat sie längst in jene kleine saubere Formel gefaßt: der schwarze Esel. Damit, so meint sie, sei zwar nichts erklärt vom Unerklärlichen, aber es sei benannt und also umgrenzt und eingeordnet. Alle Dunkelheit der Welt, zu dieser kleinen sonderbaren Formel geronnen und gepreßt, wird dadurch gebannt und bedeutet keine Drohung mehr aus dem Hinterhalt. Man hilft sich, wie man kann.

Aber, sagt Klara weiter berichtend, das Kind blieb mir nicht lang, und eigentlich habe ichs immer als Leihkind gehabt, es hat mich oft so angeschaut, als wollte es sagen: wohin um Himmelswillen bin ich geraten und wer bist denn du, und auch ich habe es angeschaut und gedacht: wer bist du eigentlich. Es hat mich nicht gewundert, daß es fortgegangen ist wie es kam. Man hat es dir sicher längst erzählt: es ist im Bach ertrunken. Wie das hat geschehen können, das weiß ich nicht, denn ich hab den Kleinen nie aus dem Aug gelassen, und ich habe einen hohen Zaun machen lassen längs dem Bach, und das Törchen war immer zugesperrt, hinübergeklettert kann das Kind nicht sein, unmöglich. Ich war im Haus und aufeinmal haben sie mir den Kleinen gebracht, er war schon tot. Aber das ist, wie alles, vor langer langer Zeit geschehen, ich könnte schon

zu erzählen beginnen: Es war einmal ... Oft denke ich, es war überhaupt nur ein Traum und sonst garnichts. Aber dann wäre auch alles andere ein Traum und sonst nichts.
Nein, sagt jemand laut, es ist Stefanie, die auf der Stiege steht, nichts ist Traum, alles ist Wirklichkeit.
Jaja, sagt Klara, was du so für Wirklichkeit hältst.
Klara sagt es trocken, aber mit einer Spur von Feindseligkeit, und Stefanie sagt sonderbar erbittert: Was Traum und was Wirklichkeit ist, das entscheidest du, du weißt ja alles, du weißt jedenfalls alles besser als ich.
Ein Streit um Worte, scheinbar, aber die Erbitterung, mit der gestritten wird, zeigt an, daß hier zwei Wesen zu existieren sich im Widerspruch glauben und um ihr Lebensrecht kämpfen. Mir freilich scheint, daß hier mit gläsernen Schwertern um eine Nebelfahne gefochten wird. Auch den beiden selbst ist nicht geheuer bei dieser so-und-so-vielten Wiederholung eines alten und absurden Kampfes, sie geben bald auf, Zerwürfnisse ermüden sie rasch, wieder einmal wird Waffenstillstand geschlossen. Aber noch können sich die Widerpartner nicht voneinander lösen, sie stehen weiter Aug in Aug, Klara blickt von unten nach oben, Stefanie von ihrer Stiege herunter, sie macht als erste den Versuch, die Lage zu ändern, sie wendet sich und will die Stiege wieder hinaufsteigen, eine Stiege, die bis zum Dach führt und weiter in den Nachthimmel, weiter und weiter weg von dieser Erde, aber dann entschließt sie sich doch, zu uns hinunterzukommen. Klara hat inzwischen ebenfalls sich gelöst, sie geht in die Küche, nachher zeigt sich, was sie dort tut: sie richtet mir einen Reiseproviant, zwei dicke belegte Brote, und das für eine knappe Stunde Bahnfahrt.
Klara wird alt, sagt Stefanie.
Gehen wir, sagt Klara. Sie stapft dem Bahnhof zu, sie hat ein Ziel, sie hat immer ein Ziel, sie setzt sich einfach eins und dann hat sie es, sie drängt sich durch das quirlende, in

vier Sprachen schwätzende, heimwehkranke Volk der Gastarbeiter und der nicht weniger heimwehkranken Einheimischen hindurch über den Bahnhofsplatz, einmal berührt ein junger Italiener ihren Buckel, sie spürt es und dreht sich um, der Junge sagt verlegen aber fröhlich: Porta fortuna, Frau, und sie lacht: Wenn mein Buckel zu was gut ist, soll er dir Glück bringen, Kleiner. Stefanie mag keine Berührungen, sie macht sich so hoch und so schmal sie kann, solch dampfendes Fleisch und Blut sind ihr Zumutungen, sie liebt das alles nur aus großer Ferne und hat von dort aus ein mildes und kühles Mitleid, mehr ist von ihr nicht zu erwarten, es tut ihr schon weh genug. Aber Männer schauen ihr nach, so alt sie ist, sie trügen der Schönen gern einen schweren Koffer, wenn sie einen hätte, sie trügen auch Zeitung und Täschchen, und holten das Stöckchen, wenn sie eines würfe, aber Stefanie hat keinen Blick für die Bettler.

Nun stehen wir auf dem Bahnsteig, nun zählen nur mehr Geleise und Signale. In einigen Tagen wird auch Stefanie abfahren, dann wird Klara allein hier stehen, und allein und entschieden zurückkehren in ihr Haus, das schon zum Abbruch bestimmt ist.

Also dann, alles Gute.

Aber der Zug kommt erst in zwanzig Minuten, sage ich.

Macht nichts, ich kann das Herumstehen auf Bahnhöfen nicht mehr leiden seit damals.

Vergiß dein Versprechen nicht, sagt Stefanie.

Aber Ihr beide tut ja, als sähen wir uns nie wieder, sage ich.

So eine Fahrt, sagt Klara, schon im Weggehen, so eine Fahrt macht man nur einmal im Leben.

Luise Rinser

Saturn auf der Sonne

256 Seiten. 16 Abbildungen. Leinen

Luise Rinser hat sich immer dagegen gewehrt, mit den Figuren ihrer Romane und Erzählungen identifiziert zu werden, obwohl viele persönliche Erlebnisse und Wandlungen in ihr dichterisches Werk eingegangen sind. Auch in den publizierten Tagebüchern tritt das allzu Persönliche, Bekenntnishafte in den Hintergrund. Ganz anders in dem neuen Band der Autobiographie, in dem sie Rechenschaft ablegt über die großen emotionalen Erfahrungen ihres Lebens seit 1949. In Frankfurt begegnete sie »einem Kalifen, europäisch verkleidet«, dem Verleger Fritz Landshoff: »So unwiderruflich besitzergreifend hatte mich vorher noch nie einer angesehen.« Nicht weniger dramatisch das erste Gespräch der Autorin mit dem damals noch wenig bekannten Carl Orff, den sie 1954 heiratete; Scheidung 1959. Spannungsgeladen und beglükkend zugleich waren für Luise Rinser die Freundschaft mit dem Abt eines berühmten Klosters und die aus wissenschaftlichem Gespräch erwachsene innige Beziehung zu dem großen Theologen Karl Rahner, die bis zu dessen Tod währte. Untrennbar verbunden mit den seelischen Erschütterungen ist die Entwicklung der Schriftstellerin, die sich den mystischen Einflüssen vieler Religionen ausgesetzt hat. Dabei ging und geht es Luise Rinser nicht um Exerzitien der Selbsterfahrung, sondern immer um Menschlichkeit, die sich in der Verantwortung für den Nächsten erfüllt.

Luise Rinser

Abaelards Liebe
Roman
Band 11803

Mitte des Lebens
Roman. Band 256

Die gläsernen Ringe
Erzählungen
Band 393

Der Sündenbock
Roman. Band 469

Hochebene
Roman. Band 532

Abenteuer der Tugend
Roman. Band 1027

Daniela
Roman. Band 1116

Die vollkommene Freude
Roman. Band 1235

Ich bin Tobias
Roman. Band 1551

Ein Bündel weißer Narzissen
Erzählungen
Band 1612

Septembertag
Erzählungen
Band 1695

Der schwarze Esel
Roman. Band 1741

Bruder Feuer
Roman. Band 2124

Jan Lobel aus Warschau
Erzählung
Band 5134

Mirjam
Roman. Band 5180

Gefängnistagebuch
Band 1327

Geschichten aus der Löwengrube
Erzählungen
Band 11256

Silberschuld
Roman. Band 11171

Grenzübergänge
Tagebuch-Notizen
Band 2043

Kriegsspielzeug
Tagebuch
1972-1978
Band 2247

Wachsender Mond
Aufzeichnungen
1985-1988
Band 11650

Im Dunkeln singen
1982-1985
Band 9251

Den Wolf umarmen
Band 5866

Wir Heimatlosen
1989 bis 1992
Band 12437

Mit wem reden
Band 5379

Fischer Taschenbuch Verlag